LES REINES DE COEUR DE ROUMANIE

DU MÊME AUTEUR

Chez Michel Lafon :

LA FEMME D'ARGENT, roman
L'AMOUREUSE, roman
LE TOURBILLON, roman vécu
LA MAUDITE, roman
L'ENTREMETTEUSE, roman
LA FEMME QUI EN SAVAIT TROP, roman
LA VENGERESSE, roman
LA FEMME SANS FRONTIÈRES, roman
LA COUPABLE, roman
LE BOULEVARD DES ILLUSIONS, roman
LA JUSTICIÈRE, roman
LE CHÂTEAU DU CLOWN, roman
J'OSE, confidences faites à son fils Jean des Cars

Chez Flamme (distribution Flammarion) :

LA FEMME-OBJET, roman
LE CRIME DE MATHILDE, roman
LA VOLEUSE, roman
JE T'AIMERAI ÉTERNELLEMENT, roman
L'HOMME AU DOUBLE VISAGE, roman

Chez Flammarion :

LA BRUTE, roman
L'IMPURE, roman
L'OFFICIER SANS NOM, roman
LA CORRUPTRICE, roman
LA DAME DU CIRQUE, roman
LA CATHÉDRALE DE HAINE, roman
LA DEMOISELLE D'OPÉRA, roman
AMOUR DE MA VIE, roman
CETTE ÉTRANGE TENDRESSE, roman
LA TRICHEUSE, roman
LE CHÂTEAU DE LA JUIVE, roman
LES FILLES DE JOIE, roman
LE GRAND MONDE, roman
LA VIPÈRE, roman
SANG D'AFRIQUE, roman
L'AMOUR S'EN-VA-T'EN-GUERRE, roman
LES SEPT FEMMES, roman
LE FAUSSAIRE, roman
LA RÉVOLTÉE, roman
DE CAPE ET DE PLUME, roman vécu
LE TRAIN DU PÈRE NOËL, conte illustré par Paul Durand
UNE CERTAINE DAME, roman
L'INSOLENCE DE SA BEAUTÉ, roman
LE DONNEUR, roman
LA VIE SECRÈTE DE DOROTHÉE GINDT, roman
L'ENVOUTEUSE, roman

Dans la série « Le Mage » chez Flammarion :

LE MAGE ET LA BOULE DE CRISTAL, roman
LE MAGE ET LE PENDULE, roman
LE MAGE ET LES LIGNES DE LA MAIN, roman
LE MAGE ET LA BONNE AVENUTURE, roman
LE MAGE ET LA GRAPHOLOGIE, roman

Au Mercure de France :

LE FAISEUR DE MORTS, roman policier

Chez Pierre-Marcel Favre :

LA MÈRE PORTEUSE, roman

Chez Atlas :

LE FABULEUX ROMAN DU LIDO DE PARIS, album illustré.

GUY DES CARS

LES REINES DE COEUR DE ROUMANIE

EDITION°1/MICHEL LAFON

Elles ont conduit
le bal dans le vertigineux
tourbillon d'Europe centrale.

Il semble judicieux que ce récit historique – publié en 1978 et totalement épuisé – reparaisse aujourd'hui où tant d'événements dramatiques viennent de se produire en Roumanie...

Préparé avec la minutie et la rigueur de l'historien, mais écrit avec la sensibilité du romancier, cet ouvrage devrait permettre aux Français de mieux comprendre l'âme profonde du seul peuple d'Europe centrale qui soit d'essence latine et se trouve d'autant plus proche d'eux.

Voici donc ce livre dans l'intégralité de son texte initial. C'eût été une erreur d'y apporter quelque modification que ce soit, tant l'auteur semble avoir prévu tout ce qui devait se passer en 1990...

Pourquoi avoir choisi ce titre? Parce que, comme on disait jadis dans les contes de fées : « Il était une fois quatre rois qui eurent du cœur, beaucoup de cœur... Et ces rois rencontrèrent quatre femmes exceptionnelles! Elles aussi avaient du cœur, mais peut-être plus de finesse et de clairvoyance que leurs époux... Très vite, elles surent deviner comment les événements allaient leur donner l'occasion d'exercer leur subtil pouvoir, sans que leurs compagnons royaux en prennent trop ombrage. »

La première, Elisabeth de Wied, est presque plus connue sous le pseudonyme de Carmen Sylva, lequel lui permit de chanter dans de délicats poèmes le romantisme et la splendeur de la nature. Elle épousa Carol Ier de Hohenzollern qui fonda la dynastie de la couronne de Roumanie, dont il fut le premier roi. Et Carol devint un grand roi parce qu'il sut écouter sa reine, qui était aussi belle qu'intuitive.

La deuxième, Marie de Saxe-Cobourg-Gotha, fille du duc d'Edimbourg, épousa à dix-sept ans Ferdinand Ier, neveu de Carol Ier et prince héritier. Ce ne fut pas un mariage d'inclination mais une union dictée par la raison d'État. Les étreintes passionnées firent place au devoir conjugal, qui leur permit cependant d'avoir beaucoup d'enfants. Le roi n'avait rien d'un séducteur, mais la reine étant d'une éclatante beauté, cela fit une bonne moyenne pour la descendance. Ferdinand, du reste, se montra loyal envers son épouse et Marie, elle, sut faire preuve d'une vive intelligence.

La troisième, qui avait pour prénom Hélène, ne pouvait venir que de Grèce! D'une beauté classique, un peu froide, Hélène ne semble pas avoir réussi à imposer sa loi de femme à son époux, le bouillant Carol II, troisième roi de Roumanie. Elle fut remplacée dans cette tâche délicate par la flamboyante Magda Lupescu. Celle-ci sut devenir une telle maîtresse qu'elle mérite sans conteste le droit de porter elle aussi l'appellation enviée de « reine de cœur », malgré une kyrielle de rivales aussi nombreuses qu'attirantes qui se disputèrent à leur tour le cœur de son amant. Cela dit, contrairement à ce qui a été écrit sur lui, Carol II a davantage aimé son pays qu'on ne l'a généralement prétendu.

La quatrième, fille du prince René de Bourbon-Parme et de Marguerite de Danemark, se prénomme

Anne. De toutes ces reines de cœur, c'est sans doute la plus sincère. Ne s'est-elle pas vouée au bonheur de son époux Michel, dernier roi de Roumanie? Un roi qui, pendant son enfance et sa jeunesse, n'a jamais vécu qu'au milieu de drames... avant de connaître la destitution. Son unique chance a été le cœur de sa compagne : il lui a offert l'apaisement d'un foyer où il peut la chérir ainsi que ses enfants.

De ces rois et de ces reines il ne reste plus aujourd'hui, en effet, que Michel. Par deux fois il est monté sur le trône de Roumanie, alors que son épouse n'a jamais régné, sinon sur cet homme aujourd'hui en exil.

Les années aidant et apportant – sous la patine du temps – la réflexion salutaire, l'auteur a pensé que, puisque ce récit reparaît, il était équitable de lui donner pour titre : Les Reines de cœur de Roumanie. *Ne sont-ce pas les femmes, plus que leurs époux ou amants, qui ont conduit le bal dans ce vertigineux tourbillon d'Europe centrale que fut la dynastie roumaine?*

Il était juste de leur rendre hommage, sans rien modifier pour autant à la vérité de l'Histoire, à laquelle elles appartiennent désormais.

G. C.

LA REINE SANS ROYAUME

L'homme resta un long moment sur le trottoir, figé et éberlué. Il ne parvenait pas à réaliser que cette petite voiture qui s'éloignait, après l'avoir déposé à quelques pas de sa demeure, était une voiture royale. Il est vrai que les choses s'étaient passées avec une telle simplicité...

L'homme attendait l'autobus à la station qui est placée sur la route de Genève, à la sortie de l'aéroport de Cointrin. Ayant cette patience naturelle que seuls possèdent les indigènes de la paisible Helvétie, l'homme restait calme malgré le retard prolongé du véhicule des transports en commun. La soirée, douce en ce début de printemps, favorisait la sérénité du piéton solitaire. Les passages de voitures particulières, fait assez curieux sur une pareille route qui était généralement encombrée, se faisaient rares. Enfin une Volkswagen surgit, se dirigeant vers Genève. A tout hasard, l'homme esquissa avec le pouce de sa main droite le signe désormais classique de l'auto-stoppeur implorant qu'on veuille bien le prendre en charge. Ce geste, il l'avait fait sans la moindre conviction, presque machinalement, sachant que les automobilistes n'y prêtaient guère attention. Et cependant, la Volkswagen s'arrêta. Une femme, d'apparence encore jeune, tenait le volant; un homme était assis à sa droite.

La conductrice avait dit à l'auto-stoppeur, dans un sourire charmant :

– Profitez-en ! Montez vite !

Et l'homme s'était retrouvé installé sur la banquette arrière après avoir expliqué qu'il serait très heureux si on pouvait le déposer à l'entrée de Genève où il habitait.

Pendant le trajet, relativement court, il avait eu tout le loisir d'observer – plutôt de dos et de profil que de face – le couple qui était assis devant lui dans la voiture. Le voisin de la conductrice – sans doute son époux ? – avait une solide carrure d'épaules. Même assis, il donnait l'impression d'être un homme bien bâti. Sa chevelure était encore abondante. Le visage, d'apparence jeune, était ovale mais les yeux restaient masqués par des lunettes teintées. L'arête du nez était rectiligne, les narines légèrement retroussées et larges. Les lèvres étaient assez épaisses mais pas particulièrement sensuelles : elles semblaient exhaler une perpétuelle moue d'ennui. L'ensemble du visage était d'un abord sympathique, mais un peu triste.

La femme, elle, avait une allure sportive. Elle conduisait d'ailleurs avec une rare maestria. De taille moyenne, mince, portant court des cheveux châtains, elle paraissait faire fi de tout maquillage. Son visage irradiait la sérénité et même une sorte de joie de vivre. On devinait que, dans ce couple, elle devait être le rayon permanent de soleil.

Plus l'auto-stoppeur continuait à observer les deux occupants de la voiture, et plus il avait l'impression de les avoir vus, mais où ? Sur l'écran de la télévision, peut-être ? Ou sur des magazines illustrés ? Peu importait, après tout... Il avait déjà la certitude que cet homme et cette femme, qui n'avaient pas encore échangé une parole depuis qu'il avait pris place dans leur voiture, étaient auréolés d'une certaine célébrité. Cela malgré leur apparence bourgeoise, malgré la voiture très modeste.

Au moment où celle-ci stoppa à l'endroit qu'il venait d'indiquer, le voyageur d'occasion dit en ouvrant la portière :

– Merci, madame, monsieur...

Mais ce « madame » et ce « monsieur » s'étaient presque étranglés dans sa gorge. Il sentait qu'il aurait dû appeler autrement ceux qui venaient de se montrer aussi affables, et que la banalité de ces termes ne leur convenait pas. Mais que pouvait-il trouver d'autre ? Il ajouta cependant :

– Je vous souhaite une bonne fin de voyage.

– Oh ! répondit la femme, toujours souriante, notre voyage à nous touche aussi à sa fin ! Nous n'habitons pas loin d'ici... A bientôt ! Qui sait ? Peut-être vous retrouverons-nous, attendant une autre fois l'autobus ?

– C'est très possible, surtout si vous utilisez souvent cette route. Je travaille à l'aéroport de Cointrin.

– Qu'est-ce que vous y faites donc ? demanda le voisin de la conductrice.

– J'y suis bagagiste, mais seulement depuis quelques jours.

– C'est donc pourquoi votre visage ne m'était pas familier... Car je connais à peu près tout le monde à l'aéroport : aussi bien dans le personnel technique qu'administratif.

– Vous y travaillez aussi ?

– Plus maintenant. Bonsoir.

Ce ne fut que quand il se retrouva à nouveau seul, regardant la voiture s'éloigner, que le Genevois se frappa le front en murmurant :

– Suis-je stupide! Mais je sais quels sont ces gens : un roi et une reine... Michel de Roumanie... Sa femme se prénomme Anne... J'ai déjà vu plusieurs fois leurs photos. En effet, je savais qu'ils habitaient aux environs de Genève. Ma femme m'a même dit qu'elle avait aperçu un matin la reine faisant son marché à Versoix... Eh bien, c'est vrai ce qu'on dit d'eux : ils ne sont pas fiers! Et pourtant, ils ne manquent pas d'allure...

Cette impression, toute simple, du bagagiste, c'est celle que donne, à tous ceux qui le rencontrent pour la première fois, le couple de Michel Ier, ex-roi de Roumanie et de son épouse, Anne de Bourbon-Parme. Né à Bucarest en 1922, Michel a une année de plus qu'Anne, née à Paris. Mariés depuis trente ans, ils connaissent le bonheur d'avoir quatre filles et le malheur d'être privés de l'héritier mâle qui pourrait assurer l'avenir de la dynastie.

Quelle existence, autre que celle d'un couple dont les moyens de vie sont assez limités, pourraient mener en Suisse Anne et Michel? Ce fut en 1956 que l'ex-roi vint s'installer, dans un faubourg du canton de Genève : il disait la stricte vérité quand il affirmait à l'auto-stoppeur connaître à peu près tous les visages attachés à l'aéroport de Cointrin... D'abord engagé par la compagnie américaine Lear, il n'avait pas craint de risquer sa vie comme pilote d'essai pour des démonstrations de vol sans visibilité sur les appareils Lear. Il était même devenu très vite moniteur dans l'école de pilotage de la firme, mais, dès la fin de 1957, la compagnie américaine abandonna Genève, et Michel fut dans l'obligation de trouver une autre situation. Car l'ex-roi de Roumanie n'a pas de fortune, contrairement aux légendes répandues sur la fabuleuse succession qu'aurait laissée son père, Carol II. Il n'a encore rien touché de cet héritage qui semble de plus en plus problématique. Et même si celui-ci existe, Michel n'est pas au bout de ses peines, ni surtout d'éventuels procès avec un cohéritier, son demi-frère Mircea Carol Lambrino qui a été officiellement et irrémédiablement reconnu le 9 janvier 1963 par la Cour de cassation de Paris, après un procès qui dura des années, comme étant le fils aîné de l'ex-roi Carol.

Ce qui sauve Michel – en plus de l'atmosphère familiale que son épouse attentive et ses filles ont su créer autour de lui – est sa double passion de la mécanique et de la musique. Michel est un bricoleur-né : c'est toujours lui qui répare sa voiture quand elle a une panne et il serait très capable de la démonter et de la remonter entièrement. Habile de ses doigts, c'est lui qui a construit, avec l'aide de sa femme, l'excellent poste de radio et de stéréophonie qui se trouve dans le salon. Ce doit sûrement être le seul couple royal qui soit capable d'en faire autant!

Ce goût inné d'un certain travail manuel l'a amené tout naturellement à s'occuper, avec l'un de ses amis suisses, d'une affaire d'électronique qui a pris de l'essor bien qu'elle ait connu des débuts assez modestes. Sa parfaite connaissance de l'anglais, qui fut la première langue vivante qu'il parla en plus du roumain, lui permet de s'occuper de la correspondance d'affaires échangée avec les pays anglo-saxons.

Le salon où se trouve le bel appareil de radiostéréo est modeste comme toute la maison de Versoix, qui n'a rien, mais absolument rien d'une demeure royale, ou même princière! Elle compte cinq pièces où Anne remplit ses devoirs de maîtresse des lieux, secondée par un couple de serviteurs qui représente toute la domesticité.

Ainsi la vie s'écoule, à Versoix, presque monotone, teintée de ce léger parfum de calme et d'ennui qui se dégage de la majorité des demeures genevoises. Si Michel et Anne paraissent mener une existence de petits bourgeois, c'est uniquement parce qu'ils n'ont peut-être pas les moyens de vivre autrement. Mais les événements peuvent changer : la roue de la politique tourne à une telle vitesse! Michel est trop dans sa force d'homme, trop conscient surtout du rôle qu'il peut être encore appelé à jouer, pour se résigner à une retraite définitive. Les vrais rois n'abdiquent jamais tout à fait. Nés rois, ils sont nés pour mourir rois. A moins qu'ils ne se retirent dans un monastère pour prier et pour expier leurs fautes. Mais Michel ne se sent pas mûr pour la vie monacale et il n'a pas commis tellement de fautes : quand il a régné, il a fait ce qu'il a pu...

Anne, elle, n'a jamais régné. Fille du prince René de Bourbon-Parme, son éducation lui a été donnée tantôt à Paris, tantôt à Copenhague où sa mère, née Marguerite de Danemark, possède une maison. Sa famille n'ayant pas de fortune, aussi bien du côté paternel que du côté maternel, elle a dû travailler aux États-Unis où elle était venue comme réfugiée pendant la dernière guerre mondiale. Mais dès que le groupe d'ambulancières et d'infirmières *Les Rochambeau* fut créé sous la direction de Mme Conrad, Anne s'y engagea aux côtés d'autres jeunes femmes du monde telles que la comtesse de Breteuil et Loulou Arpels. Arrivée en Afrique du Nord au moment du débarquement des Alliés, Anne de Bourbon-Parme rejoignit aussitôt la formation d'ambulancières, infirmières et conductrices de la Croix-Rouge, organisée par la générale Catroux. Accompagnant la Ve armée, commandée par de Lattre de Tassigny, elle fit toute la campagne de France et d'Allemagne, depuis le débarquement de Sainte-Maxime jusqu'à Stuttgart où elle se trouvait le jour de la capitulation allemande. Ambulancière, ce fut à cette époque qu'elle acquit sa virtuosité de conductrice, transportant les blessés en première ligne, sous le feu de l'artillerie. Son total mépris du danger, allié à son dévouement, lui valurent la croix de guerre.

Ainsi, longtemps avant de devenir l'épouse d'un roi de Roumanie, Anne avait maintenu la tradition de courage et d'abnégation dont avaient déjà su faire preuve la première reine de Roumanie, Elisabeth l'épouse de Carol Ier – pendant la guerre de 1877-1878 contre les Turcs, et celle qui lui succéda sur le trône, la reine Marie – épouse de Ferdinand – au cours de la Première Guerre mondiale de 1914-1918. Toutes deux, Elisabeth et Marie de Roumanie, s'étaient montrées d'admirables infirmières.

Cette page d'héroïsme officiel, Anne semble l'avoir délibérément oubliée depuis qu'elle a épousé Michel pour se consacrer à cet héroïsme quotidien, obscur et ingrat qu'est celui d'une maîtresse de maison, doublée d'une maman attentive. C'est Michel qui conduisait en voiture chaque matin ses filles à l'école, quand il se rendait à son travail; Anne les ramenait le soir. Il n'était pas rare, comme l'avait raconté la femme de l'auto-stoppeur à son époux, de la rencontrer soit à la coopérative de la rue du Vidollet, soit dans les magasins populaires de la Migros, où elle faisait ses achats en attendant d'aller chercher les princesses à l'école. Rien ne la différenciait alors des autres acheteuses. Elle ne déteste pas converser avec quelqu'un qui s'adresse à elle. Mais elle a horreur – comme son époux – des formules de politesse imposées par le protocole quand on parle à une reine. Si on ne l'appelle pas tout simplement « Madame » en présence des vendeuses ou des acheteuses, elle s'enfuit. Et ce n'est nullement par timidité : Anne aime la simplicité. Elle ne craint pas non plus, si le cas se présente, de commenter devant des tiers – même sur le pas de porte d'un magasin – l'événement politique ou social dont ont parlé les journaux ou la radio du matin. Ses vues sont généralement assez justes, marquées d'un solide bon sens.

Michel, lui, est beaucoup plus réservé. Ceux qui le connaissent peu le trouvent même distant. C'est inexact. Michel a une timidité naturelle qui s'ajoute à la dignité dont doit savoir faire preuve un roi. Son état de réfugié et les difficultés matérielles l'incitent à vivre très retiré. Et pourtant, il se plaît à Genève où sa popularité a été grande dès son arrivée. Mais, le temps émoussant toutes les curiosités et surtout celles des foules, il passe aujourd'hui à peu près inaperçu sur les rives du Léman. Il est vrai que ces rives accueillantes ont vu défiler tant de souverains et d'hommes politiques en exil qu'elles finissent par être blasées!

Les lois helvétiques interdisent à Michel toute activité politique, mais cela ne l'a pas empêché de continuer à vivre en Suisse : ce qui semblerait prouver qu'il estime que le moment opportun n'est pas encore venu pour lui. Le jour où il quittera définitivement ce pays du calme, on pourra se demander si l'heure de sa résurrection politique n'a pas sonné. Et les choses pourront aller très vite : les Roumains pensent que Michel préfère l'action ouverte au travail en sape des couloirs, cher à son père Carol II.

Car Michel, en dépit de son flegme et de sa passivité apparente, conserve une profonde nostalgie de la Roumanie. Les seules nouvelles qui l'intéressent vraiment sont celles qui parviennent, même par des voies détournées, de son pays. Il ne cache pas son émotion quand on évoque devant lui les villes roumaines ou les paysages qui ont été le cadre de son enfance et de sa jeunesse. Mais, ce qui est assez curieux, il semble que le roi évite de rencontrer des Roumains, à l'exception de quelques hommes politiques de l'ancien régime. Et même à l'égard de ceux-là, il paraît faire preuve d'une certaine méfiance. Michel serait-il un éternel inquiet ? Les vicissitudes de la vie n'ont-elles pas été là, quand il eut cinq ans, puis dix-neuf, pour le marquer à jamais en jetant sur ses épaules encore trop frêles tout le poids d'un royaume ?

S'il évite d'accueillir ses compatriotes chez lui, qui reçoit-il alors ? Très peu de monde. Il fait cependant de rares exceptions pour des personnalités étrangères et spécialement pour les délégués américains qui viennent aux grandes conférences internationales de Genève. Il a conservé aussi quelques contacts avec les dernières familles régnantes, mais pas de relations suivies : là aussi existe une exception pour la famille royale de Grèce. Mais n'est-ce pas normal puisque le mariage orthodoxe de Michel et d'Anne a eu lieu à Athènes?

Comme son épouse, Michel aime la simplicité. Modeste, assez direct quand il réussit à vaincre sa timidité, courtois et aimable, il possède l'art – qui n'appartient qu'aux grands rois – de donner à son interlocuteur, quel qu'il soit, l'impression qu'il est sur le même pied d'égalité que lui. Son grand-père, Ferdinand, agissait de même, mais pas son père, Carol, qui aimait maintenir les distances. Cependant, malgré cette simplicité, Michel intimide toujours un peu les gens. Cela vient sans doute de ce qu'il ne se montre jamais familier. S'il lui arrive parfois de faire le premier pas, son interlocuteur, gêné sans savoir trop pourquoi, n'osera jamais faire le second et, toute la conversation durant, un sentiment de malaise subsistera.

On raconte pourtant qu'à l'époque où Michel était pilote d'essai à Cointrin, un Genevois, travaillant lui aussi à l'aéroport, s'adressait toujours à lui, chaque fois qu'il le rencontrait, en l'appelant soit « Monsieur le roi », soit « Monseigneur ». Mais un jour ce Genevois, cherchant à trouver une place devant le comptoir du bar de l'aéroport, bouscula un peu son voisin qui lui tournait le dos. Et il s'excusa en disant :

– Pardonnez-moi, monsieur.

Ce voisin était le roi Michel qui, en guise de réponse, lui dit en souriant :

– Bravo ! Vous avez mis du temps, mais vous avez enfin compris comment il fallait m'appeler.

Tel est ce roi qui a déjà régné deux fois et qui a été détrôné deux fois : la première par la volonté de son père qui revint en Roumanie pour reprendre le pouvoir quand il n'avait que huit ans, la seconde par la volonté de la Russie soviétique alors qu'il entrait dans sa vingt-cinquième année. Telle est cette reine, seule reine de Roumanie qui soit française mais la seule aussi qui n'ait pas encore régné.

Leurs quatre filles sont charmantes. Aujourd'hui, l'aînée, Marguerite de Roumanie, a trente ans. La seconde, Hélène de Roumanie, a un an de moins. La troisième, Irène de Roumanie, en a vingt-cinq. La benjamine enfin, Sophie de Roumanie, a vingt et un ans. Les trois aînées sont nées à Lausanne, la dernière à Tatoï, en Grèce. L'aînée et la troisième sont belles, mais les quatre sont intelligentes. Quand on lui parle de ses filles, le roi ne craint pas de dire :

– Je n'ai désiré qu'une chose, c'est que mes enfants soient munies d'un bagage qui leur permette de faire leur chemin dans la vie, qu'elles aient ce qui m'a le plus manqué !

Et aussi bien le roi que la reine ont tout mis en œuvre pour que ce bagage moral et intellectuel soit complet.

Après être passée par l'école communale de Versoix, Marguerite a été mise en pension en Angleterre dans une *boarding-school.* Elle a poursuivi ses études au pensionnat Sainte-Thérèse, à Genève, où elle a préparé le lycée français. C'est elle-même qui a choisi la section scientifique. Sa sœur Hélène, au contraire, a été plutôt attirée par les lettres. Comme son aînée elle a été envoyée en Angleterre dans une *boarding-school* située à une trentaine de kilomètres de Londres. Elle fut même invitée à passer un week-end à Windsor avec la famille royale d'Angleterre. Beaucoup d'observateurs, qui se veulent toujours mieux informés que les intéressés, en avaient déduit que cela signifiait que la Cour d'Angleterre verrait avec une certaine sympathie une union future entre une princesse de Roumanie et le prince héritier Charles d'Angleterre. Ils apportaient deux raisons à ces pronostics : la famille royale d'Angleterre s'est toujours montrée d'une extrême prudence dans les invitations qu'elle adressait aux jeunes gens ou aux jeunes filles susceptibles d'être les amis de week-end de ses propres enfants. D'autre part, la grand-mère d'Hélène de Roumanie, la reine Marie, était la petite-fille de la reine Victoria par son père, le duc d'Edimbourg, devenu plus tard duc de Cobourg. De telles informations paraissaient bien prématurées, surtout si l'on tenait compte de l'extrême jeunesse de Charles et d'Hélène : ils avaient le temps devant eux...

Irène, la troisième, a été dans la même école anglaise que sa sœur Hélène, mais elle semblait beaucoup plus douée pour les langues étrangères que pour les sciences ou les études gréco-latines. Sophie enfin a très bien travaillé au pensionnat *Bon-Séjour* à Versoix en déclarant qu'elle préférait les sciences à tout ! Mais souvent femme varie...

Comme leur père, les quatre filles aiment la musique. Comme leur mère, elles s'intéressent à la peinture. Car la reine Anne peint... en amateur, certes, mais ses œuvres en valent beaucoup d'autres qui ont eu l'honneur des expositions. Anne, qui ne tire aucune gloriole de ce don, dessine et peint pour son plaisir et surtout pour égayer la vie de ceux qui l'entourent. La série de ses tableaux représentant les chevaux, pour une chambre de ses enfants, est assez réussie. Pour son frère, André de Bourbon-Parme, elle a peint aussi des vieilles voitures sur des plaques de faïence.

Il y a enfin, dans la maison de Versoix, en plus du roi, de la reine et de leurs quatre filles, des animaux – chiens et merles d'Inde – qui y apportent, avec la stéréo, les rares distractions dont semble se contenter une famille très unie mais très repliée sur elle-même.

Comment se fait-il, demanderont les curieux ou les indiscrets, que cet ex-roi de Roumanie soit à ce point démuni d'argent alors que la plupart des anciennes familles régnantes, actuellement en exil, vivent dans une réelle aisance ? Que s'est-il passé ? En réalité tout s'est passé. Il y eut avant tout la dernière guerre mondiale dans laquelle la Roumanie n'aurait pas dû entrer, et qui, à la longue, se révéla désastreuse pour elle. Mais aurait-elle pu vraiment conserver sa neutralité, comme a su le faire sa voisine la Turquie, quand ses alliés de tradition, la France et l'Angleterre, ne pouvaient lui apporter aucune aide alors que l'Allemagne toute-puissante de 1940 la pressait de se ranger à ses côtés dans la lutte contre l'ennemie de toujours : la Russie ? L'effondrement des frontières de la Grande Roumanie, formée en 1918, entraîna celui de la monarchie. Quand Michel quitta son pays, le 3 janvier 1948, il fut contraint de le faire avec une telle précipitation qu'il ne put prendre, pratiquement, aucune disposition financière lui assurant une sécurité matérielle à l'étranger. Entre son abdication forcée et son départ, les autorités communistes ne lui avaient accordé que quarante-huit heures.

Les dix personnes qu'il avait eu le droit d'emmener avec lui avaient été entièrement fouillées à la gare. Le roi lui-même ne reçut qu'une indemnisation symbolique : sur les instances de Démétré

Negel – qui avait les fonctions de maréchal du palais – le gouvernement communiste consentit à lui verser une somme de 500 000 francs suisses, représentant la valeur des stocks de vins et de céréales existant dans les dépôts des domaines de la couronne. Ce fut son seul viatique avec sa voiture, une Mercedes, qu'il put emporter et qui fut placée sur un wagon plate-forme accroché au train spécial de l'exil. Quelques années plus tard, un pilote roumain, qui avait décidé de choisir la liberté, lui apporta à Genève son avion personnel qu'il s'empressa de vendre en Suisse.

Les 500 000 francs suisses furent vite dépensés pendant les premiers mois d'exil passés d'abord en Suisse, puis aux États-Unis où Michel fut reçu d'une façon très cordiale par le président Truman. Le roi fut contraint d'indemniser sa suite dont il finit par se séparer et eut de gros frais pour son mariage : mais ceux-là, il ne les regretta sûrement pas! Comment pourrait-il oublier la radieuse journée du 10 juin 1948 où il unit, à Athènes, son destin d'exilé à celui de la gentille Anne de Bourbon-Parme? Comment ne pas se souvenir des circonstances imprévisibles qui amenèrent sa première rencontre avec celle qui saurait se montrer pour lui la plus merveilleuse des compagnes malgré l'acharnement que le destin semblait mettre à s'attaquer à son bonheur?

Ce fut au cours du premier voyage qu'il accomplit, adulte, hors des frontières de la Roumanie qu'il rencontra la jeune fille à Londres, sept mois plus tôt. Malgré les brumes de novembre, l'atmosphère était à la joie sur les rives de la Tamise. Tous les rois régnant encore, tous ceux qui avaient été détrônés, tous les princes du monde se retrouvaient à Londres pour fêter, au milieu d'une foule en liesse, le mariage de la princesse héritière qui n'allait pas tarder à devenir, à la suite de la mort rapide de son père George VI, la reine Elisabeth d'Angleterre. Parmi ces têtes couronnées, parmi les rares qui avaient réussi à conserver encore leurs trônes, il y avait Michel – Mihaï Ier de Roumanie – qui était de loin le plus jeune, le plus beau et le plus séduisant de tous les rois. Dans son uniforme blanc, il produisit une très grande impression aux réceptions de la cour la plus fermée du monde. Malgré le protocole sévère, il se sentait un peu chez lui à Buckingham : n'était-il pas, lui, petit-fils de la reine Marie de Cobourg, le cousin germain d'Elisabeth ?

Accompagné de sa mère, la princesse Hélène, le jeune roi semblait radieux d'avoir réussi à s'évader pour quelques jours de l'enfer de tristesse, d'ennui et de deuil qu'était devenue sa chère Roumanie. Il découvrait « l'Occident » comme il n'avait jamais eu la possibilité de le faire. Son visage grave s'illuminait même d'un sourire parce qu'il ne pouvait oublier que, quelques jours avant son arrivée à Londres, le quotidien du parti communiste à Bucarest, *Scanteia*, lui avait souhaité pour la Saint-Michel *« une longue vie et un règne heureux au cours duquel il veillera à la réalisation des réformes démocratiques »*. Vœu qui effaçait un peu la mauvaise impression que lui avaient laissée, quatre semaines plus tôt, les déclarations enflammées faites par les officiers qui parcouraient les campagnes, restées fidèles au roi, en affirmant qu'avant la fin de l'année l'institution trop coûteuse qu'était la monarchie serait supprimée... Dans Londres en liesse, Michel voulait tout oublier... Et la radieuse apparition d'Anne, naturelle et franche, avait contribué à augmenter le sentiment d'euphorie dans le cœur solitaire du jeune souverain qui, n'aimant pas tellement se livrer à sa mère, ne savait pas – presque depuis son enfance – à qui confier ses joies ou ses peines, ses espoirs ou ses désillusions. Quand le devoir obligea Michel à rentrer en Roumanie le 21 décembre suivant, il était officiellement fiancé avec Anne.

Ensuite survint la semaine la plus dramatique de sa vie de souverain régnant : les jours terribles qui aboutirent, le 30 décembre, à l'acte d'abdication, dont on ne peut lire le texte aujourd'hui sans avoir le cœur serré, tellement la concision et la sécheresse voulue des termes utilisés dissimulent le désespoir qui se cache...

MICHEL Ier

par la grâce de Dieu et la volonté nationale

ROI DE ROUMANIE.

A tous ceux, présents et à venir, salut.

De profondes évolutions politiques, économiques et sociales se sont produites durant ces vingt dernières années, dans la vie de l'État roumain.

Elles ont créé de nouveaux rapports entre les principaux facteurs de la vie de l'État. Ces rapports ne correspondent plus, aujourd'hui, aux conditions fixées par le Pacte fondamental, la constitution du pays demandant un rapide et fondamental changement.

Devant cette situation, en plein accord avec les personnalités responsables du pays, conscient de ma responsabilité, je considère que l'institution monarchique ne correspond plus aux conditions actuelles de la vie de notre État et représente un obstacle sérieux au développement de la Roumanie.

Par conséquent, profondément conscient de l'importance de l'acte que je fais dans l'intérêt du peuple roumain,

J'ABDIQUE

pour moi et pour mes successeurs au Trône, renonçant pour moi et pour eux à toutes les prérogatives que j'ai exercées comme roi de Roumanie.

Le peuple roumain est libre de choisir la nouvelle forme de l'État.

Fait à Bucarest, le 30 décembre 1947.

MICHEL, *Roi.*

Des ennemis de la monarchie ont clamé qu'un tel acte était la meilleure preuve que Michel n'était pas capable de régner puisqu'il s'était conduit en lâche. C'est là une critique facile et injuste. Facile parce que nul ne peut affirmer qu'il aurait mieux agi s'il avait été à la place du très jeune roi, pratiquement abandonné de tous et condamné à prendre la grave décision en quelques heures sans avoir même la possibilité de demander conseil à un homme politique averti et surtout impartial. Injuste parce que Michel est courageux : ne l'avait-il pas prouvé trois années plus tôt, le 23 août 1944, lorsqu'il fit le coup d'État qui proclamait le retour aux alliances traditionnelles de la Roumanie, ceci malgré la présence des troupes allemandes sur une grande partie du territoire roumain? Selon les nouveaux engagements contractés, la Roumanie fournissait en permanence dix divisions contre l'Allemagne. Et elle devenait de ce fait, sur le plan de l'effort militaire déployé, la quatrième puissance dans le camp allié après les Russes, les Américains, et les Anglais. Elle mettait face à l'ennemi à abattre beaucoup plus d'hommes que ne pouvait le faire alors la France.

Pour toute l'attitude qu'il sut adopter pendant la Seconde Guerre mondiale, pour le courageux revirement du 23 août 1944 et pour la manière dont il sut alors tenir ses engagements, le roi Michel fut décoré par le président Truman et par Staline lui-même qui lui fit accorder l'Ordre de la Victoire aux côtés d'Eisenhower, de Truman et du général de Gaulle.

Il n'est donc pas question d'admettre que Michel ait pu se montrer lâche au moment de son abdication. En revanche il a eu peur – pas pour lui certes – mais d'abord pour son peuple : les dirigeants du nouveau régime communiste, soutenus par Vychinski dont le rôle fut prépondérant dans cette abdication, lui firent comprendre que, s'il ne renonçait pas à la couronne de Roumanie, tout le pays serait à feu et à sang... Sans doute aussi craignait-il pour la vie de sa mère, la reine Hélène, qui ne l'avait pas quitté dans ses épreuves. Quel est le fils qui n'aurait pas agi ainsi, ne serait-ce que pour sauver sa mère ? De quelles pressions, venues aussi bien de Moscou que de Londres ou de Washington, n'a-t-il pas été l'objet ? Seul le temps, qui apporte aux grands événements historiques le recul permettant de juger les actes des hommes en toute objectivité, le dira. Alors seulement le geste que fit Michel le 29 décembre 1947 apparaîtra-t-il nécessaire pour sauver ce qui pouvait être encore sauvé de l'indépendance roumaine.

Peut-être un autre facteur, plus secret et plus intime, intervint-il aussi au tout dernier moment dans la décision que prit le roi? L'image très douce d'Anne, même sa présence invisible, mais réelle, ne contribuèrent-elles pas à peser dans la balance? Très épris de sa fiancée, rencontrée quelques semaines plus tôt à Londres, Michel avait été contraint de la quitter brutalement pour retourner dans son inquiétant royaume. Et la pensée qu'il ne la reverrait peut-être jamais s'il refusait d'abdiquer ne fut-elle pas déterminante de son acte? Ce roi était tellement jeune! Ne doit-on pas beaucoup pardonner à la jeunesse surtout si, chez elle, la loi d'amour a pris le pas sur la raison d'État?

Et que se serait-il passé si Michel n'avait pas cédé aux Soviets? A son âge, il aurait été exécuté après un simulacre de procès ignominieux, à moins qu'il ne se fût suicidé. Et à quoi, ou à qui, ce sacrifice aurait-il servi en fin de compte? Il n'aurait pas sauvé la Roumanie du chaos et, aux yeux du monde, l'holocauste aurait semblé inutile. Certes les rois – Michel le sait mieux que personne – doivent se montrer capables de mourir quand c'est nécessaire pour sauvegarder leur peuple, mais il est parfois plus pénible d'accepter provisoirement l'amertume de l'ignominie pour pouvoir un jour, quand le véritable moment sera venu, reprendre le pouvoir qui décuplera l'éclat de leur couronne. La véritable grandeur peut se cacher sous un silence digne. Nul, qu'il soit roumain ou étranger, n'a le droit aujourd'hui de juger l'acte d'abdication du 29 décembre 1947.

D'ailleurs Michel lui-même, alors qu'il se rendait aux États-Unis trois mois plus tard, s'arrêta à Londres, en mars 1948, pour y faire une déclaration très ferme indiquant que son abdication lui avait été arrachée par la force. L'une des preuves les plus troublantes de la véracité de cette déclaration se trouve dans l'acte d'abdication lui-même : les fautes de roumain, grossières, contenues dans le texte, montrent que celui-ci n'avait pas été préparé par des Roumains mais par des Soviétiques connaissant mal la langue.

Ce court séjour à Londres permit à Michel de revoir Anne et de fixer la date du mariage. En réalité les fiançailles officielles dataient exactement du 13 décembre précédent : un étonnant repas de fiançailles avait été organisé, ce jour-là, par le roi Léopold de Belgique dans sa belle résidence de Préguy, près de Genève... Repas auquel assistaient plusieurs têtes couronnées : la reine Hélène, mère de Michel; la princesse Marguerite de Danemark, mère de la fiancée; le prince Nicolas de Roumanie, frère de Carol et oncle de Michel; la duchesse d'Aoste; l'ancienne reine d'Italie, Marie-José, et même – ne la retrouvait-on pas partout à cette époque? – la toujours dynamique Mrs Eleanor Roosevelt...

Pendant les trois semaines qui suivirent, Anne n'osa pas croire à son bonheur : Michel était reparti pour son pays, mais les nouvelles qui en parvenaient n'étaient guère favorables à ce retour qui gênait aussi bien le parti communiste roumain que les dirigeants de l'U.R.S.S. A un moment, apprenant les fiançailles du jeune roi, ces derniers avaient même espéré qu'il ne reviendrait pas : tout aurait été tellement plus facile pour liquider définitivement la monarchie si ce jeune homme têtu n'était pas revenu, accompagné de sa mère, dans cette souricière qu'était devenue pour lui la Roumanie ! Les Russes durent cependant faire contre mauvaise fortune bon cœur et ce fut avec un respect ostensible que le souverain fut accueilli à son retour, le 21 décembre, par tous les membres du gouvernement. Mais Vychinski avait été alerté : il arriva aussitôt de Moscou pour déclencher ses foudres et ses menaces contre le roi.

La dernière semaine d'attente et d'angoisse fut la plus pénible pour la fiancée : les informations les plus contradictoires arrivaient de l'autre côté du rideau de fer. Enfin le 3 janvier 1948 la jeune fille apprit que le roi et sa suite de dix personnes, parmi lesquelles se trouvait la reine mère, avaient quitté Sinaia pour le chemin de l'exil. L'aboutissement de cet exil ne pouvait être qu'elle-même, Anne, qui attendait en France. Aussi s'écria-t-elle, lorsqu'elle retrouva son fiancé à Paris :

– Je ne sais où et quand je me marierai, l'essentiel n'est-il pas que nous soyons heureux, Michel et moi ? Je le suivrai au bout du monde !

Ce fut elle qui sut, pendant le court séjour du jeune couple à Paris en février, adoucir pour les journalistes l'humeur sombre de Michel qu'elle qualifiait en souriant d'« un peu ours ». Mais comment ce nouvel exilé aurait-il pu oublier aussi vite sa patrie meurtrie et son royaume qu'il venait de quitter ?

Ce fut également à cette époque qu'Anne sut montrer ses exceptionnelles qualités de conductrice formée à l'école des ambulancières qui doivent être capables de passer partout avec une voiture. Les « motards » de la police française, chargés alors de sa sécurité, se souviennent encore avec admiration de la virtuosité avec laquelle elle conduisait sa Studebaker bleu marine de l'hôtel Vendôme à la rue Adolphe-Yvon où résidait la princesse Georges de Grèce, puis du bois de Boulogne à Saint-Cloud où elle fit une escapade avec son fiancé.

Pourtant ce séjour, dont les amoureux se promettaient un tel plaisir, fut pour eux un peu décevant. Leur voyage avait beau être aussi officieux que possible, cela n'empêchait pas qu'une meute de policiers et de journalistes était perpétuellement à leurs trousses. Depuis les choses ont bien changé dans la vie d'Anne et de Michel ! Personne n'assure plus leur protection en Suisse ni ailleurs. La curiosité des foules a un tel besoin de renouveau ! Mais déjà, pendant ce séjour d'Anne et de Michel à Paris, on s'aperçut que ces jeunes princes avaient des mœurs très bourgeoises. A l'exception d'un rapide déjeuner chez Prunier, tous leurs repas furent pris en famille dans l'hôtel particulier de la princesse de Grèce. Et Anne n'alla chez les couturiers qu'en compagnie de sa mère et de sa belle-mère. Finalement ce fut à Raphaël qu'échut le redoutable honneur de faire la robe de mariée. Là aussi, la complète absence de morgue et de prétention de la gentille Anne firent merveille. Elle sut faire preuve d'une extrême patience pendant les interminables essayages.

– Sa gentillesse et son amabilité, proclamaient les mannequins et les cousettes, sont telles que nous avons eu un réel plaisir à nous occuper de ses toilettes. Et toutes nous souhaitons que sa robe lui porte bonheur...

Et en secret, selon la coutume charmante, la plus jeune des petites mains enferma l'un de ses cheveux dans l'ourlet de la lourde jupe de satin. Ainsi la France, et surtout Paris, continueraient à frôler la princesse le jour de son mariage à Athènes...

Après le départ de Michel et de la reine Hélène pour l'Angleterre, Anne, restée à Paris, avoua à une amie, avec un soupir de regret :

– Pendant ces quatre jours, il n'y a eu qu'un seul moment où je me suis sentie une fiancée comme les autres : le soir où nous sommes allés, Michel et moi, dans un cinéma des Champs-Élysées voir Charlie Chaplin dans *Monsieur Verdoux.* Personne ne nous avait escortés dans la salle, et nos voisins ne surent jamais qu'ils avaient vu le film au côté d'un roi...

La reine Hélène avait donc accompagné son fils une nouvelle fois à Londres. « Accompagné » paraît mieux être un mot un peu faible, « protégé » conviendrait mieux. Car le besoin de protection, ajouté à l'instinct maternel dont la reine Hélène a toujours fait preuve à l'égard de son fils, a suscité de nombreuses critiques. Il est même arrivé que l'on ait employé pour la reine mère l'expression péjorative de « mère abusive ». Sans doute est-ce aller un peu loin, mais pourtant!

Peu de temps après l'abdication du 29 décembre 1947 et avant le séjour à Paris, un journal date du 10 janvier 1948 montre une photographie de la reine Hélène, sortant de la gare de Lausanne, avec son fils Michel. Le texte de l'article qui accompagne cette image, assez banale en soi, laisse le lecteur quelque peu rêveur... Il commence ainsi : « *Intrigue et Amour*, c'est le titre d'une pièce de Schiller. C'est aussi le double écueil où sombre le destin royal de Michel de Roumanie. »

Et le journaliste raconte une conversation qu'il aurait eue, dans un grand hôtel situé au bord du lac, avec un diplomate roumain de la vieille école. Il décrit même scrupuleusement son interlocuteur qui possédait tous les accessoires d'une diplomatie révolue : le monocle vissé à l'œil gauche, la fleur à la boutonnière, l'inévitable ruban rouge de la Légion d'honneur... Ce monsieur distingué prétendait connaître Michel depuis sa naissance et il ne craignait pas d'affirmer :

– Michel est avant tout une victime des femmes, de cinq femmes exactement, sa mère, plus quatre autres... Et tout a commencé avant sa naissance !

L'amertume de ce diplomate, condamné à l'inactivité, l'a peut-être poussé ce jour-là à exagérer la portée de ses propos, mais il est certain que quatre femmes ont lourdement pesé dans le double destin humain et royal de Michel.

La première, qu'il n'a sans doute jamais rencontrée, fut Zizi Lambrino : la ravissante épouse morganatique qu'eut Carol II, père de Michel, avant son mariage officiel avec Hélène de Grèce. Contrairement à ce que la majorité des gens a cru, ce fut Zizi Lambrino – et non pas celle qui lui succéda dans le cœur et dans les pensées de Carol II : la célèbre Mme Lupescu – qui déclencha indirectement le détachement très rapide et très net dont le roi Carol fit preuve envers son épouse légale Hélène, mère de Michel. Il n'avait jamais été attiré par Hélène, qu'il n'épousa que sous la pression de son père, Ferdinand, pour raison d'État. Et il ne parvint pas à s'arracher au souvenir de Zizi Lambrino, qu'il continua même à revoir en cachette pendant les premiers mois de son mariage avec Hélène.

Ensuite apparut Magda Lupescu pour l'amour de laquelle Carol démissionna une première fois et partit pour l'exil, alors que Michel n'avait encore que cinq ans. Élevé par sa mère, épouse malheureuse et – il faut bien le reconnaître – assez tyrannique, le très jeune roi devint bientôt un adversaire du sexe qui se prétend faible. On parla même, à son sujet, d'un complexe prononcé. Ce qu'il y a de certain, c'est que dès son enfance Michel détestait jouer avec des petites filles et n'avait pour camarades que des garçons. Il se renfrognait et boudait chaque fois qu'on le présentait à une femme belle et élégante.

Ce fut à l'âge de raison qu'il commença à haïr la Lupescu qui devint la deuxième femme ennemie de son destin puisqu'elle symbolisait les amours illégitimes de son père. A cette époque, l'influence maternelle de la reine Hélène fut encore renforcée, chez Michel, par celle de sa tante, la duchesse de Spolète, qui devint plus tard duchesse d'Aoste. Les deux sœurs, princesses grecques qui se quittaient rarement, avaient connu toutes deux des mariages désastreux. Car le duc de Spolète sut se montrer aussi volage que le roi Carol...

Pendant cette période de l'enfance et de la petite jeunesse de Michel, un certain état d'esprit se manifesta à la cour de Roumanie et spécialement dans le cercle de famille qui entourait le très jeune roi : le départ précipité de Carol et son exil à l'étranger furent considérés comme une éclatante et juste victoire de la mère bafouée sur la princesse royale. L'existence de Michel, partagée entre sa mère et une tante toutes deux aigries par leurs infortunes conjugales, fut des plus austères. L'un des précepteurs du jeune roi n'hésita même pas à dire un jour en pleine cour :

– Le drame de cet enfant sera un jour de n'avoir pas eu de vraie jeunesse.

Il semble qu'aujourd'hui encore l'absence de bons et joyeux souvenirs de jeunesse pèse à l'homme mûr qu'est devenu Michel.

Le plus beau cadeau que celui-ci fit à sa mère fut l'arrestation de Michel Antonescu, le chef de la « Garde de Fer », en août 1944. On compara cet acte de courage à celui d'un « Chevalier-Vierge – Michel n'avait alors que vingt-deux ans – terrassant le Dragon ». Michel, conseillé et dirigé par sa mère, ne pensait alors qu'à son métier de roi. Il voulait même le faire mieux que son père qui s'était révélé cependant un grand roi tout en restant un déplorable époux.

Et puis, brusquement, arriva chez Michel l'éveil tardif du printemps...

Celui-ci se présenta sous l'apparence, souriante et follement attrayante, de Dodo Chrissolegos... On a peu parlé d'elle dans les journaux : ce qui est une injustice car elle fut, sans doute, le premier sourire féminin que le jeune homme put découvrir sans qu'une voix trop officielle ou trop proche de lui n'ait murmuré à son oreille :

« De celle-là aussi, Majesté, il faut vous méfier... »

Dodo, d'origine grecque, possédait une immense fortune. Elle devint – après les lointaines Zizi Lambrino et Magda Lupescu – la troisième femme fatale du destin de Michel. Mais, cette fois, le danger était direct : il ne s'agissait plus d'une ancienne épouse ou d'une maîtresse de Carol. La belle Grecque s'en prit à Michel lui-même. Fut-ce à cause de ses origines ? Toujours est-il que la reine Hélène ne contrecarra pas trop cet amour à ses débuts. A moins qu'elle n'ait enfin compris que, même pour le roi son fils, il fallait bien que jeunesse se passât. D'ailleurs elle savait très bien, la reine mère, qu'il ne pourrait être question de mariage entre les deux jeunes gens : elle croyait donc dormir tranquille... Et elle n'avait pas prévu que la quatrième femme fatale du destin de Michel allait se mêler de cette innocente idylle.

Quatrième femme qui fut la redoutable Anna Pauker. Celle-ci, qui devait devenir, après l'abdication de Michel, ministre des Affaires étrangères de Roumanie, réussit à sceller une alliance très secrète avec Dodo. Au cours d'un entretien, Anna Pauker parvint à rassurer la jeune maîtresse qui craignait d'être séparée de son royal amant. Elle lui donna même l'assurance que rien de tel ne serait fait si elle savait se montrer « compréhensive » à l'égard du parti communiste. Dodo sut se montrer « raisonnable »... Un peu trop même ! Grâce à sa complicité, Anna Pauker faillit capter la confiance du jeune souverain, mais le premier voyage de Michel à Londres, où il se rendit pour assister au mariage de sa cousine Elisabeth, fit surgir un imprévu qui contrecarra d'aussi subtils projets... Imprévu de qualité puisqu'il s'agissait de la gentille Anne de Bourbon-Parme qui, elle, déclencha chez Michel l'authentique coup de foudre... Il n'est pas exclu de penser que la reine mère et sa sœur, informées secrètement de la redoutable alliance conclue entre Dodo Chrissolegos et Anna Pauker, n'aient tout mis en œuvre pour provoquer la rencontre de Michel et d'Anne à Londres. Dans le destin des rois ou des chefs d'État, l'imprévu doit toujours être précédé d'une certaine préparation...

Quand Michel rentra à Bucarest, il était tout à ses nouvelles amours. Dodo eut beau déployer les ressources de sa séduction pour tenter de le ramener à elle et, par voie de conséquence, sous l'obédience du parti communiste, ce fut peine perdue : même éloigné de lui, le charme d'Anne fut plus fort que tous les assauts. La belle Grecque n'eut plus qu'à se retirer de la compétition. Mais avec Anna Pauker, ce fut une tout autre histoire! La farouche révolutionnaire ne put admettre qu'une jeune princesse française ait mis en échec son plan machiavélique. En quelques heures, elle fit volte-face, changeant radicalement d'attitude et exigeant l'abdication immédiate de ce roi qui se permettait de ne pas plier devant les ukases du Parti. Cette fois ce fut le Chevalier qui fut vaincu par le Dragon.

Le vieux diplomate qui n'avait pas semblé, dans ses propos adressés au journaliste de Genève, particulièrement favorable aux influences féminines qui s'étaient révélées dans le destin de Michel, conclut quand même :

– Sans doute, si le mauvais sort ne s'acharne pas trop sur lui, le roi Michel pourra-t-il maintenant épouser la princesse Anne... Cependant certains Roumains craignent ce mariage! Ils pensent qu'il détournera le roi en exil de la lutte qu'il ne doit pas cesser de mener pour reconquérir le trône. Si cela était, Anne de Bourbon-Parme deviendrait la sixième femme fatale de son destin... Mais je ne le pense pas. Je crois plutôt que, grâce à cette union qui va se sceller sous le signe du véritable amour, Michel réussira enfin à briser le cercle maléfique dont il a été jusqu'ici le prisonnier.

Depuis ce pronostic, les trente années d'un bonheur sans gros nuage se sont écoulées. Certes, Michel n'a pas encore récupéré sa couronne, mais son bonheur conjugal et familial paraît être complet. Et cependant, une dernière et sérieuse difficulté s'était présentée quelques jours avant le mariage à

Athènes : la famille royale de Roumanie étant d'obédience orthodoxe alors que la princesse Anne de Bourbon-Parme est une fervente catholique, les parents des deux fiancés entreprirent des démarches auprès du Vatican pour que le souverain pontife autorisât néanmoins le mariage. Pie XII y mit une condition formelle : « J'entends que les enfants qui naîtront de cette union soient élevés dans le sein de l'Église apostolique et romaine. »

La foi se heurtait formellement à la raison d'État. En effet, la famille Hohenzollern ne peut renoncer à la religion orthodoxe sans renoncer du même coup, et de façon définitive, au trône de Roumanie. Michel, malgré l'acte d'abdication qu'il affirme avoir signé sous contrainte, n'a-t-il pas déclaré quand il est revenu à Londres avec sa mère qu'il entendait reprendre un jour ses responsabilités de souverain ?

Il fut donc décidé que le mariage serait célébré à Athènes, le 10 juin 1948, au palais royal et selon le rite orthodoxe grec, par l'archevêque primat de Grèce, Mgr Damaskinos.

Le temps était radieux, la ville d'Athènes se montrait en liesse et de nombreux curieux se pressaient, depuis le matin, aux alentours du palais royal où, dans la cour d'honneur, des evzones – portant leurs pittoresques fustanelles blanches – rendaient les honneurs... Les invités s'étaient rassemblés dans la vaste salle de réception qui occupe la plus grande partie du second étage du palais.

A midi, un commandement bref, suivi du cliquetis du « Présentez armes », figea le détachement d'honneur. Le roi Paul et la reine Frederika de Grèce, suivis par les princes et les autres membres de la famille royale, descendirent lentement le grand escalier. Ensuite parut Michel, resplendissant dans son grand uniforme bleu pâle de maréchal de l'Air roumain. Immédiatement derrière lui marchaient le grand maître des cérémonies de la cour, les chambellans, M. Tsaldaris, vice-président du Conseil, puis les invités de sang royal. Seul le Premier ministre, M. Sophonlis, s'était fait excuser sous prétexte d'indisposition.

Tous se dirigeaient lentement vers le salon d'apparat du rez-de-chaussée, transformé en chapelle où Mgr Damaskinos, revêtu de ses riches ornements sacerdotaux brodés d'or, et entouré de son clergé, les attendait. Pendant que les admirables chants orthodoxes résonnaient sous les voûtes, Michel prit place près de l'autel sur lequel figuraient seuls un crucifix d'or et le livre des Évangiles. Alors seulement la princesse Anne, un peu émue mais quand même souriante, fit son entrée au bras de son oncle, le prince Eric de Danemark. Deux petits pages, le prince héritier de Grèce et le prince Charles de Hesse, soutenaient la traîne de la robe blanche venue de Paris. Un essaim de jeunes princesses, portant des fleurs, suivait celle qui allait devenir l'épouse du dernier roi de Roumanie.

Anne prit place à gauche de Michel et le chant très doux d'un vieil hymne byzantin monta sous les voûtes. Le roi Paul et la reine Frederika, qui avaient accepté d'être respectivement parrain et marraine des fiancés, se tenaient auprès d'eux.

La cérémonie déroula son rite millénaire : les couronnes de mariage furent élevées au-dessus des têtes des futurs époux, puis ce fut la question rituelle, posée par l'archevêque : *Consentez-vous?*

La musique cessa pour que l'on pût entendre clairement les « oui » des deux jeunes gens enfin unis après tant de vicissitudes. Seul le balancement des encensoirs, répandant une fumée un peu entêtante, troubla le silence. Puis Mgr Damaskinos prit Michel et Anne par la main pour les mener en procession autour de l'autel, suivis par le roi Paul et la reine Frederika, pendant que les invités lançaient sur les jeunes époux des pétales de roses.

La cérémonie achevée, Michel et Anne se dirigèrent vers la grande salle du palais où ils reçurent, avec un sourire qui témoignait de leur joie réelle, les félicitations des souverains de Grèce et des membres des familles royales représentées au mariage. Une ombre cependant se glissa sur ce tableau de bonheur : les parents d'Anne, le prince Charles de Bourbon-Parme et la princesse Marguerite de Danemark n'assistaient pas au mariage. Abstention qui fut attribuée à l'intervention du prince Xavier de Bourbon, prétendant au trône d'Espagne, qui était désireux de se ménager les sympathies du Vatican.

Le déjeuner qui suivit, servi au palais royal, fut quand même joyeux et les nouveaux mariés partirent pour la résidence royale de Tatoï, à une vingtaine de kilomètres d'Athènes, où ils devaient vivre leur lune de miel. Ce serait dans ce même palais que, neuf années plus tard, naîtrait, le 29 octobre 1957, Sophie, la quatrième fille de Michel et d'Anne.

Comment ceux-ci pourraient-ils oublier, dans la modeste maison de Versoix, les heures exaltantes qu'ils ont vécues à Athènes ?

Michel aime passionnément la musique. Il joue lui-même du piano. Mais ce qu'il préfère sans doute c'est écouter le soir – sur l'appareil qu'il a construit – d'excellents enregistrements de musique classique : sa discothèque est importante. Savourer une partition est pour lui le plus sûr moyen de s'isoler : l'apparence un peu taciturne de son visage semble alors s'irradier d'une sorte de joie intérieure qui le transfigure. Et quand le miracle des ondes lui apporte, dans le silence ouaté de sa demeure suisse, une lointaine mélodie tzigane, il ne se sent plus à Versoix mais loin, très loin, au-delà des frontières, au-delà surtout du triste rideau de fer qui le sépare de son pays natal. Il croit réentendre et surtout revoir ses tziganes roumains dont le dynamisme fougueux, l'espièglerie raffinée et la sensibilité profonde ont bercé son enfance.

C'est un peu comme si toute la Roumanie envahissait brusquement la maison pour lui rappeler, aux accents des violons et sur le rythme du cymbalum, sa jeunesse enfuie et surtout ce lourd passé dont il est l'héritier. Peut-être même son regard est-il voilé de larmes quand la musique, tour à tour triste ou joyeuse, accompagne le déroulement des fabuleux souvenirs attachés à sa famille : celle de ces Hohenzollern-Sigmaringen qui ont porté, de 1866 jusqu'à 1947, le poids écrasant de la couronne de Roumanie pour laquelle ni leurs origines, ni leur nationalité allemande, ni leur religion catholique ne semblaient particulièrement les désigner.

Si Michel se souvient parfaitement de son père, Carol II, il ne doit avoir que de très vagues souvenirs de son grand-père, Ferdinand Ier, mort en 1927 alors que son petit-fils n'avait encore que cinq ans. Mais il connaît quand même très bien les faits et gestes de ce grand-père et de l'arrière-grand-oncle, Carol Ier, le fondateur de la dynastie. Son père, sa mère, la reine Hélène, sa grand-mère, la reine Marie, ses éducateurs, ses précepteurs, tous ceux qui l'ont entouré au palais royal de Bucarest lui ont tellement rebattu les oreilles des exploits de ceux qui l'ont précédé sur le trône qu'il ne peut pas les ignorer! Et sans doute – quand la plainte nostalgique des violons tziganes envahit sa calme demeure actuelle – est-ce d'abord vers la figure haute en couleur de Carol Ier, le premier des quatre rois, que vont ses pensées ou ses rêves de grandeur. N'a-t-il pas entendu raconter, depuis les premières leçons de son enfance, que le dimanche des Rameaux de 1866, où le prince Charles de Hohenzollern-Sigmaringen – qui devait devenir trois années plus tard ce Carol Ier – mit pour la première fois le pied sur le sol de Roumanie, ce fut dans le petit port de Turnu-Severiu? Si le Danube n'était pas bleu – parce qu'il ne l'a jamais été et qu'il ne pourra jamais l'être – le ciel, lui, l'était quand le jeune prince allemand, alors à peine âgé de vingt-sept ans, débarqua sur le quai.

Il y avait une foule de curieux, mais personne ne se rendait compte que la Roumanie était en train de vivre un moment historique, pas même peut-être celui qui avait suscité et préparé cette arrivée princière : Jean Bratiano, l'homme fort du pays, venu présenter ses hommages au nouveau prince régnant. N'était-il pas, ce magnifique Bratiano, le seul personnage qui pouvait éveiller, chez le jeune prince, un véritable intérêt à l'égard de ceux qui allaient être ses sujets? Beau et habile, doué de l'élégance naturelle qui est l'une des particularités des gens du Midi, possédant l'intelligence aiguë de la race latine et l'incomparable force d'adaptation du Slave, Bratiano parvint rapidement, grâce à sa parfaite connaissance de la langue française, à introduire son jeune maître allemand dans l'existence passionnante d'un peuple qui rêvait de trouver un vrai chef pour pouvoir s'affirmer et vivre.

Au bout du débarcadère on apercevait – lui avait-on seulement demandé de venir ou se trouvait-il là par hasard ? – un orchestre de tziganes. Et ce fut au son des violons que le prince Charles monta quelques minutes plus tard dans la chaise de poste qui l'emporterait, pendant la fin de l'après-midi et toute la nuit, vers la capitale...

Quand il se retrouva dans la voiture, ayant à ses côtés le seul Bratiano, Charles de Hohenzollern-Sigmaringen dut se dire que son entreprise devait paraître bien téméraire et bien audacieuse à l'Europe entière qui n'allait pas tarder à l'observer avec une curiosité où la méfiance alternerait avec la jalousie.

Mais le regard perçant du jeune homme voyait déjà clair : il réalisait qu'un homme, placé brusquement comme lui dans d'autres circonstances de vie, pouvait devenir un tout autre homme. Et il sut prendre la décision d'écarter sans tarder tout ce qui n'était qu'extérieur et sans importance, au profit des deux qualités primordiales d'un vrai chef : la persévérance et la dignité. Il comprit, pendant ce premier voyage en véhicule hippomobile, quelle pourrait être l'utilité des chemins de fer sur un territoire aussi vaste que l'on n'avait pas encore exploité et dont des contrées entières étaient en friche ! Il réalisa aussi les avantages qu'apporterait une population plus dense... Ses pensées enfin étaient accaparées par les grandes idées d'importation et d'exportation qui progressaient dans le monde entier.

La lourde voiture, tirée par huit forts chevaux, passait partout à travers champs, les routes étant pratiquement inexistantes ou inutilisables à la suite des pluies d'hiver qui les avaient ravinées. Les deux postillons menaient l'attelage à un train d'enfer, en criant et en faisant claquer leurs fouets ! Plusieurs fois, pendant cette cavalcade nocturne d'un homme qui galopait vers son destin de roi, les rênes et les harnais se rompirent : des réparations de fortune furent faites avec des cordes. Pour traverser les rivières, on utilisait des ponts flottants qui étaient assez inquiétants. Ce voyage, à travers « son » pays, dura pour le futur Carol Ier vingt-quatre heures, entrecoupées de courtes haltes dans les villes les plus importantes, où il était accueilli avec enthousiasme par la population, toujours aux accents de la musique tzigane. Il semblait que celle-ci ne voulût plus cesser d'accompagner la chevauchée triomphale.

Étonnant voyage qui permit au jeune Allemand de découvrir aussi bien l'originalité du pays que ses contrastes, dont le plus saisissant se révélait chez les habitants eux-mêmes. Quelques-uns, entourés d'une cohorte de serviteurs qui portaient des torches dont la clarté aveuglante se découpait sur un fond d'ombres irréelles, se tenaient sur le seuil de leurs somptueuses villas ou de leurs châteaux biscornus, au style hétéroclite : ces hommes aisés étaient cultivés, parlant facilement trois ou quatre langues. D'autres au contraire, le plus grand nombre, sortaient de misérables chaumières : mal vêtus, ils avaient cependant de beaux visages encadrés de longs cheveux, reflétant toutes les privations ; leurs yeux étaient noirs et tristes. Ces hommes pauvres ne parlaient qu'une seule langue, le roumain, que le prince étranger ne comprenait pas encore.

Quand l'aurore se dessina, la voiture continuait sa course... Puis le soleil ruissela à nouveau : la beauté des formes et des couleurs revint en même temps qu'apparurent, galopant sur leurs petits chevaux rapides pour escorter la voiture princière, des paysans qui avaient revêtu leurs plus beaux costumes. Et très vite, des paysannes, conduisant des voitures légères, se joignirent au cortège de rêve, encourageant de la voix leurs chevaux et ne se souciant guère des voiles de leurs coiffes qui flottaient au vent, en donnant l'illusion que le paysage était pavoisé d'une multitude de petits drapeaux multicolores.

Enfin ce fut l'entrée à Bucarest où la prodigieuse nouvelle de l'arrivée imminente du prince s'était répandue avec une rapidité déconcertante. C'était le premier événement marquant l'union de tout un peuple : à pied, à cheval, en voiture de maître ou en charrettes ordinaires, des dizaines de milliers d'habitants de la capitale ou de ses environs venaient saluer celui qui apportait, dans ses bagages de jeunesse, la chance et l'avenir... Il était acclamé spontanément, dans une sorte de confiance inexplicable, par des gens naturels et simples. La chaleur de l'accueil n'était freinée par aucune contrainte, par aucune étiquette, par aucune solennité.

Le plus extraordinaire était peut-être que ce prince de Hohenzollern n'avait rien d'un Allemand, à l'exception de ses yeux bleus qui offraient un contraste saisissant avec ses cheveux foncés et ses sourcils sombres. Sa physionomie expressive avait un aspect méridional, comme si la nature elle-même avait voulu le créer et le façonner pour son nouveau pays latin...

Comment Michel, terré dans la petite maison de Versoix, peut-il ne pas penser, lorsqu'il écoute la musique tzigane, au fantastique voyage qui précéda l'accession au trône de Roumanie du fondateur de la dynastie ? Comment ne se sent-il pas envahi par un atroce sentiment d'amertume, lui qui a été contraint de signer l'acte d'abdication qui mettait le point final à l'épopée royale ? Comment pourrait-il même admettre que ce soit vraiment un point final et ne pas rêver de faire lui aussi, un jour, à Bucarest, une entrée triomphale au son des airs tziganes ? de connaître enfin l'accueil joyeux qui ne lui a jamais été réservé parce que les deux fois où il est monté sur le trône, ce ne fut que parce que son père, Carol II, avait tout abandonné en s'enfuyant ?

Mais ce que Michel sait aussi, c'est qu'avant d'accomplir le voyage de 1866 qui lui permit ensuite de régner pendant quarante-huit années, le futur Carol Ier dut faire preuve d'une volonté et d'une énergie peu communes chez un homme encore très jeune. Qui pourrait douter, en effet, que lorsqu'il a fallu prendre le pouvoir et créer une dynastie qui devait régner sur un nouveau et étrange royaume – fait de la réunion de principautés danubiennes telles que la Valachie et la Moldavie habitées par des populations très différentes et livrées depuis plus d'un siècle aux rivalités de petits princes sans envergure – les choses ne se firent pas toutes seules ?

LA REINE SANS HÉRITIER

Une femme de lettres, Marie Kremnitz, se demandait, dans un ouvrage paru en 1903, à Breslau, comment un jeune prince allemand, tel que Charles de Hohenzollern-Sigmaringen – qui n'avait pas été spécialement formé à la rude école du pouvoir – avait su conduire à l'indépendance et à la gloire l'État où il avait été appelé à régner.

« *Si l'on pénètre,* écrivait-elle, *profondément dans l'histoire de sa vie, on serait tenté de dire que Carol Ier a réussi, non pas grâce à ses qualités positives, mais plutôt par ses qualités négatives : c'est un homme qui n'a commis aucune erreur... Ce n'est pas par la sagesse et la bonté, ni par l'énergie de la volonté, qu'il a conquis sa place dans l'histoire universelle, mais par le fait qu'il n'avait aucune rudesse, ni aucune faiblesse. Plus que tout autre mortel, il a pu supporter, attendre, souffrir... Son absence de passions était compensée par la persistance et la conscience de ses devoirs.* »

Il est certain que ce roi allemand est arrivé à s'imposer à la Roumanie, pays latin doué de grandes mais terribles qualités ! Une personnalité moins froide que lui, placée dans les circonstances très difficiles où il fut appelé à fonder le nouveau royaume, aurait certainement échoué.

Né le 20 avril 1839, celui qui devait devenir

Carol Ier de Roumanie était le second fils du prince Charles-Antoine de Hohenzollern-Sigmaringen et de son épouse Joséphine, née princesse de Baden. Six enfants naquirent d'ailleurs de cette union. La plus noble part d'héritage que ce Charles-Antoine laissa à ses enfants fut son caractère fier et juste. Ne dit-il pas, à l'époque où l'on pensait très sérieusement à la candidature de son fils aîné pour le trône d'Espagne :

– Ce n'est pas la distinction de notre famille, mais l'absence de défauts communs à d'autres dynasties, qui nous a assuré une position historique.

Comme lui, ses fils ont été des hommes sains, francs, ayant toutes les noblesses : celle du cœur et celle de l'allure. La discipline, la simplicité et l'ordre dominaient la vie du château de Sigmaringen où les sentiments pieux étaient apportés par la mère de famille, la princesse Joséphine. L'atmosphère politique y était nettement libérale. Charles-Antoine, partisan de l'union de l'Allemagne sous la direction de la Prusse, n'hésita pas à sacrifier sa propre souveraineté en 1849.

Comme tous les Hohenzollern, qui semblent destinés au militarisme, le futur Carol Ier passa facilement son examen de sous-lieutenant après avoir fait ses études dans un institut privé de Dresde. La mentalité strictement allemande dominait au château de Sigmaringen, bien que les enfants aient toujours parlé en français avec leur mère et avec la grande-duchesse Stéphanie, qui avait été la fille adoptive de Napoléon Ier. Une tradition familiale voulait que l'on marquât le plus vif intérêt aux agissements et aux décisions de la cour impériale française avec laquelle les Hohenzollern-Sigmaringen étaient apparentés : l'une des grand-mères de Carol, née princesse Murat, était française. Ces liens de parenté avec Napoléon III ont plus contribué que les liens avec les Hohenzollern de Prusse à l'élection du prince Carol au siège de prince régnant de Roumanie.

Dans sa jeunesse, le futur Napoléon III avait passé maintes journées en compagnie de la famille Hohenzollern-Sigmaringen, quand il demeurait avec sa mère au château d'Arenenberg, en Suisse. Il avait même assisté au baptême du prince Carol. Les années passèrent et l'empereur des Français joua le rôle d'arbitre dans les affaires européennes : on venait le consulter d'un peu partout. Mais ce fut une femme, l'une de ses amies les plus fidèles, dont le nom est un peu oublié aujourd'hui – Mme Hortense Cornu – qui fut la toute première personne, ayant audience permanente à la cour des Tuileries, à recommander chaleureusement à Napoléon III le jeune Carol pour le trône du nouvel État roumain qui était en train de se former grâce à l'union de la Moldavie et de la Valachie.

Le salon d'Hortense Cornu, femme remarquablement intelligente, était surtout fréquenté par des envoyés ou représentants des petits peuples du sud-est de l'Europe. Parmi ceux-ci, dominant tout le monde de sa forte personnalité, se trouvait le beau Bratiano, l'artisan de l'unité roumaine naissante... Une conspiration avait obligé Alexandre Cuza, prince régnant des principautés danubiennes, à abdiquer. Immédiatement réunies pour élire un prince étranger qui seul pourrait ramener l'union, précisément parce qu'il était étranger, les Chambres roumaines élurent le comte de Flandre. Mais celui-ci, sans doute conseillé secrètement par Napoléon III, refusa : ce qui aggrava encore davantage la situation. L'empereur des Français dit alors à Jean Bratiano :

– Partez immédiatement pour Düsseldorf où se trouve en ce moment le prince Charles-Antoine de Hohenzollern et offrez-lui le trône de Roumanie pour l'un de ses fils. Il en a quatre, qui sont déjà des garçons de grande valeur.

Bratiano arriva à Düsseldorf le 30 mars 1866. Mais l'aîné des fils – le prince héritier – était très attaché à sa patrie allemande; le troisième, le prince Antoine, voyageait en Palestine; le quatrième enfin, le prince Frédéric, était encore trop jeune. Il n'en restait véritablement qu'un : Carol, le deuxième, qui pouvait accepter l'offre de l'envoyé roumain. C'était d'ailleurs à lui seul qu'Hortense Cornu avait toujours pensé. Grande amie de Napoléon III et de la princesse Joséphine, mère de Carol, elle avait vu grandir tous les enfants Hohenzollern-Sigmaringen. Et elle n'avait pas été sans remarquer que le viril et ambitieux Carol n'était pas du tout satisfait de l'inactivité apparente dans laquelle son grade de lieutenant le maintenait à Berlin.

Cette vie berlinoise d'officier, Carol la menait depuis 1857. Au bout de neuf années, en 1866, époque où il reçut la visite de Jean Bratiano, il en était saturé. Après avoir servi d'abord dans l'artillerie, il était passé au 2ᵉ régiment de dragons de la Garde. Ce service militaire fastidieux avait pourtant été entrecoupé à plusieurs reprises par des voyages à l'étranger, et spécialement dans le midi de la France, en Afrique du Nord, en Espagne, en Angleterre et au Portugal lors du mariage de son frère Léopold, à Paris, en Suisse et, bien entendu, dans sa ville natale : Sigmaringen. Mais, malgré ces nombreuses interruptions, l'étiquette de la cour et l'atmosphère très réactionnaire de la société berlinoise pesaient d'autant plus lourdement à Carol qu'il avait acquis, dans le château libéral de ses parents à Sigmaringen et dans la brillante Allemagne du Sud où il avait passé son enfance, une largeur de vues très éloignée de l'étroitesse d'esprit des Hohenzollern de Berlin.

De plus, sa position personnelle n'avait pas toujours été très agréable dans la capitale de la nouvelle Grande Allemagne. Certes, en récompense de l'obédience dont son père Charles-Antoine avait su faire preuve à l'égard de la couronne de Prusse en lui cédant sa petite principauté, lui-même et tous ses descendants avaient droit aux prérogatives et aux honneurs de la maison royale. Mais certains membres de la famille prussienne n'avaient pas accepté de bon gré qu'on accordât de tels avantages à la branche catholique des Hohenzollern d'Allemagne du Sud, qui était d'ailleurs la plus ancienne, et qui favorisait alors ouvertement les opinions libérales.

Ces années passées à Berlin ne furent quand même pas inutiles pour l'avenir du prince Carol. Le temps aidant, les étroites relations qu'il y avait entretenues avec la famille royale se révélèrent bénéfiques pour lui. En effet le seul intérêt dont la Prusse fit montre à l'égard de la Roumanie a été celui qu'elle avait ressenti pour son prince régnant. Ce fut uniquement par ses relations personnelles que Carol obtint, aux époques difficiles de son règne, quelques facilités et même une certaine aide pour son pays.

En 1863, soit trois années avant la visite de Bratiano, un avenir plus souriant parut se dessiner pour le jeune prince... Napoléon III l'invita à passer quelques jours à Compiègne, avec l'intention bien arrêtée d'arranger un mariage entre son hôte et l'une de ses parentes, la princesse Anne Murat, grande amie de l'impératrice Eugénie. Mais ce projet échoua avant même que les deux intéressés aient seulement eu la possibilité d'échanger quelques mots. Et cependant Carol avait été presque reçu comme un parent par un souverain qui tenait à avoir des vassaux sur le Rhin. Malheureusement, son père, Charles-Antoine, avait été ministre du roi de Prusse et l'empereur craignait que les années passées par le jeune officier à Berlin ne l'aient marqué du sceau fanatique de Bismarck.

En réalité il n'en était rien, Carol ne s'étant jamais rapproché personnellement de celui que l'on avait surnommé « le chancelier de fer » et qui dirigeait la politique allemande. Ce dernier – qui était admirablement renseigné sur tout – savait très bien que le jeune homme n'était pas son ami malgré l'admiration dont il ne pouvait se départir à l'égard du créateur de l'empire allemand.

L'échec des projets d'union avec Anne Murat fut une sérieuse déception pour Carol qui en vint à se demander s'il ne serait pas éternellement condamné à piétiner dans une médiocre existence d'officier subalterne de l'armée allemande. Même la victorieuse campagne de 1864 ne lui permit pas de se distinguer : officier d'ordonnance du prince royal, ou kronprinz, il resta dans le Schleswig-Holstein... Aussi l'année suivante, 1865, fut-elle désespérante pour le prince, dévoré par le besoin d'agir. Au moment même où il songeait sérieusement à s'expatrier pour se tailler en un autre pays, et peut-être même sur un autre continent, un empire digne de ses ambitions juvéniles, l'heure de son véritable destin sonna par l'arrivée imprévue à Düsseldorf de Jean Bratiano.

Le père de Carol, le prince Charles-Antoine – qui résidait pendant l'hiver dans cette charmante ville – pouvait donner à ses fils de riches pensions qui leur permettaient de vivre avec un luxe aussi peu commun chez les petits princes allemands que chez les lieutenants prussiens. Cette grande fortune paternelle avait été acquise grâce à d'heureux coups de bourse dans lesquels le prince Charles-Antoine avait eu pour associé le célèbre banquier Stronsberg, dont les spéculations pour les moins hasardeuses défrayèrent toutes les conversations entre 1860 et 1870.

Le fils aîné de Charles-Antoine était ce fameux prince de Hohenzollern qui fut pressenti plus tard pour le trône d'Espagne et dont la candidature devint le prétexte de la guerre de 1870 entre la France et l'Allemagne.

Quand Bratiano vint offrir en 1866 la couronne de Roumanie au second fils, Carol, celui-ci se trouvait à Coblence, servant en qualité de capitaine au 1er régiment des dragons de la Garde, où il avait la réputation d'être non seulement un officier distingué, mais aussi un modèle de vertus publiques et privées.

Avec son éloquence toute méridionale, le ministre roumain s'efforça de peindre, sous les couleurs les plus riantes, la destinée qui attendait un jeune prince de vingt-sept ans sur les rives du Danube... Il allait même jusqu'à promettre que le diadème princier se transformerait dans un temps relativement court en couronne royale. Promesse qui fut d'ailleurs tenue trois années plus tard.

Carol ne put qu'être ébloui et séduit par tout ce que lui disait son habile visiteur. Mais avant de se décider, il voulut quand même consulter le prince de Bismarck... Il paraît très intéressant aujourd'hui de connaître, avec le recul du temps, la manière dont le chancelier de l'empire allemand a lui-même raconté à un diplomate de ses amis comment les choses se passèrent :

– Le monde, confia-t-il un soir où il était en veine de confidences – ce qui ne lui arrivait que très rarement – m'impute bien des choses dont je suis parfaitement innocent ! Et c'est seulement par la lecture des journaux que j'apprends que je suis la cause néfaste de tel ou tel événement... Il est vrai que, d'autre part, on m'attribue des mérites que je ne possède point ! Par exemple, on a estimé que j'avais été très habile de placer le prince Charles de Hohenzollern sur le trône de Roumanie avant la campagne austro-prussienne. Et pourtant, je ne me suis guère mêlé de cette candidature ! Le prince vint me voir un jour, de Coblence, où il tenait garnison, pour m'annoncer, à mon plus grand étonnement, que les boyards roumains venaient de lui offrir la couronne par l'intermédaire du ministre Bratiano.

Le comte de Bismarck ne mentait pas à son ami le diplomate quand il lui affirmait n'avoir été qu'un observateur des événements dans cette affaire. Il semble bien, en effet, que la conversation entre le jeune prince et le rude chancelier fut de cet ordre :

– Que me conseillez-vous, monsieur de Bismarck ? Que dois-je faire ?

– Voilà, mon cher prince, un bon avancement pour un capitaine prussien ! Et je ne vois pas pourquoi, après tout, vous ne tenteriez pas la chance... Quoique la Roumanie soit un pays difficile à gouverner, étant donné ses mœurs asiatiques, n'oubliez pas que vous êtes un Hohenzollern. Quand les Hohenzollern veulent vraiment quelque chose, ils finissent bien par l'obtenir...

Car M. de Bismarck s'est toujours obstiné à ne pas considérer la Roumanie comme étant une nation latine... Puis il ajouta à l'intention de son visiteur :

– Si vous voyez que vous ne pouvez réussir, revenez en Allemagne... Cette aventure manquée vous laissera au moins un beau souvenir de jeunesse !

– Monsieur le chancelier, ce que vous ne considérez que sous l'angle d'une aventure ne peut réussir que si j'agis vite... M. Bratiano me l'a nettement fait comprendre. Il n'y a pas une minute à perdre, sinon d'autres pays, et spécialement l'Autriche-Hongrie, mettront tout en œuvre pour empêcher mon accession au futur trône de Roumanie... Mais si je me hâte, comme l'exige la situation actuelle, je n'aurai jamais le temps de solliciter et ensuite d'attendre l'autorisation de donner ma démission d'officier prussien. Et si je pars, je crains d'être regardé comme un déserteur.

– Je me charge de tout expliquer à Sa Majesté...

Ce que fit Bismarck. Ce fut à cela que se limita toute son intervention dans la création de la dynastie roumaine. Les historiens – et ils sont nombreux ! – qui ont voulu retrouver dans cette délicate affaire les méthodes habituelles de l'illustre chancelier, faites d'un habile dosage d'hypocrisie et de menaces, ont été dans l'erreur la plus complète. Il en est de même pour les ennemis de Carol Ier qui ont essayé de faire croire qu'il avait été rayé des cadres de l'armée prussienne.

Ce dernier, il le laisse clairement entendre au

comte de Bismarck, avait de sérieuses raisons de se méfier de la police autrichienne qui pouvait, à tout moment, intercepter son voyage vers la Roumanie. Aussi fut-ce complètement incognito et en seconde classe qu'il traversa, en chemin de fer, les vastes États de François-Joseph, prenant intentionnellement le pseudonyme très courant de Lehmann. Une curieuse coïncidence a voulu que ce même nom avait été déjà adopté par son oncle, le défunt empereur Guillaume Ier d'Allemagne, quand il s'était enfui de Berlin en 1848. Et ce ne fut qu'après avoir débarqué du bateau à vapeur autrichien dans le port roumain de Turnu-Severiu, que le jeune Lehmann, « voyageur de commerce », abandonna son déguisement et sa fausse identité pour se faire reconnaître comme étant « Son Altesse Royale le prince Carol Ier de Roumanie »...

Malgré les précautions qu'il sut prendre, les moments d'émotion ne lui avaient pas manqué avant qu'il n'eût mis les pieds sur le sol de son nouveau pays... Si M. de Bismarck s'était montré aussitôt compréhensif, il n'en avait pas été de même pour le roi de Prusse, chef de famille incontesté des Hohenzollern. Il manifesta de sérieuses hésitations et ce ne fut nullement le plébiscite de Roumanie, qui s'était prononcée presque à l'unanimité pour le prince Carol, qui contribua à faire basculer sa décision du côté de l'acceptation tacite. En réalité, il n'accorda jamais de permission officielle. La conférence des puissances, réunie à Paris, venant de se prononcer contre le prince Carol, le roi de Prusse pouvait se montrer perplexe. Le seul geste qu'il fit à l'égard de Carol fut de l'embrasser avant son départ en lui murmurant à voix basse :

– Que Dieu te garde!

Guillaume Ier fit part à son chancelier du scrupule qui le tourmentait le plus dans toute cette affaire :

– Il est indigne pour un prince de la maison de Hohenzollern de se soumettre à la suzeraineté d'un sultan!

Ce à quoi Bismarck répondit :

– Si l'aventure, comme nous le souhaitons vivement, tourne bien, il y a tout lieu de penser que le prince Carol, en bon Hohenzollern qu'il est, saura se débarrasser de cette suzeraineté avilissante par la force des armes en conquérant sur les champs de bataille l'indépendance complète du pays qui l'a élu.

Et le roi de Prusse fit confiance à Carol.

Mais tous ceux qui étaient au courant de l'audacieux projet du jeune homme craignaient les innombrables obstacles qu'il ne manquerait pas de rencontrer pour se rendre dans un pays que l'on trouvait, à cette époque, très lointain... La seule façon d'arriver rapidement en Roumanie était pour lui de passer par l'Autriche-Hongrie, mais celle-ci était précisément en train de s'armer contre la Prusse! De leur côté, les hommes d'État roumains – et spécialement Bratiano – insistaient sur l'impérieuse nécessité de hâter le voyage pour mettre la conférence de Paris, qui venait de se prononcer contre la présence d'un prince étranger sur le trône de Roumanie, devant le fait accompli... Enfin la Russie et la Turquie étaient prêtes, au moindre trouble, à entrer dans les principautés danubiennes pour se les partager et les annexer...

Les ruses utilisées pour le voyage auraient pu être celles d'un grand aventurier. Il est vrai que l'aventure du trône de Roumanie ne manquait pas d'envergure, ni de grandeur!

Pour faire perdre sa trace dès le départ et obtenir un passeport, le prince Carol se rendit d'abord en Suisse, pays qui, après avoir été en cette année 1866 le tremplin d'où un premier Hohenzollern partait à la conquête de son futur royaume, deviendrait moins d'un siècle plus tard le havre dans lequel se réfugierait Michel de Hohenzollern chassé de Roumanie.

Quelques chroniqueurs ont affirmé que le nom d'emprunt, choisi par Carol pour cacher sa véritable identité, avait été Karl Hettingen et non pas Lehmann... La controverse paraît aujourd'hui d'assez piètre importance en comparaison du but final du voyage. Mais ce que l'on ne sait généralement pas, c'est que le jeune prince faillit plusieurs fois être découvert et tout spécialement à Salzbourg où il eut la malchance de rencontrer dans la salle d'attente plusieurs officiers qu'il connaissait! Heureusement pour lui, il n'était pas en uniforme et comme ces officiers ne l'avaient jamais vu en civil, ils eurent quelques doutes. L'un d'eux vint cependant vers lui en lui tendant la main et en l'appelant par son véritable nom. Carol eut le sang-froid de répondre :

– Je crois que vous faites erreur... Je suis...

Mais, à ce moment, un terrible « trou » de mémoire lui fit oublier son pseudonyme! Il balbutia quelques mots inintelligibles et s'enfuit sur le quai jusqu'à l'arrivée du train.

Comment aussi ne fut-il pas reconnu à Bazias, où la priorité réservée à des passages de troupes l'obligea à rester vingt-quatre heures jusqu'à l'arrivée du bateau sur lequel il devait continuer son voyage en aval du Danube, cela tient du miracle ! Heureusement le prince Charles – qui craignait le manque d'expérience de ce fils âgé à peine de vingt-sept ans – lui avait donné, pour compagnons de route, deux de ses fonctionnaires les plus éprouvés : le baron de Mayenfisch et M. de Werner. Après l'arrivée triomphale à Bucarest, ceux-ci ne revinrent pas en Allemagne et restèrent fidèlement auprès du jeune prince régnant. Cependant ni l'un ni l'autre n'eut de rôle politique : le premier ne s'intéressa qu'à l'archéologie et le second ne quitta pas l'administration.

Pour mener sa politique, Carol ne dut compter que sur lui-même et sur quelques conseillers roumains. Mais, malgré leur farouche patriotisme, les Roumains sont avant tout des hommes de parti, ayant assez peu d'expérience en politique étrangère. Dans ce dernier domaine, Carol se retrouva donc absolument seul : très vite, les plus grandes puissances durent reconnaître qu'il était peut-être le plus fin et le plus avisé de tous les hommes politiques et chefs d'État d'Europe centrale.

Il avait déjà fait preuve de ces qualités au cours du fameux voyage en adressant, des différentes étapes, des messages personnels aux autres monarques. Sa première lettre fut pour Napoléon III. Lettre dans laquelle il sut se montrer flatteur pour l'orgueilleux empereur des Français en lui disant qu'étant donné *le grand et admirable exemple* que lui-même, Napoléon III, avait donné au monde, il osait à son tour *conduire à la chance et à la gloire la nation qui l'avait élu par plébiscite*. La deuxième lettre fut pour l'empereur de Russie... Il y reconnaissait humblement que la Roumanie ne pouvait devenir un grand pays que si elle savait *rester à l'ombre et sous l'égide du grand empire voisin.* La troisième lettre fut pour le sultan de Turquie : il y exprimait l'espoir que ce puissant souverain *voulût bien maintenir sa bienveillance à l'endroit des Principautés unies.* La Turquie s'était violemment opposée à la dénomination de Roumanie et avait maintenu, dans ses rapports officiels avec la jeune nation naissante, celle de « Principautés unies ». Enfin, pendant qu'il se trouvait, parmi des sacs de marchandises, sur le bateau qui descendait le Danube en l'emportant doucement vers son destin, il écrivit une quatrième lettre à l'empereur d'Autriche dans laquelle il formulait le souhait ardent que *la bienveillance impériale* ne lui manquerait pas dans *les relations amicales à venir...*

Il paraît superflu de dire que Carol ne pensait pas un seul mot de toutes les belles phrases épistolaires qu'il avait lancées ainsi dans toutes les directions à l'intention de voisins qui pourraient devenir d'un jour à l'autre de redoutables ennemis de la jeune Roumanie. Carol de Hohenzollern pensait déjà « roumain » et plus du tout « allemand ». Il savait très bien, par exemple, qu'un jour viendrait où il lui faudrait libérer la Roumanie de la suzeraineté de la Turquie, que la Bessarabie devrait cesser d'appartenir à la Russie pour compléter la Moldavie roumaine, que certains territoires de Transylvanie seraient beaucoup plus à l'aise sous le pavillon roumain que sous la tutelle de l'empire d'Autriche-Hongrie... Il pressentait, il flairait, il devinait déjà tout cela, le jeune prince Carol... Mais il saurait se montrer sage et patient jusqu'à ce qu'il ait forgé une armée solide qui lui permettrait de faire respecter la volonté du peuple roumain. Un peuple qu'il était indispensable, et cependant malaisé, de discipliner. Un peuple brillant et charmant qui n'était fait que « d'enfants terribles »... Un peuple qui, après avoir accueilli son prince régnant avec des transports de joie, ne tarda pas, au bout de quelque temps, à se plaindre de la rigidité prussienne de son jeune souverain. Un peuple latin, dont l'esprit de finesse naturel n'avait pas été long à comprendre qu'une influence plus douce était nécessaire pour mitiger la rudesse involontaire du monarque : rudesse qui ne provenait pas d'une dureté innée, mais plutôt de l'inflexibilité de caractère qui est le propre des gens venus du Nord...

Pendant les trois premières années qui suivirent son arrivée en Roumanie, le prince régnant connut de très sérieuses difficultés politiques dont il triompha avec éclat. Les lourdes charges du nouvel État, ajoutées au mauvais souvenir qu'il avait toujours conservé de l'échec de son projet d'union avec Anne Murat, l'avaient empêché de songer au mariage. Mais il finit quand même par s'y décider beaucoup plus pour introduire auprès de lui, dans son royaume, un élément plus doux que par véritable inclination. Et ne devait-il pas assurer l'avenir encore très incertain de la nouvelle dynastie ?

Ses pensées allèrent tout naturellement vers une princesse, remarquablement douée, qui, plusieurs années auparavant, était tombée dans ses bras sans le vouloir ! Aucun romancier à l'imagination féconde, nul poète épris d'idéal n'aurait pu imaginer une première rencontre plus romanesque que celle qui fut vécue par le jeune prince Carol de Hohenzollern et la bouillante princesse Elisabeth de Wied à la cour de Berlin alors que le jeune homme n'était encore qu'un brillant lieutenant et la jeune fille une créature dont la gaieté et l'entrain avaient besoin d'une perpétuelle activité.

Un jour où elle descendait l'escalier du palais royal avec son impétuosité accoutumée, elle glissa et aurait roulé jusqu'en bas si un jeune officier, qui montait au même moment cet escalier, ne l'avait retenue dans ses bras. Cette chute eut les conséquences les plus inattendues puisque Elisabeth, sans s'en douter, venait de tomber dans les bras de celui qui serait son futur époux ! Mais il ne fut nullement question de doux projets au moment de la chute. Elisabeth montrait même, à cette époque, une aversion des plus prononcées pour le mariage et elle ne manquait jamais de répondre à toutes les offres qu'on lui faisait :

– Je ne me marierai que si je puis être reine de Roumanie, car là-bas j'ai encore une tâche à remplir.

Pour elle ce n'était alors là qu'une boutade lui permettant d'imposer silence à ceux qui voulaient toujours la marier, car il n'y avait pas encore, à cette époque, de *royaume* de Roumanie !

Mais d'où venait cette charmante princesse dont les déclarations étaient aussi catégoriques ?

Née en 1843, Elisabeth était la fille unique du prince Hermann de Wied et d'une princesse de Nassau : couple parfait, d'une intelligence vraiment supérieure.

La petite Elisabeth appartenait à l'une de ces innombrables familles princières existant alors en Allemagne et dont les États étaient invisibles sur les cartes de géographie. Son père était cependant considéré comme un authentique souverain : son minuscule royaume se composait du petit territoire de

Wied-Neu-Wied sur le Rhin où sa grande bonté et sa réelle culture lui avaient acquis toutes les sympathies.

Elisabeth, robuste enfant aux yeux brillants de malice, avait appris à lire à l'âge de trois ans. Ensuite, elle eut la chance de pouvoir profiter de l'étonnante érudition de ses parents qui venait s'ajouter à l'enseignement d'excellents professeurs. Très vite, elle parla couramment plusieurs langues, tout en vouant une véritable passion à la poésie, à la musique et à tous les beaux-arts. Sa générosité était aussi grande que celle de ses parents. Son plus grand plaisir, pendant sa jeunesse, était de parcourir les bois qui entouraient la résidence d'été de ses parents, accompagnée seulement de ses gros chiens, afin de pouvoir entièrement se livrer à ses rêveries... Même quand elle se retrouvera plus tard entourée du faste nécessaire de la cour de Roumanie, elle n'oubliera pas les collines du Rhin et leurs vignobles. Et comme tant d'autres écrivains germaniques, elle payera son tribut poétique à ce fleuve si souvent chanté en dédiant à son pays natal ses traductions de chansons populaires roumaines. Le nom d'auteur qu'elle sut choisir, Carmen Sylva, ne rappelle-t-il pas sa double attirance pour les belles histoires d'amour et pour la forêt? N'a-t-elle pas défini elle-même son pseudonyme dans l'un de ses poèmes :

Carmen, le chant; Sylva, la forêt...
Elle chante son chant, la superbe forêt
Et si je n'étais née au fond des bois que j'aime
Pour redire ce chant, mon luth serait muet!

Ses amis se plaisaient à l'appeler « la rose sauvage de Wied ». Les années qui suivirent son séjour à la cour de Berlin furent assez tristes pour la jeune fille : elle perdit successivement son père qu'elle adorait, son jeune frère et sa meilleure camarade de jeunesse. La musique et les vers furent alors sa seule consolation et elle ne prêta que peu d'attention aux événements du sud-est européen qui devaient cependant avoir un jour une grande influence sur son destin de femme. Pensa-t-elle même au galant cavalier, héros de l'aventure de l'escalier, qui avait été appelé soudain à occuper le trône qu'elle avait déclaré convoiter? Mais Carol, lui, ne l'avait pas oubliée... Trois années après son accession au trône, par un bel après-midi d'octobre 1869, il arriva subitement au château de Wied pour rappeler à Elisabeth le souhait qu'elle avait exprimé jadis de régner sur la Roumanie.

– Si vous nourrissez encore ce désir, chère Elisabeth, vous allez pouvoir le satisfaire sans retard.

C'était là une déclaration... royale.

L'un des rêves de la jeune princesse devenait une réalité. Mais, bien qu'elle éprouvât certainement de la sympathie pour le prince, elle hésita encore quelque temps avant de se décider à renoncer à l'indépendance qui lui était si chère.

Carol finit par la décider en lui disant avec une grande humilité et franchise :

– Vous aurez une noble mission à remplir : vous consolerez ceux que j'aurai traités trop durement et vous vous chargerez de toutes les pétitions.

Paroles qui montrent bien que le prince régnant sent que sa loyauté s'allie à l'absence de sensibilité proverbiale des Hohenzollern et qu'il lui arrive parfois de blesser les préjugés de ses sujets alors qu'en réalité il n'a voulu que leur bonheur. Avec raison, il prévoyait que sa femme saurait adoucir l'impression assez désagréable causée par son caractère trop rigide.

– Notre tâche n'est pas toujours facile, dira quelques années plus tard la reine Elisabeth à un ami. Nous ne descendons pas d'une vieille famille enracinée dans le pays et nous avons à gagner la chose la plus difficile du monde : la faveur populaire.

La période des fiançailles fut courte : Carol ne pouvait prolonger son absence. Deux mois plus tard le mariage fut célébré à Neuwied sans aucun apparat. Mais il y eut quand même quatre cérémonies : le mariage civil allemand, le mariage à l'église luthérienne parce que Elisabeth était protestante, le mariage à l'église catholique romaine parce que Carol de Hohenzollern-Sigmaringen était catholique, enfin le mariage à l'église grecque parce que le peuple roumain appartient en grande majorité à l'église orthodoxe grecque.

Trois jours après la noce, le jeune couple partit pour la Roumanie et entra, incognito, dans son royaume à bord d'un bateau à vapeur ordinaire, comme l'avait déjà fait trois années plus tôt le voyageur de commerce Lehmann...

La première chose qui attira les regards d'Elisabeth, après qu'elle eut franchi les frontières de son nouveau domaine, fut l'aspect et le costume des douaniers roumains qui ressemblaient aux prisonniers daces représentés sur la colonne de Trajan à Rome. La jeune femme artiste et sensible comprit qu'elle venait vivre dans un étrange pays où la barbarie avait recouvert l'une des plus anciennes civilisations latines du monde, mais qui cachait certainement des trésors qu'elle se promettait bien d'exhumer.

Les jeunes mariés quittèrent le bateau dans le même petit port de Turnu-Severiu où le prince Carol avait été accueilli trois années plus tôt par Jean Bratiano et un orchestre tzigane... Les violons n'étaient plus là mais les passagers anonymes du bateau à vapeur ne furent pas peu étonnés de voir une immense foule acclamer comme leurs souverains la jeune femme et son compagnon, qu'ils n'avaient considérés jusque-là que comme un couple en voyage de noces. On leur offrit aussi sur des plats d'argent le pain et le sel traditionnels tandis que les clefs de la ville leur étaient présentées sur un coussin de velours.

De là jusqu'à Bucarest, le voyage ne fut qu'une série d'ovations. Frissonnante auprès de son époux, Elisabeth était éblouie par le mélange de splendeur tout orientale, de barbarie, de naïveté, de grâce aussi de ses nouveaux sujets qui – malgré leur hostilité instinctive à l'égard des étrangers – se laissaient peu à peu gagner par son sourire...

Il semble que cette première vision de leur couple royal qu'eurent les Roumains pendant ce nouveau voyage triomphal soit restée toujours la même à travers les quarante-cinq années du règne d'un homme et d'une femme exceptionnels qui se complétèrent d'une merveilleuse manière pour orienter la destinée de tout un peuple.

Personne mieux que le grand écrivain – doublé d'un remarquable homme politique – que fut Nicolas Iorga n'a su peindre la personnalité et le caractère de Carol et d'Elisabeth. Parlant du roi à l'occasion du cinquantenaire de la vie de soldat du souverain célébré en 1917, il écrivait :

« *Dans sa vie passée parmi nous, avec ses bonnes et ses mauvaises heures, le premier roi de Roumanie a donné journellement la preuve des vertus du soldat. Il a repoussé tous les plaisirs qui s'offrent aux rois; il a même repoussé la caresse de la joie entre les heures du travail ininterrompu.* »

Volontairement, Carol Ier est resté enfermé entre les murs de pierre nue de son rude devoir de monarque. Il ne s'est jamais permis d'aimer ou de haïr. Il n'a surtout jamais pensé à lui... Même au lendemain des plus grandes souffrances physiques ou des plus déchirantes douleurs morales, il n'a jamais perdu de vue son devoir. Il n'a jamais compté sur la reconnaissance des gens et il a toujours condamné la flatterie.

Le portrait posthume que Nicolas Iorga fit d'Elisabeth – au lendemain de la mort de cette admirable reine, qui fut aussi une très grande dame – est l'un des plus vrais, des plus poignants qui aient jamais été « brossés » par un écrivain :

« *Pendant de longues années, au côté de la sévère, de l'austère personnalité du roi Carol, se tenait cette femme à laquelle il n'était pas permis d'atténuer, avec sa sensibilité délicate, les pesantes pensées dont son époux avait fait toute sa vie. Carol Ier a fait, autour de lui, la grande solitude du devoir, dont personne, même celle qui avait le plus le droit de le faire, ne pouvait s'approcher pour la troubler.* »

Aussi cette reine a-t-elle été contrainte de rechercher en elle-même un bonheur que la vie, sans méchanceté aucune mais par une invincible fatalité, lui refusa. Elle sut trouver l'évasion de l'esprit en étudiant les œuvres des plus grands penseurs : elle y puisa même une sorte de consolation. Esprit romantique, Elisabeth s'est confondue avec le charme et le mystère du romantisme. Elle a d'abord extrait de son âme supérieure des poèmes d'amour et de joie puis des chants de tristesse et de résignation pour aboutir à la plus sereine des philosophies. Ce qui l'a aidée à vivre.

Doit-on se demander, comme Nicolas Iorga : « *A-t-elle aimé la gloire acquise par Carmen Sylva? Combien sont ceux qui peuvent rester insensibles à la renommée des lettres*? » Qu'importe, après tout! Grâce à ses rêves exprimés, Elisabeth s'est réconciliée doucement avec le monde qui l'entourait.

A peine arrivée dans sa nouvelle demeure de Bucarest – qui, certes, était beaucoup plus vaste que le château de Wied, mais qui n'avait pas encore les splendeurs d'un palais royal – la jeune mariée sut s'acquitter avec ardeur de tous ses nouveaux devoirs. Le premier, le plus impérieux de tous pour elle, fut d'abord d'apprendre à lire et à écrire le roumain. Trois années avant elle, son époux s'était imposé la même tâche : comment gouverner et surtout comment comprendre un peuple dont on ignore la langue, ce reflet vivant de toutes les aspirations?

Puis Elisabeth s'enquit des vœux et des besoins du pays. Et elle comprit qu'elle n'était pas tellement dans le domaine de l'utopie quand, plusieurs années auparavant, elle avait aspiré à ce trône de Roumanie qui, seul, pourrait lui procurer une noble tâche. Ayant l'intelligence de se tenir à l'écart des intrigues politiques, elle put exercer une influence dont les résultats furent beaucoup plus efficaces que les coups de canon ou les efforts calculés des diplomates.

Elle fonda des écoles, des hôpitaux, des maisons de convalescence, des crèches; elle encouragea les conférences populaires sous toutes les formes ; elle inculqua au peuple le respect des lois sanitaires, si nécessaires dans ces régions d'Europe orientale où elles étaient restées méconnues depuis des siècles ; elle fonda des galeries de tableaux et des écoles de peinture. Dès le premier jour de son arrivée, elle fit tout pour devenir la mère de son peuple et celui-ci lui prouva sa reconnaissance en l'appelant familièrement « petite mère ».

– Nous finirons à l'asile ! disait en souriant son époux le jour où, âpre au bien, elle était parvenue à lui arracher les crédits nécessaires pour la création d'une institution charitable.

Un fait, qui peut paraître assez banal en soi, contribua largement à accroître la popularité d'Elisabeth. Les femmes roumaines étaient, à la fin du siècle dernier, renommées dans le monde entier pour leur habileté aux travaux de tissage et de broderie, mais Elisabeth constata avec désespoir que l'art national menaçait de disparaître devant l'afflux massif des étoffes venues d'Occident et surtout devant l'assaut habile, et très alléchant, de la mode parisienne... Bientôt, si elle n'endiguait pas le flot d'importations, les pittoresques costumes du pays ne seraient plus qu'un souvenir du passé. Aussi la reine fonda-t-elle à ses frais une école de broderie, où les modèles byzantins furent fidèlement reproduits. Pour encourager les paysannes à porter les robes qu'elles avaient brodées, chaque fois qu'elle séjournait à la campagne, Elisabeth arborait le costume national et l'imposait à ses dames d'honneur. Elle exigea même qu'aux bals de charité, donnés chaque année à Bucarest, on portât aussi le vêtement national.

Un an après son mariage, en 1870, Elisabeth devint mère, et, bien que l'enfant fût une fille – la princesse Marie – n'ayant aucun droit à la couronne, sa venue au monde et son existence n'en furent pas moins précieuses aux yeux de sa maman. Pendant quatre années, son bonheur de femme se concentra sur cette enfant dont le visage lui fit oublier tous ses soucis. La joie et la félicité s'étaient enfin installées à la cour sévère de Bucarest. Mais hélas ! la petite princesse fut emportée en 1874, à l'âge de quatre ans, par l'épidémie de fièvre typhoïde qui sévissait dans la capitale. Elisabeth eut alors ce mot admirable :

– D'autres mères ont dû renoncer à tous leurs trésors, pourquoi serais-je la seule épargnée ?

Et, fidèle à l'une de ses maximes préférées qui veut que ce soit « dans le travail que l'on trouve la consolation de tous les chagrins », Elisabeth s'appliqua avec plus d'ardeur que jamais à faire le bonheur de son peuple. Ce fut l'époque où, pour s'évader de sa solitude de femme, elle commença à considérer la littérature comme étant une profession. Jamais jusqu'alors elle n'avait songé à publier ses vers qu'elle n'avait montrés qu'à quelques intimes.

Après la perte de son unique enfant, ce fut sa plume qui devint sa plus fidèle compagne et amie. Elle commença – n'était-ce pas le premier cri de son cœur meurtri ? – à mettre en vers les propos naïfs de son bébé et à traduire en allemand, sa langue natale, les chants populaires roumains, qui avaient été fredonnés autour du berceau de l'enfant. En publiant un tel ouvrage, elle espérait que les chansons qui avaient fait sourire son petit ange disparu amuseraient aussi les petits habitants de sa lointaine patrie. Tous ces poèmes sont empreints d'une profonde mélancolie, et particulièrement ceux qui évoquent la chère présence envolée :

Que de fois je regarde hélas! ta porte close!
Que de fois je me dis : elle va s'entrouvrir...
Je vais, comme jadis, voir ma fillette rose
Vers moi, par bonds légers, en dansant, accourir!

Si même ce n'était qu'un fantôme! qu'une ombre
Rapide, fugitive et qui me narguerait,
De quel trouble mon cœur, toujours saignant et sombre,
O mon cher ange! à ton aspect se remplirait!

Après avoir renoncé pendant des années à l'espoir d'être publiée, Elisabeth découvrait que le chagrin avait fait d'elle une artiste et que l'on commençait à prêter une oreille attentive à ses écrits. Ce ne fut pourtant qu'en 1880 que le nom de Carmen Sylva se répandit dans le monde, enrobé de poésie. Peu de temps auparavant, cette reine de cœur avait dû faire connaissance avec les horreurs de la guerre, parce que son époux, lui, faisait son métier de roi...

En s'alliant à la Russie contre les Turcs dans la campagne de 1877-1878, Carol Ier fit preuve d'une grande habileté pour l'avenir de son peuple. Certes, cette guerre fut sanglante et le pays souffrit cruellement, mais sa jeune armée – bien organisée et bien instruite grâce à la patience de son chef – combattit courageusement. Le roi paya largement de sa personne et on le vit toujours à la tête de son armée au milieu des pires mêlées. Il est à peu près certain que sans l'appui de cette armée roumaine, qui immobilisa et contint plusieurs divisions turques, la Russie aurait essuyé un grand désastre. Si cette nation se montra assez peu reconnaissante envers sa jeune alliée pour l'inestinable appui qu'elle lui avait apporté, la guerre victorieuse contre les Turcs permit de faire apprécier la valeur et le potentiel qu'avait acquis la Roumanie. Désormais il faudrait compter sur elle en cas de conflit dans les Balkans. Elle prouva aussi que le pays pouvait se suffire à lui-même, possédant un souverain ferme et sagace ainsi qu'une armée qui n'était pas à dédaigner. C'est à cette guerre enfin que la Roumanie dut sa double émancipation, tant espérée par sa population depuis des années, du protectorat turc et de la tutelle russe. Ce qui amena cette réflexion de M. de Bismarck :

– J'ai toujours pensé que ce petit capitaine Hohenzollern ferait un bon général d'exportation !

Pendant que Carol combattait héroïquement, la tâche de sa compagne fut de secourir les blessés qu'elle soigna dans un hôpital qu'elle fit construire en hâte à ses frais. Elle assista elle-même aux plus effroyables opérations pour encourager les blessés pendant que le chirurgien maniait le scalpel. Il n'est donc pas étonnant qu'un monument, édifié sur une place publique de Bucarest, ait représenté la reine donnant à boire à un soldat blessé. Ce sont les femmes d'officiers et de soldats roumains qui avaient fait ériger cette statue pour qu'il y ait un témoignage durable de leur amour et de leur reconnaissance envers celle que la voix populaire surnommait alors « la mère des blessés ». Elisabeth soigna tous les blessés, ceux de son pays et ceux de l'ennemi qui avaient été faits prisonniers. A une dame de l'aristocratie roumaine qui lui reprochait presque cette grandeur d'âme, elle répondit très calme :

– On n'a qu'à entrer dans un hôpital de guerre, et le mot « ennemi » vous fait sourire comme un non-sens.

Quand Carol, héros de Plewna, rentra en triomphe à Bucarest, toute la ville l'accueillit en chantant un hymne composé par sa femme, mais dès le lendemain celle-ci adressait à sa mère cette lettre :

« *Je dus avoir du courage pour tous et soutenir tout le monde par ma propre confiance. Je puis vous affirmer que c'était une position fort difficile pour une femme seule. Mais le travail m'a fait oublier mes anxiétés. Grâce à Dieu, Carol est de retour ! Je vais pouvoir me retirer peu à peu dans ma coquille, revenir à mes fleurs, à mes oiseaux, à mes livres et à mes manuscrits. Je regarde comme un malheur et une anomalie pour une femme d'être obligée d'entrer dans la vie publique... Il y a eu, néanmoins, quelques beaux moments au milieu de ces temps troublés. Puisse Dieu nous accorder bientôt une paix durable qui écarte l'anxiété de nos cœurs, et puisse cette époque émouvante appartenir bientôt au passé, qui efface à la fois nos joies et nos chagrins, laissant seulement la brillante impression des résultats obtenus !... Charles est magnifique... L'ingratitude lui fait hausser les épaules et il pardonne. Si l'on méconnaît ses bienfaits, il n'y prête point attention. Quand il ne sera plus, on l'appellera Charles le Sage.* »

L'orgueil que lui inspire son mari reparaît souvent dans les lettres qu'Elisabeth adresse à ses parents ou à ses amis. C'est même à se demander si la fierté d'être l'épouse d'un tel homme ne l'emporte pas chez elle sur le sentiment d'amour. A-t-elle seulement aimé Carol? Qu'elle l'ait respecté, c'est certain. Nul n'a jamais prêté une aventure à la reine, ni même à celle qui était également en elle : la poétesse... C'est seulement dans l'admiration de l'honnêteté et du courage du roi qu'elle s'est réfugiée pour rester la plus attentive des épouses. Une femme comblée d'amour aurait-elle pu dire :

– Il n'y a qu'un bonheur, le devoir; il n'y a qu'une consolation, le travail; il n'y a qu'une jouissance, le beau...

En 1881, sur le désir exprimé par la nation, la principauté fut érigée en royaume. La cérémonie du couronnement eut lieu au mois de mai : la Roumanie avait son premier roi, Carol Ier. Le diadème royal fut forgé dans du fer provenant des canons turcs pris à la bataille de Plewna.

Ce fut ensuite la longue période de consolidation du trône et d'amélioration des conditions de vie du jeune État. La douce et tendre influence de « la poétesse Carmen Sylva » sur son époux fut déterminante pour développer les lettres, les sciences et les arts à un tel degré qu'en moins d'un quart de siècle la Roumanie put s'affirmer, aux yeux du monde entier, comme étant l'un des pays d'Europe centrale où la culture – cette nécessité vitale à l'évolution rapide d'un peuple – était la plus développée, la plus intense, la plus instinctive, la plus sincère aussi.

Inspiré et encouragé par sa femme, Carol Ier créa à Bucarest la première grande fondation culturelle royale, qui porta d'ailleurs son nom jusqu'à la chute de la monarchie au moment de l'abdication de Michel. Et il semble intéressant de citer ici un passage d'une lettre ouverte que Carol Ier adressa, à l'époque de cette création, à son président du Conseil. Lettre dont les termes reflètent exactement la mentalité de l'homme qui en fut l'auteur :

« *Dans quelques jours la Roumanie célébrera le vingt-troisième anniversaire de mon règne. La Providence a voulu, dès le premier jour où nous avons mis le pied sur le sol de ce beau pays, bénir largement toutes nos actions. C'est grâce à cet appui que nous avons pu franchir cette longue étape, entouré de la confiance et de l'amour de notre cher peuple, qui ont constitué la meilleure récompense de nos efforts, en vue du progrès et du bonheur de notre pays.*

Suivant l'exemple des princes régnants du passé, et en souvenir des faits accomplis au cours de ce quart de siècle, nous désirons fonder une Institution qui serve à la jeunesse universitaire de toutes les facultés du pays, et dont le but sera de procurer aux étudiants un lieu de réunion doté d'une bibliothèque toujours accessible où ils pourront satisfaire leur amour des études; une Institution qui viendra en aide à ceux d'entre eux qui entreprennent des travaux spéciaux, sous la direction de leurs professeurs, ou désirent faire imprimer leurs thèses, et qui subventionnera les étudiants qui, se trouvant sans moyens, seraient obligés d'interrompre leurs études, au détriment de la culture générale du pays. »

Ce fut ainsi que naquit la fondation Carol-Ier, dont l'existence eut une influence décisive sur la préparation scientifique et l'éducation sociale des étudiants. Depuis la création d'universités – aux temps héroïques des deux principautés de Valachie et de Moldavie – aucune autre institution n'avait été édifiée pour révéler à tous l'importance qu'il fallait attacher à la jeunesse studieuse et la nécessité absolue de lui donner l'instrument de travail dont elle avait besoin.

Carol Ier a voulu que le bâtiment de cette fondation s'élevât en face du palais royal, en vivant témoignage de l'intérêt qu'il lui portait. Et ce fut le jour de son inauguration, en mai 1914, que le roi, alors âgé de plus de soixante-dix ans, prononça son dernier discours. Après sa mort son buste en bronze orna longtemps la grande rotonde de la fondation. Buste qui pouvait être satisfait : Carol Ier regardait encore passer les générations de l'élite future de ce pays qu'il avait tant aimé.

Si elle fut moins « officielle », l'influence culturelle de la reine Elisabeth n'en fut pas moins efficace. Cette femme raffinée sut ciseler chacun de ses bienfaits comme ses sonnets. Les exemples de sa générosité littéraire et artistique abondent. Il en est cependant de peu connus, tel celui-ci...

Au déclin de sa gloire, un poète roumain jadis révéré, avait, après « son » *Cid* – qui avait fait sa renommée – enfanté, hélas! « son » *Agésilas*! Refusée par tous les théâtres d'État, l'œuvre échoua, on ne sait par quels détours savamment étudiés, aux pieds de celle qui connaissait l'art d'oublier qu'elle était une reine pour redevenir uniquement la poétesse Carmen Sylva. C'est même là l'un des aspects le plus étonnants du comportement d'Elisabeth : cette perpétuelle dualité du personnage – tantôt souveraine lucide, tantôt écrivain exalté – avait quelque chose d'émouvant, et même de troublant.

Ce fut donc Carmen Sylva qui, après avoir lu la médiocre pièce, décida de la faire monter pour venir au secours du poète désespéré. Pour cela, elle n'hésita pas à faire croire dans son entourage de la cour qu'elle y avait secrètement collaboré : ce qui déclencha un immense courant de curiosité, et presque de sympathie, avant la première représentation. Malheureusement, la pièce s'effondra dès le premier soir et fut même outrageusement sifflée. Ce qui permit à Elisabeth d'avouer, longtemps après, aux jeunes inspirés impatients ou méconnus qui hantaient ses matinées poétiques :

– Moi aussi j'ai été sifflée, et pourtant j'ai fini tout de même par percer !

Ce fut ce même sens délicat de la bonté qui la fit s'agenouiller devant un lit mortuaire sur un prie-Dieu placé à côté de celui où la compagne du grand Bratiano – qui avait été le véritable artisan de la création du trône de Roumanie – pleurait le disparu en lui murmurant :

– La reine vient le pleurer avec vous, madame, et sent qu'avec lui meurt un peu de son époux...

En 1916 parut à Paris un ouvrage d'un certain Albert Prahovan, écrivain et journaliste s'exprimant en français, mais d'origine roumaine, intitulé *Ceux dont les gestes sont pour la France* et dont la préface était du célèbre avocat Henri Robert. Parlant d'Elisabeth, l'auteur y a dit :

« *Elle traversa la politique d'un pas ailé, attentive, gracieuse et clémente, telle la Portia de Shakespeare traverse le prétoire pour y laisser l'immortelle sentence.* »

Portrait poétique qui paraît assez juste.

Aux rudes heures de la guerre de 1877, pendant lesquelles elle se mua en infirmière, et surtout à travers les atrocités de la révolte paysanne de 1907, Elisabeth sut racheter par un immense cri de pitié les horreurs des représailles. A l'appel de l'agitateur

Carp qui répétait : « Qu'attendent les bataillons autrichiens pour secourir nos foyers en flammes ? » la reine sut trouver cette réponse étonnante : « Nos foyers sont en flammes parce que les leurs sont sans feu. »

Si tout l'amour d'Elisabeth, reine, était réservé au peuple qui l'avait adoptée et élue, sa tendresse intellectuelle allait à la France. Cette princesse de Wied, mariée à un Hohenzollern, n'a pas craint d'écrire en allemand dans la préface de la traduction qu'elle fit de *Pêcheur d'Islande*, roman qu'elle considérait comme étant « le plus beau livre de la littérature moderne » :

« *Si le mot brutal d'ennemi héréditaire peut être remplacé dans les bouches allemandes par cette belle expression « pays de frères », alors seulement mon travail aura été facile et ne m'aura donné que de la joie.* »

N'avait-elle pas pour l'habitude de proclamer qu'elle avait trois patries : l'Allemagne où elle était née, la Roumanie où elle régnait et la France où elle se reconnaissait parce que c'était un pays qui la charmait ?

L'un des plus émouvants témoignages de cette admiration d'Elisabeth pour la France fut celui de Také Ionesco. Celui-ci – avec qui l'auteur dramatique aujourd'hui célèbre, Eugène Ionesco, n'a aucune parenté – fut un personnage essentiel de la vie politique roumaine. Chef du parti conservateur-démocrate et plusieurs fois ministre, il a consacré dans le recueil de ses souvenirs, paru en 1919, tout un chapitre à l'extraordinaire déjeuner auquel il fut convié, au château royal de Sinaia – résidence d'été de la cour de Roumanie – le 2 août 1914.

Také Ionesco raconte qu'il voulait éviter à tout prix une pénible discussion avec le vieux roi Carol Ier parce qu'il savait très bien que le lendemain, au conseil de la couronne, il serait dans l'obligation de lui opposer un *non possumus* absolu sur une question grave d'où dépendait tout l'avenir de la Roumanie. Celle-ci se trouvait à un carrefour décisif de son destin : devait-elle entrer en guerre aux côtés de l'Allemagne et de l'Autriche ou, au contraire, rester neutre ? Il ne pouvait être encore question pour elle, qui avait choisi un prince de Hohenzollern pour roi, de se ranger immédiatement dans le camp des alliés franco-anglais : c'était trop tôt. Cela viendrait sans doute plus tard, pour peu que la guerre s'éternisât...

Také Ionesco avait donc décidé de provoquer, au cours du déjeuner, une conversation qui ne laisserait aucune possibilité au roi d'espérer une alliance militaire de la Roumanie avec l'Allemagne et l'Autriche-Hongrie.

Dès qu'il prit place à sa table, à la gauche de la reine Elisabeth, Také Ionesco se rendit compte qu'il se trouvait dans une maison où les opinions étaient très divisées. Il était clair que le roi était de plus en plus inquiet, que la reine était d'humeur belliqueuse, et que la princesse royale Marie – qui devait devenir neuf semaines plus tard, le 10 octobre 1914, la nouvelle reine de Roumanie – était farouchement opposée à la politique de son oncle : elle ne se cachait d'ailleurs pas pour le dire ! Il semblait même que l'on avait pleuré dans le château royal...

Ce fut la reine Elisabeth qui ouvrit la conversation :

– Mon cher Ionesco, que pensez-vous de cette guerre ?

– Avec tout le respect dû à Votre Majesté, je pense qu'une victoire allemande, qui irait de pair avec une victoire hongroise – car l'ultimatum adressé par l'Autriche à la Serbie était l'œuvre des Magyars – serait incompatible avec le maintien de l'indépendance du royaume de Roumanie.

Il y eut un long silence. Le roi Carol, qui avait écouté avec beaucoup d'attention, semblait avoir compris. En revanche la reine Elisabeth, malgré sa grande intelligence, n'était pas assez rompue avec les dessous de la politique pour l'assimiler aussi rapidement. Elle crut bon d'expliquer qu'une victoire magyare n'aurait aucune portée dans l'avenir de la Roumanie. Mais Také ionesco demeura inébranlable, répétant que son angoisse était extrême car la force militaire de l'Allemagne était considérable. Et il maintint que si le camp austro-allemand triomphait, c'en serait fini de la Roumanie. Devant une telle conviction, Elisabeth préféra faire dévier la conversation.

– Et quelles seront, à votre avis, les conséquences politiques de cette nouvelle guerre ?

– J'en vois quatre, Majesté... Nous assisterons d'abord à une résurrection des haines entre les nations comme il n'y en a pas eu depuis des siècles... Ensuite les idées d'extrême gauche vont se développer à une vitesse déconcertante parce que le déclenchement de l'effroyable catastrophe fera apparaître, aux yeux des masses populaires, les classes qui détiennent encore actuellement le pouvoir comme étant plus incapables qu'elles ne les avaient crues... Puis viendra obligatoirement une cascade de trônes, qui seront remplacés par des démocraties... Enfin la guerre avancera d'un demi-siècle l'hégémonie financière et politique des États-Unis sur tous les pays de race blanche.

Et comme Elisabeth paraissait assez sceptique sur la « cascade de trônes », le grand homme politique ajouta à son intention :

– Votre Majesté, qui m'a si souvent déclaré être républicaine, ne devrait pas s'étonner de cette prophétie ! Seules les monarchies, qui ne sont en réalité que des présidences de républiques héréditaires, comme la monarchie britannique, auront quelques chances d'échapper à cette chute de trônes qui sera l'aboutissement logique d'une guerre provoquée par des souverains absolus.

Après le déjeuner, se tenant seul à l'écart dans le grand hall du palais où l'on servait le café, le vieux roi hésitait entre le désir de parler à son ministre et la crainte d'entendre plus tôt qu'il ne le voudrait le refus formel que ce dernier ne manquerait pas de lui opposer le lendemain en plein conseil de la couronne. Et ce fut la princesse Marie qui vint, avec la reine Elisabeth, lui demander en anglais :

– Quelle va être l'attitude de l'Angleterre dans cette guerre ? Restera-t-elle neutre ?

– Votre question, Altesse, m'étonne... Vous savez, tout aussi bien que moi, que l'Angleterre entrera dans cette guerre et que, comme au temps de Napoléon, elle ira jusqu'à son dernier homme et son dernier shilling.

– Vous l'entendez, tante ? s'écria la princesse Marie avant de dire à Také Ionesco : C'est ce que je ne cesse de leur répéter et qu'ils s'obstinent à ne pas comprendre. Ils ne comprennent jamais rien dans cette maison !

Et elle s'en alla, furieuse, en compagnie de la reine.

Resté seul avec son ministre, le roi Carol sortit enfin de son mutisme voulu :

– Vous m'avez toujours dit, n'est-ce pas, que si nous devions faire un jour la guerre, nous serions d'abord dans l'obligation morale de publier tous nos traités d'alliance ?

– C'est exact, Sire... Si le malheur voulait que, pour respecter les traités que nous avons signés, nous soyons obligés de nous battre, il faudrait les publier... Ne pensez-vous pas, comme moi, qu'une nation n'est vraiment grande que lorsqu'elle sait respecter sa signature ?

– Vous voyez clair, monsieur le ministre. L'Allemagne ayant provoqué la guerre, ni la lettre ni l'esprit des traités ne nous oblige à rien. Nous resterons neutres...

Neutralité qui cessa deux années plus tard, le 27 août 1916, après l'accession au trône du deuxième roi de Roumanie, Ferdinand Ier : ce jour-là la Roumanie se rangeait aux côtés de la France, de l'Angleterre et de la Russie contre l'Allemagne, l'Autriche-Hongrie et surtout contre la Turquie, l'ennemie héréditaire.

Mais qui était ce Ferdinand ? Quelle était cette princesse Marie, son épouse, qui, déjà, le 2 août 1914, souhaitait avec fougue une alliance avec les pays de l'Entente cordiale ?

Le plus grand souci de tout le règne de Carol Ier fut celui de sa succession, le couple royal n'ayant pas eu d'autres enfants que la petite princesse morte à l'âge de quatre ans. Le successeur désigné fut le neveu de Carol Ier, le prince Ferdinand, deuxième fils du prince Léopold de Hohenzollern, ce frère aîné de Carol dont la candidature au trône d'Espagne déclencha l'opposition formelle de la France et, par voie de conséquence, à la suite de la fameuse dépêche d'Ems, la guerre de 1870 entre l'Allemagne et la France.

Le prince Ferdinand avait fait presque toute son éducation en Allemagne. Ce ne fut qu'assez tard, longtemps après sa majorité, qu'il vint résider à Bucarest au milieu de ses futurs sujets. S'il ne le fit pas plus tôt, ce fut uniquement par délicatesse : son oncle Carol Ier pouvait encore avoir des héritiers directs. Mais l'agitation soulevée par le parti anti-dynastique du prétendant Couza, prince détrôné depuis l'arrivée des Hohenzollern en Roumanie, prouva qu'il était nécessaire, dans l'intérêt de l'État, que le prince Ferdinand vînt habiter dans le pays.

A peine arrivé en Roumanie, Ferdinand conçut une violente passion pour l'une des demoiselles d'honneur de la reine Elisabeth : une jeune fille d'une éclatante beauté se nommant Hélène Vacaresco. Ceux qui ont connu l'Hélène Vacaresco vieillissante, dont la corpulence fut rarement égalée chez une femme, éprouvent quelque gêne à imaginer ce qu'a pu être cette beauté restée légendaire... Mais cc que conserva toujours Hélène Vacaresco, parce que ce n'est pas une qualité périssable, ce fut l'esprit. Elle en eut à revendre jusqu'à sa mort, qui survint en France au lendemain de la Seconde Guerre mondiale.

La reine Elisabeth, qui avait été séduite par les exceptionnelles qualités et surtout par l'intelligence surprenante de sa demoiselle d'honneur, favorisa les amours du prince héritier qui fut payé de retour par la belle Hélène... Et il s'en fallut de peu que le projet de mariage ne se réalisât ! On peut affirmer qu'Hélène Vacaresco aurait été une assez surprenante souveraine... Mais, dans l'intérêt de la dynastie qu'il avait créée, le roi Carol tenait essentiellement à ce que l'héritier de sa couronne s'alliât à l'une des familles princières d'Europe. De plus – et c'était presque une raison d'État – la nation roumaine, qui s'était volontairement imposé les plus grands sacrifices pour avoir à sa tête un prince de nationalité étrangère, n'était nullement favorable à l'union projetée. Si elle avait eu lieu, elle aurait ouvert une ère d'intrigues et de rivalités désastreuses parmi les grandes familles du pays, qui auraient toutes été jalouses de l'honneur fait aux Vacaresco. Aussi la reine Elisabeth elle-même, malgré ses préférences personnelles et ses sympathies, dut-elle s'incliner devant la volonté nationale.

Mais ce ne fut pas sans un profond déchirement qu'elle renonça au projet qui lui tenait tant à cœur. Peu de temps après, elle tombait gravement malade et certaines personnes de son entourage ont voulu voir une corrélation de cause à effet entre la déception et la maladie. C'est peut-être pousser un peu loin les choses : la maladie d'Elisabeth était une sorte de paralysie des jambes – on a prononcé récemment à son sujet le nom de « poliomyélite » assez peu employé à l'époque où vécut la première reine de Roumanie – qui l'obligea à quitter Bucarest et à rentrer dans son pays natal où elle resta deux années. Les excellents soins qu'elle reçut à Neuwied et le temps, cet incomparable guérisseur de tous les maux, finirent par triompher de ses souffrances physiques et morales. Elisabeth put revenir à Bucarest. Mais, contrairement à ce qui fut dit et écrit à l'époque de cette longue séparation entre Carol et elle, à aucun moment la bonne entente ne cessa de régner chez ce couple très uni qui put célébrer ses noces d'argent en grande pompe.

Ce fut le 10 janvier 1893, selon les désirs du roi Carol, que le prince héritier Ferdinand épousa à Sigmaringen la princesse Marie de Saxe-Cobourg-Gotha, fille du duc d'Edimbourg, qui n'était âgée que de dix-sept ans... Et cependant! Les cousins germains de la princesse Marie – dont la beauté était éclatante – Nicolas II et George V, lui avaient fait une cour pressante. Mais elle leur avait préféré, tant ses ambitions étaient déjà grandes, le seul prince héritier de ses soupirants : Ferdinand de Roumanie. Celui-ci ne succéda cependant à son oncle qu'en 1914 après que Nicolas II fut déjà devenu tsar de toutes les Russies et George V roi d'Angleterre! Comme quoi le destin des futures reines est assez étrange : si la princesse Marie était devenue tsarine, elle aurait été massacrée avec toute la famille impériale russe... Si elle avait épousé George V, l'Angleterre n'aurait jamais connu la haute silhouette, digne et légendaire, de l'austère Queen Mary...

L'union de Ferdinand et de Marie fut féconde : six enfants, trois garçons et trois filles, en naquirent longtemps avant que ceux-ci ne devinssent roi et reine de Roumanie. Ce furent, dans l'ordre : Carol, né à Sinaia le 3 octobre 1893; Elisabeth, née également au palais de Sinaia le 29 septembre 1894; Marie, née en Allemagne, à Gotha, le 27 décembre 1899; Nicholas, né à Sinaia le 5 août 1903; Ileana, née à Bucarest le 23 décembre 1908, et enfin un troisième garçon, Mircea, qui mourut en bas âge.

Le prince héritier et sa famille habitèrent une aile du palais royal en attendant de prendre possession du château de Cotroceni, qui devint leur résidence définitive. Ce fut l'époque où un auteur anglais, se cachant sous le pseudonyme de Politikos, écrivait, en parlant de celle qui deviendrait quelques années plus tard la prestigieuse reine Marie de Roumanie :

« *La princesse Marie est jolie, aime beaucoup la danse, le théâtre, les sports de toute espèce; malheureusement, elle est assez hautaine et n'a pas su, jusqu'à présent du moins, gagner les sympathies du peuple roumain.* »

Ce jugement sévère est sans doute exact, mais il était très difficile pour la jeune épouse du prince héritier de se montrer affable à l'égard des foules alors que la reine Elisabeth était encore là, régnant dans toute sa gloire de première souveraine du royaume... Elisabeth avait ardemment souhaité que le prince héritier épousât Hélène Vacaresco, et comme son désir de reine n'avait pas été satisfait, elle détesta immédiatement sa remplaçante. Les caractères d'Elisabeth et de Marie étaient trop entiers, trop altiers surtout, pour pouvoir s'accorder. Et surtout... l'une et l'autre de ces femmes, remarquablement douées toutes les deux, avaient des prétentions d'ordre littéraire... Si Elisabeth semble avoir été plus attirée par la poésie et par la féerie romanesque, Marie a publié des œuvres telles que *Mon pays,* écrite d'abord en anglais avant d'être traduite en roumain et en français, qui l'ont rangée parmi les écrivains qui n'ont pas besoin du prestige d'une couronne pour que leur œuvre puisse rester dans la littérature. Elle s'essaya même dans le roman avec un ouvrage s'intitulant *Masques,* mais il faut reconnaître que la tentative fut moins heureuse : jamais

Marie n'atteignit à la vraie poésie qui se dégage de l'œuvre d'Elisabeth.

Cette rivalité d'auteurs se traduisit pratiquement par l'interdiction qui fut faite à l'épouse du prince héritier de publier la moindre de ses œuvres tant qu'Elisabeth – alias Carmen Sylva – régnerait ou serait en vie ! Ce ne fut qu'après la mort d'Elisabeth, en 1916, que Marie de Roumanie osa livrer sa prose aux vitrines des libraires.

Si l'on devait conclure sur cette rivalité de deux femmes exceptionnelles, on pourrait les comparer à ces reines de l'Antiquité gréco-romaine qui se haïssaient avec grandeur tout en s'estimant avec retenue. Et le plus étrange est que cette haine se renouvellera à la génération suivante : quand la princesse Marie sera devenue reine, elle détestera sa belle-fille, la princesse Hélène de Grèce, l'épouse de son fils Carol II.

Quand on raconte la vie des rois ou des reines, on prend généralement soin de s'attarder davantage aux hauts faits de leur règne tels que les guerres, les traités, les alliances. On cite aussi leurs « mots historiques » dont ils sont rarement les auteurs. S'il fallait citer « les mots » d'une reine telle qu'Elisabeth, on pourrait leur consacrer des pages entières avec la certitude absolue que tous furent d'elle. Ne lui doit-on pas ces paroles extraordinaires, au cours d'un dîner donné en l'honneur de l'ambassadeur de France :

– Monsieur l'ambassadeur, on ne peut jamais être fatigué de la vie : on n'est fatigué que de soi-même...

Et celles-ci :

– Pourquoi décrire le laid quand le beau n'est pas encore épuisé ?

Ou enfin :

– Le vocabulaire de la politique est fort restreint : le mot « pitié » n'y figure pas, entre autres... En politique on sacrifie tout : son ami, son frère, sa femme, sa conscience ; seulement, soi-même, on ne se sacrifie pas !

Mais entre les guerres et les mots célèbres, il y a aussi, pour les rois et pour leurs compagnes, la vie courante, la dure vie de tous les jours qui ne peut quand même pas être pour eux la vie de tout le monde... Comment vivait le couple de Carol Ier et d'Elisabeth ?

L'hiver ils étaient à Bucarest et l'été à Sinaia, charmante ville d'eaux des Carpates qui unit les paysages grandioses de la Suisse aux aspects plus gracieux et plus romanesques des Alpes italiennes. Carol et Elisabeth y ont fait bâtir, d'après leurs propres plans, un château bizarre, aux toitures et aux tourelles biscornues, dont l'architecture assez disparate est un mélange fantastique de style roumain et de style moyenâgeux allemand des bords du Rhin. Ce n'est certes pas une demeure du meilleur goût : on est même étonné qu'une femme, aussi raffinée et aussi cultivée que la poétesse Carmen Sylva, ait pu être séduite par un tel assemblage de styles baroques ! Il est vrai que les poètes n'ont pas toujours le goût très sûr dans le domaine architectural : ce qu'ils recherchent le plus souvent dans une demeure, c'est un cadre étrange où leurs rêves et leurs visions pourront s'épanouir... Existe-t-il quelque chose de plus laid et de plus stupéfiant que la décoration intérieure de la villa qu'a fait construire Edmond Rostand près de Cambo ? Comme Carmen Sylva, le grand poète s'est laissé emporter par le clinquant de son étincelante imagination.

Le château de Sinaia, malgré le cadre grandiose des forêts qui l'entourent, n'incite même pas au repos. Mais Carol Ier et Elisabeth ont-ils jamais eu, au cours de leur long règne, l'intention ou même l'envie de se reposer? Ils furent, l'un et l'autre, beaucoup trop actifs... La reine, mettant sans doute en pratique le principe du *Morgenstunde hat God in der Munde* qu'on lui avait inculqué pendant sa jeunesse studieuse en Allemagne, avait pour habitude de se lever très tôt, souvent même à quatre heures du matin : ce qui lui permettait d'écrire et de travailler jusqu'à huit heures. C'était le seul moment du jour où elle pouvait être, selon sa propre expression, « femme et auteur ». A partir de huit heures et jusqu'à des heures très avancées de la nuit, elle ne pouvait plus être que reine...

Il arrivait à ces souverains, pour répondre à toutes les obligations de leur charge, de parler pendant douze ou quinze heures d'affilée avec les personnalités les plus diverses : ministres, conseillers, ambassadeurs, officiers supérieurs, délégués, quémandeurs, gens de la cour, dames d'honneur... Conversations tellement fatigantes qu'à plusieurs reprises Elisabeth fut victime d'extinction de voix. Et quand elle pouvait enfin dîner seule en tête-à-tête avec son époux – ce qui arrivait d'ailleurs rarement – l'un et l'autre étaient si épuisés qu'ils ne pouvaient plus échanger une seule parole. Le plus pénible pour eux était la vie intense de Bucarest, capitale très gaie que l'on avait surnommée « la Cité du plaisir », et où l'on veillait très tard. Jamais, par exemple, une soirée officielle ou une représentation de gala, à laquelle les souverains étaient dans l'obligation d'assister, ne commençait avant dix heures du soir ou minuit.

Les facultés morales et physiques du roi et de la reine étaient soumises sans cesse à une rude épreuve et à une tension prodigieuse. Mais il faut reconnaître qu'Elisabeth semble avoir su se montrer infatigable. Depuis sa jeunesse, ne l'avait-on pas surnommée, dans sa propre famille, « le tourbillon perpétuel » ? Et comme tous ceux qui débordent d'activité, elle ne pouvait pas tolérer l'oisiveté chez les autres. Elle aimait à s'entourer de jeunes filles – elle qui avait perdu trop tôt son unique enfant adorée – pour les exhorter à utiliser leurs talents. C'était le souffle républicain qui passait dans son boudoir; elle n'admit toujours qu'une aristocratie, celle du cœur et de l'esprit. Ne fit-elle pas un jour cette réponse, qui est presque une définition du « métier de reine », à l'une de ses dames d'honneur qui s'apitoyait sur la faiblesse naturelle de la femme :

– Auriez-vous oublié qu'une reine aussi est femme ? Et, comme telle, je sais que la femme doit subir l'amour, souffrir pour enfanter, partager les soucis de l'homme, conduire sa maison, élever sa famille, être jolie et se montrer aimable par-dessus le marché ? Que disiez-vous donc de sa faiblesse tout à l'heure ?

Tels furent ces premiers souverains de Roumanie, qui se distinguèrent par des qualités peu communes : le roi par son intelligence et par la noblesse de son caractère, la reine par son « génie de femme » et par l'élévation de ses sentiments. Grâce aux efforts incessants de ce couple très uni – dont le plus grand malheur fut de ne pas avoir d'héritier direct – la Roumanie a vu croître, dans des proportions fabuleuses, ses ressources et sa prospérité. Grâce à Carol et à Elisabeth, ce beau pays a réussi à prendre une place plus qu'honorable parmi toutes les nations d'Europe centrale. Si l'on ne parle plus beaucoup d'eux aujourd'hui, en vertu de la monstrueuse « faculté d'oubli » qu'ont les peuples à l'égard de ceux qui les ont façonnés avec amour et patience pour leur permettre de se révéler à eux-mêmes, c'est une immense injustice.

Carol mourut en 1914, quelques semaines seulement après qu'eut éclaté la terrible guerre qui devait ensanglanter et meurtrir toute l'Europe. Elisabeth lui survécut deux années, vivant dans l'ombre d'un passé grandiose, avant de disparaître, elle aussi, en février 1916.

Une année après sa mort, alors que la Roumanie – qui s'était rangée aux côtés de la France et de l'Angleterre sous l'égide de son deuxième roi Ferdinand Ier – avait la plus grande partie de son territoire envahie par les troupes austro-allemandes, Nicolas Iorga publiait à Jassy, dans cette Moldavie où les Roumains continuaient à lutter désespérément pour défendre de qui leur restait encore de territoire non occupé, un article dans lequel il rendait, à l'occasion du premier anniversaire de la mort d'Elisabeth, un hommage posthume à cette noble souveraine. Éloge admirable, que seul pouvait composer un poète à l'égard de la reine-poétesse disparue et que l'on ne peut lire aujourd'hui sans être bouleversé :

« *L'épouse du premier roi de Roumanie, qui repose dans la terre occupée par l'ennemi, n'aura pas le drapeau de son pays au milieu des soldats qui rendront les honneurs près de son tombeau... Il y aura là les cliquetis des troupes allemandes, l'étincellement des casques des vainqueurs, et les sabres qui rendront les honneurs seront à peine lavés de ce sang roumain que la Souveraine de notre pays avait touché avec une pitié maternelle dans la guerre de l'Indépendance.* »

Car il y avait bien une tragédie dans les deux messes de requiem qui furent dites ce jour-là pour la reine défunte dans le même pays, à Bucarest, ville occupée par l'ennemi et à Jassy, ville encore libre. Deux cérémonies du souvenir auxquelles assistaient deux armées qui luttaient l'une contre l'autre, la première dans une conquête insolente, la seconde dans une défense malheureuse. Il y avait une tragédie dans ce combat que se livraient, autour de la reine qui dormait pour toujours, ceux qui voulaient affirmer, par l'hommage rendu, non seulement leur impérieuse présence en Valachie écrasée mais aussi le droit qu'ils estimaient avoir sur Elisabeth en vertu de son origine allemande, de sa jeunesse passée près de leur Rhin, de ses écrits aussi et de ses poèmes qui n'avaient pu complètement se détacher de la langue dans laquelle ses sentiments avaient pris l'habitude de s'exprimer depuis l'enfance, et ceux, les Roumains, qui ne pouvaient pas oublier que cette reine, lorsqu'elle était vivante au milieu d'eux, avait su les aimer d'un amour de mère. *Elle est à nous, cette Elisabeth de Wied, qui fut l'épouse d'un Hohenzollern*, semblait vouloir affirmer le peuple germanique qui n'oublie jamais rien de ce qui lui a appartenu. *Elle est à nous*, répondaient de leur côté les Latins de Roumanie en se référant à la seule douceur des souvenirs.

Aucun des deux grands morts, Carol Ier et Elisabeth, ne peut être revendiqué par le pays qui les a vus naître. On ne trahit pas la nation de ses ancêtres quand on est appelé à régner sur un autre peuple. Carol Ier et Elisabeth ont compris la mission que le destin mystérieux de l'Histoire leur avait dévolue. Ils appartiennent pour toujours à la Roumanie qu'ils ont faite...

Depuis leur disparition, les choses ont bien changé dans ce pays. Les événements politiques en ont complètement modifié l'armature sociale. Si le fondateur de la dynastie balayée par le souffle révolutionnaire, et son épouse, la romantique Carmen Sylva, pouvaient renaître à la vie pour revenir dans le pays qu'ils ont tant aimé, sans doute seraient-ils assez surpris d'y découvrir de profondes transformations. Mais l'un et l'autre sauraient faire preuve d'assez de grandeur d'âme et de largeur de vues pour admettre que les rois ne peuvent plus vivre confinés dans leurs palais et doivent savoir marcher avec le temps qui est celui du progrès.

Il n'est pas douteux que Carol Ier – qui fit déjà tant pour donner, grâce à la fondation de Bucarest qui ne porte plus son nom, à la jeunesse roumaine la possibilité de s'épanouir intellectuellement et à l'élite pauvre le moyen de prendre la place à laquelle elle a droit – aurait eu le courage d'aller jusqu'au bout des réformes sociales nécessaires. D'où elle est maintenant, sa grande ombre doit continuer à protéger secrètement la Roumanie. Quant à celle d'Elisabeth, elle doit errer, nostalgique, sur les rives de ce Danube qu'elle descendit un jour en bateau, jeune mariée, dans le plus grisant des voyages de noces. A moins qu'elle ne se soit réfugiée au fond de l'une de ces forêts des Carpates qu'elle a chantées et magnifiées dans ses poèmes? Et quand les amoureux d'aujourd'hui – qui représentent l'avenir de la nouvelle Roumanie – se promènent, enlacés, sous les hautes futaies qui entourent le château fantasmagorique de Sinaia, c'est sa voix très douce qu'ils entendent, sa voix qui leur murmure :

Quand tu chantes ton chant de jeunesse qui grise,
Quand déborde ton cœur, quand tu pleures parfois,
Tes chants et tes sanglots se perdent dans ma brise;
Viens, je suis « ta » forêt, viens au fond de « mes » bois...

Car il n'est plus possible, à travers le temps, de dissocier la reine de la poétesse dont le chant, ébloui par endroits du ravissement de *Sakountala*, fait aussi songer aux lueurs fulgurantes d'une Anna de Noailles, autre reine de mélancolie et duchesse de rêve. Comment imaginer l'âme d'Elisabeth se prolongeant ailleurs que sur les routes fabuleuses d'un royaume de féerie qui irait de la terrasse d'Elseneur aux montagnes de la Dobroudja en traversant tous les rêves qui hantent les bords du Rhin ? Ame éthérée d'une reine de légende qui passerait avec « les lèvres de Shakespeare aux bagues de ses doigts »...

LA REINE SANS PEUR

Le deuxième personnage du passé de sa dynastie auquel le roi Michel pense peut-être, quand l'appareil de stéréophonie permet aux mélodies tziganes d'envahir le calme salon de Versoix, est sans doute son propre grand-père, le bon roi Ferdinand Ier... La mémoire de Michel lui permet-elle de revoir le visage de celui qui mourut quand son petit-fils n'avait encore que cinq ans, ou bien se le représente-t-il tel que l'imagerie populaire, la photographie et les aînés, qui l'ont approché et bien connu, peuvent le faire revivre dans l'esprit et le cœur de ses descendants? Il n'est pas invraisemblable de penser que c'est le souvenir vivant du vrai Ferdinand, et non de son image, que Michel a conservé en lui. Un petit garçon de cinq ans peut très bien avoir, ancrées dans sa mémoire, quelques réminiscences précises... Comment oublier un bon grand-père qui fut un bon roi? Comment oublier que Ferdinand avait des yeux bleus qui brillaient d'un feu fixe entre des paupières rougies, une barbe qui n'était pas très belle, des moustaches qui pendaient jaunies par le tabac, des cheveux d'un brun terne mêlé de grisaille, un front bas qui avait dû être raviné de rides précoces, une démarche et des gestes saccadés? Comment ne pas se souvenir que ce grand-père avait un buste court et de longues jambes : ce qui le faisait paraître petit... Il ne donnait l'illusion d'être d'une taille normale que lorsqu'il était debout, mais malheureusement son métier de roi voulait qu'on le vît presque toujours assis, soit dans son cabinet de travail, soit à cheval, soit enfin sur son trône...

Et pourtant! Ferdinand avait été beau, très beau dans sa jeunesse, jusqu'au jour où une fièvre typhoïde l'avait mis en danger de mort. Guéri miraculeusement, il était sorti de sa maladie avec l'apparence et l'allure d'un autre être : un homme déjà usé, vieilli avant l'âge... De sa beauté, si vite passée, il ne restait plus rien, à l'exception cependant des mains : les plus belles mains du monde, longues, spirituelles, attachées à la tige de poignets racés. Des mains qui semblaient plus faites pour l'offertoire que pour manier des armes. Et malgré le lourd handicap de cette apparence physique, décevante pour ceux qui attachent de l'importance aux choses qui n'en ont pas, Ferdinand fut, de loin, le plus grand des quatre rois de Roumanie...

Quand les cloches avaient sonné le 24 août 1865 à Sigmaringen pour annoncer la naissance d'un cadet de famille princière, personne ne pouvait même imaginer que cet enfant deviendrait roi. Sa mère, la bonne princesse Antonia – infante du Portugal et épouse du prince Léopold de Hohenzollern-Sigmaringen, frère aîné du prince Carol qui devait devenir bientôt le premier roi de Roumanie – pouvait croire qu'elle garderait toujours auprès d'elle son second fils dans la vieille *Prinzenhaus*, charmante maison allemande de peu d'apparence qui semblait avoir été bâtie pour se cacher à l'ombre provinciale des tours d'un grand château inhabité.

Ferdinand fut élevé pour devenir plus tard un

gentilhomme campagnard, c'est-à-dire tout le contraire d'un roi... Il n'était pas fait pour devenir cette terrible « machine à humilier les grands » qu'est un vrai monarque. Ce ne fut qu'à l'époque de sa vingtième année qu'il apprit et accepta, sans grand enthousiasme mais avec la conscience de faire son devoir, le destin royal qui lui était réservé. Il fut la première et grande victime du malheur singulier qui voulut que la Roumanie – dès son premier roi Carol Ier – parût privée du principe essentiel d'hérédité qui, après mille et un retournements politiques, avait amené sur son trône la dynastie étrangère des Hohenzollern.

Le roi sans héritier, désespéré, avait dû faire appel à l'un de ses neveux. L'aîné, le prince Guillaume, s'était récusé. Ce fut le second, Ferdinand-Victor-Albert, qui fut « donné » à la Roumanie angoissée par le problème de succession.

Ainsi un prince très instruit – fait pour les joies d'une vie calme, passionné de botanique, chérissant les auteurs latins et se délectant de lectures classiques – se trouvait placé, du jour au lendemain et sans en avoir manifesté le désir, dans l'une des situations les plus délicates qui soient : celle de régner, comme son oncle, sur un pays étranger. Mais la grande différence, entre le destin de Carol Ier et de celui qu'il avait choisi pour successeur, était que le premier avait voulu de toutes ses forces et de toute son âme être roi tandis que le second devait subir son destin. Ferdinand, qui était et qui sera toujours la franchise même, devra à l'avenir jouer les dissimulateurs, mentir au besoin pour les nécessités impérieuses de son royaume. Jusqu'à sa mort, il lui faudra faire croire à tout le monde qu'il n'est plus un Allemand, mais un Roumain... Lui, catholique pratiquant, il devra agir en protecteur d'une Église schismatique et peut-être sera-ce là pour lui la tâche la plus pénible imposée à son âme scrupuleuse.

La princesse Bibesco n'a pas manqué de souligner que Ferdinand se sut très souvent incompris de tous ceux qui l'entouraient, et même de ses sujets. Quand il voyait les autres se précipiter et se courber pour le servir il avait plus honte pour eux que pour lui-même.

« *S'il a rougi souvent au cours de sa vie de monarque,* a écrit son historiographe, *c'était parce qu'il était né avec le sentiment de la dignité humaine : cela seul suffit à rendre un roi malheureux.* »

Parlant ensuite de celle qui fut l'épouse de ce prince héritier, la princesse Bibesco ajoute :

« *Cette créature éblouissante, assurément la plus jolie des princesses et peut-être alors l'une des plus belles femmes d'Europe, était née pour éclipser tout le monde... Mais elle aussi a servi les desseins de la Providence en ajoutant, à l'obscurité que cet homme recherchait pour son sacrifice, le constrate de son éclatant voisinage.* »

Être le mari d'une reine prestigieuse est un rôle difficile à tenir, même quand on n'est pas le prince consort, mais le roi... Ferdinand Ier a réussi à tenir ce rôle pendant trente-six années et s'est toujours montré reconnaissant jusqu'à la fin de ses jours à l'égard de celle qui lui laissa toute l'ombre parce qu'elle fut toute la lumière.

La princesse Marie – dont les trois prénoms étaient Maria, Alexandra, Victoria – était née le 29 octobre 1875 à Eastwell Park, dans le Kent. Elle avait donc dix années de moins que son époux. Petite-fille de la reine Victoria par son père, le duc d'Édimbourg, elle avait suivi, à l'âge de onze ans, sa famille dans l'île de Malte où elle séjourna pendant trois années. Ensuite elle vécut au château de Cobourg, en Allemagne, jusqu'à son mariage avec Ferdinand.

Pendant sa jeunesse et son adolescence, la future reine Marie avait pu s'enrichir d'impressions, sans cesse renouvelées, cueillies les unes dans cette île rocailleuse de Malte, battue par les flots trop bleus de la Méditerranée, les autres sous le ciel changeant d'Allemagne, enfin les plus belles et les plus durables dans les campagnes de la Roumanie, sa patrie d'adoption où elle arriva à dix-sept ans, aussitôt après son mariage.

Quelques années avant son avènement au trône, influencée par le romantisme des écrivains anglais, alors qu'Elisabeth l'avait été par celui des poètes allemands, Marie commença à donner libre cours à son talent littéraire en faisant publier timidement, et à l'insu d'Elisabeth encore régnante, des contes et des légendes. Mais ce ne fut véritablement que pendant les dures années de la guerre, de 1916 à 1918, quand elle partagea les souffrances de son peuple dans le refuge de Jassy, que ses écrits commencèrent par être marqués d'un souci prononcé du réel et d'un sentiment de profonde sympathie pour les paysans roumains qui étaient à la fois la première force et l'avenir de la nation. Ce fut aussi le moment où elle laissa s'échapper, dans son journal intime, ce cri doublé d'un aveu :

« *Je suis reine! J'appartiens à mon peuple, je dois vivre pour lui et la peur ne doit plus trouver place dans mon âme... Le cœur et l'âme ne changent pas avec le titre. Et le poids des années ne s'aggrave pas soudainement sur mes épaules; mais désormais je demeurerai sentinelle solitaire sur une hauteur où je dois m'habituer à vivre...* »

Tout a été dit et redit, parfois mal dit et le plus souvent inventé sur cette souveraine prestigieuse de beauté, d'éclat et d'intelligence. Ce qui est certain, c'est qu'elle eut une personnalité écrasante, presque monstrueuse de tous les dons que lui avait prodigués le ciel. Mais il y a des choses, de simples anecdotes, que l'on n'a pas dites sur elle et qui contribuent pourtant à jeter plus de lumière sur « la Femme » qu'elle fut avant tout. Celle-ci par exemple...

Alors qu'elle n'était que l'épouse du prince héritier, elle vint avec son fils aîné Carol, encore tout enfant, passer plusieurs hivers à Nice, chez sa mère, la grande-duchesse de Saxe-Cobourg-Gotha, dans un château assez laid, qui était une demeure sans grand luxe mais qui avait la chance d'être entourée d'un merveilleux jardin doté d'une vue unique sur la baie des Anges.

Chaque fois qu'elle apparaissait en ville, la beauté de la princesse Marie faisait sensation. Elle semblait d'ailleurs avoir un secret plaisir de femme à ce qu'il en fût ainsi, s'habillant avec une rare élégance et parfois même, disaient les témoins de ces apparitions fulgurantes, « d'une façon un peu voyante ». De toute façon, avec sa haute taille, c'était une femme qui ne pouvait pas passer inaperçue...

Cliente assidue des magasins élégants de la rue Masséna, elle était presque toujours accompagnée discrètement par le général Rubesco, attaché à sa maison princière, qui rapporta l'anecdote suivante :

Un après-midi où elle contemplait avec délices les vitrines d'une modiste alors très en vogue sur la Côte d'Azur, un inconnu l'aborda en lui disant :

– N'est-ce pas, madame, que tous ces chapeaux sont vraiment pleins de goût et que certains iraient tout à fait à votre charmant visage?

– Je suis de votre avis, répondit-elle avec le sourire le plus exquis. Le bleu notamment est très joli...

– Qu'à cela ne tienne, madame! Puisqu'il vous plaît, je serais très heureux de vous l'offrir...

– Eh bien, monsieur, entrons...

Dans la boutique, la princesse, qui avait été immédiatement reconnue par le personnel, se fit montrer toute la collection et ne choisit pas un, mais une dizaine de chapeaux à la grande stupéfaction du soupirant d'occasion qui commençait à regretter son offre, d'autant plus que ces chapeaux étaient très chers... Mais il sut quand même faire contre mauvaise fortune bon cœur et dit :

– Je vous apporterai, madame, tous ces chapeaux ce soir... Où faut-il que je vous les remette?

– Ce sera très simple, monsieur : chez la princesse royale de Roumanie...

Et elle sortit dignement, en laissant le malheureux sidéré, en proie aux éclats de rire de tous les employés et vendeuses. Il est inutile de dire que les chapeaux ne furent jamais livrés... Le soupirant a peut-être eu tort, après tout?

Ce fut à cette même époque qu'il y eut, à Monte-Carlo, une aventure encore plus burlesque, dont la très belle princesse fut l'héroïne involontaire. L'opéra de Monte-Carlo était dirigé par un personnage étonnant, se faisant appeler Gunsbourg, qui avait la déplorable et indiscrète habitude de faire part de ses bonnes fortunes à tous ses amis. Un après-midi où celui-ci se trouvait dans le hall célèbre de l'hôtel de Paris, en compagnie d'un illustre financier, fervent du jeu et habitué de la principauté, il lui prit brusquement le bras en lui confiant à voix basse :

– Vous voyez cette magnifique créature qui descend le grand escalier ? Eh bien, mon cher, elle a passé toute la nuit dans mes bras !

– Vous vous moquez de moi ? répondit l'ami. C'est la princesse Marie de Roumanie.

– Vous en êtes bien sûr ?

– Absolument.

– Quelle garce !... Pourquoi ne me l'a-t-elle pas dit ?

Mais la plus charmante, peut-être, de toutes ces anecdotes galantes que l'on prête à Marie de Roumanie – on ne prête qu'aux riches – est celle qui survint un jour où elle se promenait, très incognito, rue de la Paix, à Paris. Un jeune homme inconnu n'avait pas hésité à marcher à la droite de la jolie femme comme s'il se promenait réellement avec elle et comme s'il la connaissait depuis longtemps : promenade d'ailleurs silencieuse. L'importun ne devait savoir que dire et la princesse faisait tout son possible pour ignorer cette présence à ses côtés. Le silence ajoutait encore à la gêne. Marie de Roumanie, agacée après cinq minutes de marche dans de telles conditions, s'arrêta brusquement pour foudroyer le jeune homme du regard avec l'intention de lui demander comment il osait agir avec un tel sans-gêne. Mais le quidam, ne lui laissant même pas le temps de parler, dit en souriant :

– Je sais, madame, combien mon attitude doit

vous paraître incorrecte... Mais si je marchais derrière vous, au lieu de le faire à votre hauteur, on pourrait croire que je vous suis!

Séduite par ces mots d'un vrai Parisien, Marie ne put que rire à son tour.

Il est certain que cette princesse brillante, ambitieuse et chaleureuse, offrait un contraste saisissant avec son époux, dont l'apparence extérieure était assez décevante et dont les véritables goûts étaient très éloignés de ceux de sa compagne.

La plus grande passion de Ferdinand se trouvait dans l'amour des plantes sauvages! Ses connaissances en botanique dépassaient largement le savoir d'un bon professeur : elles atteignaient à l'érudition. Mais, comme tous les savants de grande valeur, il cachait volontairement cette érudition, ne voulant pas paraître plus instruit que ceux qui l'entouraient. Il fallut, au cours d'un voyage en Dobroudja, que le hasard lui fît rencontrer un botaniste pour qu'on l'entendît se lancer dans une extraordinaire énumération de noms latins de plantes et d'herbes, qui fit s'esclaffer les ignorants de sa suite royale. Il fallut qu'une visite des fouilles d'Istria, sous la conduite du Pr Parvan, l'amenât à déchiffrer sans la moindre difficulté une inscription grecque pour que l'on s'aperçût qu'il lisait couramment le grec ancien. Il fallut enfin une conversation intime et imprévue à Paris, entre lui et le célèbre abbé Mugnier, pour qu'il avouât parler l'hébreu. Il lisait aussi Tolstoï et Dostoïevski dans le texte original russe. Parfois, devant de rares étrangers – et jamais en présence de Roumains – qui avaient réussi à gagner sa confiance, il se trahissait :

– Savez-vous de quoi m'a entretenu le roi, lors

de mon audience d'adieu? disait l'ambassadeur de France qui quittait Bucarest pour Tokyo : des mérites de la poésie lyrique japonaise, comparée à la poésie lyrique chinoise!

Le drame secret de Ferdinand fut que sa très grande culture et sa finesse d'esprit ne pouvaient guère être utilisées avec plénitude dans les lieux et à l'époque où il était condamné à vivre. Sa souffrance secrète fut atroce : il savait que la richesse et l'étendue de ses connaissances ne pouvaient même pas être appréciées de son entourage. C'est pourquoi il prit l'habitude de ne pas parler de ce qui l'intéressait vraiment et de ne pas exprimer ouvertement sa propre pensée. Ce repli volontaire sur lui-même, ajouté à sa timidité naturelle, finit par lui donner un étrange tic d'élocution. Quand quelqu'un, qu'il ne connaissait pas, lui était présenté et lui parlait, il répétait plusieurs fois de suite, en l'accentuant, la phrase que venait de lui dire son interlocuteur. Tic qui donnait une impression tellement bizarre à ceux qui voyaient le roi pour la première fois que le chef du protocole de la cour préférait prévenir les étrangers avant l'audience, sinon ceux-ci auraient cru que le souverain se moquait d'eux.

Il y eut même, au cours d'une réception donnée au palais de Bucarest, un incident dont les répercussions auraient pu être assez fâcheuses sur le plan diplomatique. Un ministre anglais, envoyé en mission extraordinaire dans les Balkans, y vint, accompagné de son épouse, une exubérante Américaine qui ne craignait pas de dire tout ce qu'elle pensait... Ayant entendu Ferdinand, auquel elle venait d'être présentée, répéter trois fois de suite une phrase de politesse qu'elle avait soigneusement préparée à l'avance, elle ne put s'empêcher de lui dire :

– *Now, Sir, let us have a serious talk, and don't repeat what I say*!

Ce qui pourrait se traduire par :

– Maintenant, sire, ayons une conversation sérieuse et ne répétez pas ce que je vous dirai !

Ferdinand rougit et s'excusa en expliquant qu'ayant vécu dans sa jeunesse avec des sourds, il avait pris la mauvaise habitude de reprendre plus fort qu'eux ce qu'ils disaient pour leur donner la conviction qu'ils avaient bien compris. Une explication aussi spécieuse ne convainquit ni l'Américaine ni personne. En réalité le timide Ferdinand avait découvert depuis longtemps que le meilleur moyen de ne pas mécontenter les gens était de toujours dire la même chose qu'eux...

Mais tout le monde n'est sans doute pas d'accord avec l'une des admiratrices de Ferdinand qui écrivait :

« *Né prince allemand, il le demeurera. Sous cette couronne étrangère de Roumanie, imposée par l'orgueil et la méchanceté des hommes* (pourquoi « la méchanceté » ?) *qui ont besoin, pour être gouvernés, de faire d'un homme un roi* (ce qui n'est pas certain !) *Ferdinand continuera d'être fidèle et de rester le vrai fils de ceux qui lui ont donné la vie; fils aussi du comté allemand où ses yeux ont vu le jour.* »

En réalité le véritable ressort du drame de Ferdinand, deuxième roi de Roumanie, fut d'avoir été « le pont » indispensable entre son oncle, Carol Ier, fondateur de la dynastie et son fils Carol II, authentique Roumain, né en Roumanie.

Carol Ier était venu dans ce pays parce qu'il y était appelé, par la volonté d'hommes politiques éclairés, pour mettre fin à d'interminables dissensions autour d'un trône électif que se disputaient quelques grandes familles de Moldavie ou de Valachie. Et voilà que cette prise du pouvoir – que le monde entier, suivant en cela l'ironie de Bismarck, n'avait considérée, au départ, que comme étant une folle aventure sans lendemain durable – s'était transformée en un règne prospère de plus de quarante années ! Mais toute la joie de la pleine réussite avait été réservée à cet oncle Carol qui, lui, avait la vocation de conducteur d'hommes. Son neveu, Ferdinand, ne l'avait pas.

Cette nouvelle patrie, à laquelle il a tout sacrifié par devoir, n'était pas pour lui la véritable patrie. Il fallait voir l'honnête et loyal Ferdinand assister, chaque année, entouré de sa famille, au traditionnel arbre de Noël placé dans un grand salon du palais royal. Chaque fois, ses yeux étaient embués de larmes quand les portes du salon s'ouvraient à minuit pour laisser voir le sapin illuminé. Cet instant, qui était peut-être pour lui le plus doux de l'année, lui permettait de célébrer silencieusement, dans le secret de son cœur déchiré, l'amour enraciné de sa terre natale allemande. Et sans doute se prenait-il à fredonner très doucement la vieille et nostalgique chanson germanique :

O Tannenbaum ! O Tannenbaum !
Wie grün sind deine Blätter...

Prince de Roumanie, Ferdinand ne l'aura toujours été que de nom alors que son fils Carol pourra se croire un authentique Roumain puisqu'il sera né à Sinaia, dans une vallée des Carpates, et que ses souvenirs d'enfance seront nés avec lui.

Un jour vint, peu de temps après son accession au trône, où Ferdinand, prince allemand, fut contraint de se battre contre l'Allemagne. Ce fut là l'un de ses plus grands sacrifices d'homme. Mais il y en eut un autre, terrible pour sa conscience. Catholique pratiquant, Ferdinand était un grand croyant. Mais l'implacable raison d'État fit de lui six fois de suite un parjure puisqu'il eut six enfants. Époux d'une princesse protestante, il avait dû jurer le jour de son mariage catholique que ses enfants seraient élevés dans la religion catholique, apostolique et romaine.

Le baptême de son premier enfant, le prince héritier qui devait devenir Carol II, fut fait selon le rite orthodoxe.

La Constitution roumaine, qui avait admis que Ferdinand conservât sa religion, n'avait pu accepter qu'il en fût de même pour le futur roi né en terre roumaine. Rome sut, à l'occasion de cette naissance, se montrer bienveillante envers Ferdinand, descendant de la branche aînée des Hohenzollern qui était toujours restée fidèle à l'Église catholique. Aussi le pape suspendit-il ses foudres jusqu'à la naissance du second enfant, la princesse Elisabeth, qui devait devenir plus tard reine de Grèce. Ferdinand tenta l'impossible pour que sa fille fût baptisée dans la religion catholique, mais le conseil de la couronne et les ministres se montrèrent inflexibles : Elisabeth serait orthodoxe. Cette fois Rome excommunia Ferdinand qui fut privé de tous les sacrements.

Ceux qui ont connu Ferdinand à cette époque de sa vie, alors qu'il n'était encore que le prince héritier, se souviennent de son désespoir secret : il semblait qu'à chaque nouvelle naissance de l'un de ses enfants son âme prenait le deuil. Cet homme scrupuleux se savait en état de péché mortel; il était surtout désespéré d'entraîner dans son péché, voulu par la Constitution, les âmes innocentes de ses six enfants. Jamais il ne se relèvera complètement de cette malédiction. Isolé au milieu d'une famille composée d'une épouse protestante et d'enfants orthodoxes, il vivra séparé d'eux moralement par la triple muraille de son éducation, de sa religion et de sa nationalité. Car la loi roumaine a abouti à cette monstruosité qui a voulu qu'un père, aimant tendrement ses enfants, a dû se borner à leur donner la vie, rien de plus... Une Constitution – qui a prétendu faire, par le miracle d'une transplantation forcée, de ces princes allemands des Roumains pour sauver le pays du malheur auquel a succombé sa voisine, la Pologne – a fait de Ferdinand la victime expiatoire dont un peuple aura besoin pour son salut.

Le seul véritable appui que connut Ferdinand, au milieu de toute cette détresse morale et de tous les malheurs qu'il devra subir, depuis le début de son règne, avec les revers sanglants de la guerre de 1916-1918 jusqu'à sa fin, avec la destitution forcée de son fils Carol II, fut celui de son épouse : l'extraordinaire princesse Marie.

Celle-ci, née en Angleterre, avait mis à la mode, pour la famille royale, l'habitude anglaise d'aller passer le week-end à la campagne. Ce fut pendant l'un de ces week-ends, passé dans la magnifique propriété de la princesse Bibesco, que Ferdinand apprit le 10 octobre 1914 qu'il devenait roi de Roumanie à la suite de la mort subite de son oncle Carol Ier, au cours de la nuit précédente...

La situation politique était alors très inquiétante pour l'avenir de la nouvelle dynastie et même de la Roumanie. A la suite du fameux déjeuner du 2 août 1914 au château de Sinaia, le conseil de la couronne avait opté pour la neutralité provisoire : ce qui équivalait à la future entrée en guerre, dans un avenir qui serait dicté par les événements de la Roumanie aux côtés des pays de l'Entente cordiale : la France, l'Angleterre, la Russie et l'Italie. Le roi Carol avait ratifié officiellement cette décision mais, officieusement, il aurait souhaité que ses ministres souscrivissent au traité secret qui liait le sort de la Roumanie à celui de l'Allemagne et de l'Autriche. Devant l'attitude très ferme de Nicolas Iorga et de la majorité des ministres qui ne voulaient pas entendre parler d'alliance avec les Austro-Allemands, Carol avait menacé d'abdiquer : ce qui, en de pareilles circonstances, eût été désastreux. Devant ce danger, Jean Lahovary, qui faisait partie du conseil, déclara avec calme en regardant le prince héritier Ferdinand :

– Nous avons toute confiance dans le patriotisme de Son Altesse Royale...

Paroles très graves qui opposaient directement le neveu à l'oncle. Mais la victoire inattendue de la Marne et la maladie du roi Carol modifièrent l'aspect des choses. Et quand Ferdinand devint le deuxième roi de Roumanie, le 11 octobre 1914, il savait qu'il ne montait sur le trône qu'à la condition expresse de faire bientôt la guerre à l'Allemagne...

La princesse Bibesco a raconté, en des pages assez étonnantes, la scène de la soirée qui se passa dans sa propriété de campagne, la veille de l'accession de Ferdinand au trône. Autour de la table se trouvaient le prince héritier, la princesse héritière Marie, leur fils aîné Carol qui venait d'atteindre sa majorité, et quelques amis. Après le repas il y eut, dans la bibliothèque, une représentation cinématographique pendant laquelle la maîtresse de maison fut appelée au téléphone : on lui annonçait, de Bucarest, que l'état de santé du roi Carol s'était brusquement aggravé et qu'elle devait préparer, avec ménagements, le prince héritier Ferdinand et sa famille à la nouvelle d'une issue fatale imminente.

La communication fut donnée dans l'antichambre où les manteaux des invités étaient étalés sur une grande table. Pendant l'attente téléphonique de quelques minutes, la princesse Bibesco regardait le manteau d'ordonnance du prince Ferdinand qui était placé à côté de celui, brodé d'or, de la princesse Marie. Il y avait aussi, posés à côté du téléphone, les képis et les sabres.

– *J'examinai distraitement d'abord,* a confié la princesse Bibesco, *puis avec plus d'attention, la garde de l'épée du prince héritier... J'avais entendu dire que Ferdinand portait encore, avec son uniforme roumain, l'épée d'officier de la garde prussienne! Eh bien, ce n'était pas une calomnie: c'était vrai!*

Sur la poignée, elle vit l'écusson de Prusse, le damier Hohenzollern dont l'énigme noire et blanche signifie : *D'un cœur pur embrasser la mort.* Et elle réalisa brusquement que la phrase consacrée pour définir une trahison : *Il a tiré l'épée contre sa patrie* ne serait pas seulement pour Ferdinand une figure de rhétorique. Pourquoi, en prenant l'uniforme de l'armée roumaine, n'avait-il pas consenti à en prendre aussi le blason d'arme?

– *Je réfléchis plus avant,* a encore raconté la

princesse Bibesco, *et il me semble que je pénétrais ses raisons secrètes : Ferdinand était le fils d'un pays de légende. L'épée, pour lui, c'était la chanson de Siegfried. Dans la cour d'une caserne de Postdam, Ferdinand n'avait pas été fait seulement officier de la garde à pied : on l'avait aussi armé chevalier. Et cela seul comptait pour lui ! Il n'avait pas fini de parcourir le cycle de Charlemagne : il fallait qu'il y eût un jour, entre lui et l'épée-fée qu'il attachait à son côté, ce dialogue tragique où l'épée lui reprochait sa félonie...*

Deux jours plus tard, Ferdinand Ier prêtait serment sur la Constitution devant les deux Chambres, députés et sénateurs réunis. Pendant qu'il lisait son premier message à la nation, sa voix se brisa brusquement et tous les ministres, tous les députés, tous les sénateurs, tous les généraux, tout le corps diplomatique, la foule enfin l'entendirent sangloter ! Et chaque membre de l'assistance ressentit à cette minute l'impression pénible de voir un Allemand jurer d'être fidèle à une foi orthodoxe qui n'était pas la sienne et à la volonté d'un peuple qui n'était pas de sa race. Mais le sort en était jeté : l'unité du peuple roumain se ferait par les mains de celui qui acceptait de s'offrir à lui en holocauste. Lorsqu'il descendit, d'une démarche mal assurée, l'escalier de la tribune du Parlement, il avait les yeux rougis par les larmes et le poing crispé sur son épée : maintenant qu'il était roi, il savait qu'il allait faire la guerre à son pays natal, l'Allemagne...

Il fut peut-être le seul membre de la cour, et du gouvernement, à avoir un véritable chagrin de la disparition de son oncle, le roi Carol, qui s'était cependant montré à son égard un maître sévère et qui ne l'aimait pas. Carol l'avait seulement toléré parce qu'il lui fallait bien assurer sa succession. Il est même étrange de penser que le premier roi de Roumanie – qui avait si merveilleusement servi son pays adoptif, qui lui avait fait retrouver son indépendance, qui lui avait surtout donné plus de quarante années de stabilité politique et sociale – est mort au milieu de l'indifférence générale. Le peuple, lui non plus, ne le pleura pas : pour tous Carol Ier était mort trois mois trop tard. Il aurait dû disparaître avant la déclaration de guerre d'août 1914 qui avait brutalement posé la question de nationalité : les Roumains sortaient de leur torpeur pacifique pour s'apercevoir qu'ils étaient gouvernés par un roi allemand. Trois mois plus tôt tout le pays aurait regretté de voir passer le pouvoir des mains expertes du vieux roi à celles, faibles et presque débiles, de son neveu.

Pendant les longues années où il avait séjourné à Bucarest en qualité de prince héritier, le timide Ferdinand avait servi de repoussoir à son oncle. Chaque fois qu'ils avaient paru ensemble dans des cérémonies officielles ou pour des parades militaires, la comparaison avait toujours été accablante pour l'héritier présomptif. La noble allure et la majesté naturelle, qui accompagnaient chaque acte et la moindre parole du roi Carol, faisaient remarquer davantage la gêne permanente et les gestes maladroits du prince héritier. Qui donc aurait pu deviner que, de ces deux hommes, le plus grand roi ne serait pas celui qui avait choisi d'être roi, celui que les maires appelaient, dans leurs harangues ou leurs discours de bienvenue, LE HÉROS DE PLEVNA, LE FONDATEUR DE L'INDÉPENDANCE, LE GRAND CAPITAINE, etc., mais l'autre, le modeste qui sut se sacrifier?

Le jour où il signa, en 1916, le décret de mobilisation qui allait faire dresser la Roumanie face à l'Allemagne, Ferdinand sut trouver une réponse de grand roi au seul membre du conseil de la couronne, le germanophile Pierre Carp, qui, voulant le faire revenir sur sa décision, lui avait dit :

– On ne peut pas vaincre les Hohenzollern !

– Vous vous trompez, monsieur Carp... J'en ai déjà vaincu un : moi...

Les Hohenzollern surent se montrer féroces à l'égard de celui des leurs qui les combattait. Ils décidèrent d'abord de le tuer dans la généalogie de la famille : son nom fut rayé sur le grand livre des Hohenzollern pour lesquels l'homme cessa d'exister. A Sigmaringen, la petite cour princière prit le deuil : pour elle Ferdinand était mort. Son frère aîné le déclara publiquement traître. Frappé de déchéance, Ferdinand fut considéré comme étant un double anathème : sur terre et au ciel, puisque Rome l'avait également condamné. Le chef de famille, Guillaume II, roi de Prusse et empereur d'Allemagne, lui adressa un télégramme par lequel il crut le foudroyer définitivement en lui enlevant l'ordre de sa maison : ce qui équivalait à une mort civile.

Mais ces sanctions officielles parurent sans doute assez insignifiantes au très sensible Ferdinand en comparaison des larmes de son vieux valet de chambre allemand, le fidèle Neumann, qui allait dans les couloirs du palais de Bucarest en se lamentant :

– « Nous » sommes maudits... « Nous » avons trahi les nôtres.

Qui eût prédit alors que le seul Hohenzollern qui régnerait encore deux années plus tard, ce serait lui, Ferdinand de Roumanie ? Mais plus fidèle, plus honnête que son cousin le roi d'Angleterre, George V, qui avait remplacé les noms de ses trois duchés allemands : Saxe, Cobourg et Gotha – qui avaient fait faillite dans le cœur et l'esprit des foules – par celui de Windsor, qui faisait alors fortune et qui ne connaîtrait l'hallali qu'à la génération suivante quand Edouard VIII épouserait une roturière américaine, le roi de Roumanie saura avoir le grand courage de ne pas renier son nom patronymique, Hohenzollern, qui était cependant le plus haï de tous les peuples de race blanche. Et quand le président des États-Unis, Woodrow Wilson, déclarera les Hohenzollern déchus, il n'en omettra qu'un seul : Ferdinand.

Mais avant d'atteindre à cette consécration suprême, récompensé de sa loyauté à l'égard du pays qui l'avait voulu pour roi, Ferdinand dut d'abord subir les conséquences d'une désastreuse défaite militaire : il sut alors faire preuve d'une grandeur d'âme qui ne pouvait lui venir que d'une réelle force surnaturelle... Force qui le conduisit, dès les premières années de son règne, de supplice en supplice, jusqu'à la plus extraordinaire des réussites terrestres.

Pendant plus de mille années, le peuple roumain, torturé et tiraillé de tous côtés par ses puissants voisins, avait rêvé d'une unité nationale qui semblait tenir du rêve ou de la chimère. Un premier effort, couronné de succès, avait été tenté par Carol Ier : l'union sacrée de la Moldavie et de la Valachie s'était faite sous son règne. Mais c'était encore insuffisant. En 1914, alors que la Roumanie de Carol gardait l'état de neutralité, il y avait des milliers de Roumains, originaires de la Transylvanie, qui avaient été enrôlés de force dans l'armée austro-hongroise de François-Joseph. Ces hommes, se battant contre l'Italie et surtout contre la Russie, mouraient pour une cause qui n'était pas la leur. Face à eux, dans le camp opposé russe, mobilisés également par la contrainte, leurs frères de Bessarabie mouraient aussi. La Roumanie vivait un martyre. Pour qu'il cessât, il aurait fallu que les Roumains libres de Moldavie et de Valachie, dont Ferdinand était le second roi, fissent à la fois la guerre aux Austro-Allemands et aux Russes. Ce qui n'était pas possible : il fallait choisir...

Ferdinand, suivant la volonté populaire, opta pour le parti qui devait lui coûter le plus cher, l'armée austro-allemande étant alors beaucoup plus puissante et mieux commandée que l'armée du tsar. Il déclara la guerre aux empires centraux en caressant le secret espoir qu'une nouvelle alliance avec la Russie – renouvelant celle que son oncle Carol Ier avait déjà conclue à l'époque de la guerre contre la Turquie – serait plus bénéfique que la première fois, la Russie sachant se montrer moins ingrate. Une nouvelle fois aussi la Roumanie se trouvait face à l'ennemie héréditaire : la Turquie, alliée des Austro-Allemands.

Cette guerre commença par un écrasement qui contraignit Ferdinand et ce qui restait de son armée à une sanglante retraite qui réduisit la Roumanie de Carol Ier à une portion de territoire entourant Jassy. Retraite qui fut décrite en décembre 1916 par l'épouse même de Ferdinand, la reine Marie, dans des pages d'une tragique beauté restées jusqu'à ce jour inédites :

« *Le seul nom de retraite contient un monde*

d'horreurs, de tableaux sombres qui se déroulent comme des spectres devant la raison angoissée. Ceux qui n'ont pas vécu la retraite, qui se sont bornés à lire des descriptions dans des livres d'histoire, ne peuvent pas en saisir réellement le sens... Nous l'avons vécue, la retraite; nous la connaissons, nous l'avons vue... La retraite, c'est le recul tumultueux et cependant trop lent à travers l'obscurité d'un monde inconnu. C'est la misère qui précède et la peur qui poursuit. C'est une course sans une halte, sans un regard en arrière vers ceux qui sont tombés : et pourtant la neige impitoyable n'aura peut-être pas le temps de couvrir, avant l'arrivée de l'ennemi, le visage de celui que l'on a aimé... Oh! la tristesse de ces routes de retraites! Elles sont marquées par des chevaux morts, tristes épaves du désordre, lugubre marque d'obscurité, témoignage muet d'une souffrance inexprimable. Leurs carcasses abandonnées tachent l'immensité du désastre comme un dernier cri de reproche. Leurs yeux sans regard paraissent protester au nom de tous les innocents qui succombent sans comprendre la cause de leur souffrance, sans pouvoir jeter le dernier cri vers un ciel dont la merci ne descend pas, vers un Dieu qui est trop loin... La retraite, c'est la mort de l'espérance, c'est l'anéantissement d'un rêve... »

Ces lignes prouvent que la compagne de Ferdinand ne se leurrait nullement sur l'étendue du désastre. Et le moment paraît venu, après avoir brossé à grands traits de plume le portrait du second roi de Roumanie, de tenter de dépeindre celle qui fut, pendant les années très difficiles du début de son règne, pour lui, sinon l'amante – qu'il ne rechercha d'ailleurs jamais en elle – du moins « l'Épouse » avec tout ce que cette appellation, souvent trop déviée, comporte de noblesse et de compréhension.

L'un des hommes qui semblent avoir été le mieux placés pour évoquer la haute figure de la reine Marie fut M. de Saint-Aulaire qui représenta la France en Roumanie pendant la guerre de 1914-1918. Perpétuellement en communion étroite avec le peuple roumain, qu'il connaissait bien et qu'il sut aimer, M. de Saint-Aulaire partagea ses émotions tour à tour douloureuses et glorieuses. Il approcha presque quotidiennement ces souverains, dont il put apprécier l'élévation du cœur, et il fut maintes fois le témoin de l'admirable dévouement et du courage, véritablement viril, de celle qui fit rayonner autour d'elle l'espoir et la bonté. Malgré la discrétion dont il sut toujours faire preuve, et que lui imposaient ses fonctions de ministre plénipotentiaire, M. de Saint-Aulaire s'est confié à quelques intimes. Et c'est en partant de ces confidences qu'il semble possible, aujourd'hui, d'évoquer, dans toute sa plénitude, la physionomie infiniment attachante de la digne compagne du roi loyal.

– La moindre esquisse paraîtrait bien téméraire, disait l'ambassadeur de France, à ceux qui, ayant eu la chance de contempler le modèle, sont restés éblouis par cette unique rencontre de la perfection anglo-saxonne et de la séduction slave dans l'harmonie d'une éclatante beauté.

Au cours des réceptions données alors dans d'autres cours d'Europe centrale, quand les « Majestés » n'étaient pas sur leur trône, on pouvait entendre des étrangers, qui ne leur avaient pas été encore présentés, demander :

– Où est donc le roi? Où est la reine?

Ceci parce que rien, absolument rien, ne révélait – dans la physionomie ou le maintien de ces souverains pourtant authentiques – leur auguste caractère.

Cette question, nul ne la posait dès qu'apparaissait la reine Marie. Tous, même ceux qui ne l'avaient jamais vue, la reconnaissaient immédiatement. Son seul regard l'annonçait autant que sa démarche : un regard magnétique où la lumière de l'Occident se mêlait aux feux de l'Orient. La lumière était celle de l'intelligence, les feux reflétaient la sensibilité. Mais ces deux qualités étaient tellement bien contrôlées par Marie qu'elles semblaient s'épauler.

M. de Saint-Aulaire a pu voir et juger la reine au milieu d'événements qui livrent le secret des âmes : pendant une période de guerre. Une fermeté inébranlable, une énergie souriante, un héroïsme chevaleresque, un dévouement sans bornes et sans phrases composèrent alors pour elle le plus étincelant des diadèmes. Aussi l'ambassadeur de France a-t-il pu écrire :

« *J'eus l'honneur d'être reçu pour la première fois par Sa Majesté la Reine Marie le jour où je remis au Roi Ferdinand les lettres officielles qui m'accréditaient auprès de lui. Dans des circonstances banales, cette cérémonie est accompagnée d'un échange de harangues qui ne le sont pas moins! Mais, dans des circonstances extraordinaires, comme c'était le cas, l'attitude de la Roumanie dans la guerre mondiale posant alors une énigme qui passionnait l'opinion dans tous les pays belligérants, les paroles mêmes les plus ordinaires sont pleines de périls. Je savais déjà que, dans la diplomatie, l'insignifiance des propos augmente avec l'importance des fonctions et celle des événements. J'appris alors qu'à un certain degré de gravité les événements imposent le silence, même dans les occasions où la tradition, cependant classique en pareille matière, commande de le rompre...* »

Il est certain que la position de M. de Saint-Aulaire, se trouvant en présence de ce Hohenzollern qui hésitait encore à entraîner le peuple roumain dans le gigantesque conflit, était des plus délicates. Certes, il savait que l'âme de la Roumanie, fille de Rome, mère du droit et avant-garde du génie latin – que sa vaillance avait déjà sauvée deux fois contre les barbares et contre les Turcs – n'hésiterait pas entre deux conceptions de l'humanité : celle de la force brutale au service d'une hégémonie barbare et celle du droit des peuples à l'indépendance pour le plus grand bien de chacun d'eux... Il savait que son âme, dès les premières heures, s'était enrôlée sous les drapeaux des Alliés, mais que la lourde fatalité de l'origine germanique de ses deux premiers rois la contraignait à ajourner son intervention armée.

Donc, dans une pareille situation, la prudence la plus élémentaire interdisait toute allusion à la guerre et surtout à la neutralité encore observée par la Roumanie. M. de Saint-Aulaire s'était entendu, au préalable, avec le président du Conseil roumain pour supprimer les « discours d'usage » qui, en l'espèce, n'auraient eu le choix qu'entre le ridicule, en ignorant la guerre, et l'indiscrétion, en en parlant...

La reine Marie, qui était auprès du roi, portait une robe ravissante aux tons vifs, en harmonie parfaite avec un radieux soleil de juillet et les uniformes chatoyants des grands dignitaires de la cour. Robert de Flers, l'auteur de tant de pièces à succès, faisait partie de la mission qui accompagnait l'ambassadeur de France. Et l'homme de théâtre, chez qui le Parisien boulevardier ne perdait jamais ses droits, dit tout bas à Saint-Aulaire :

– Quand une reine qui a de l'esprit ne peut rien dire, sa façon d'en avoir tout de même c'est de porter une si jolie robe...

Mais aussi bien M. de Saint-Aulaire que M. de Flers purent bientôt constater que la reine Marie avait encore plus d'esprit en faisant parler sa robe qu'en la portant ! Elle mit à profit la conversation qui suivit l'accomplissement des rites protocolaires pour aborder, entre autres sujets et avec une charmante familiarité, les modes de Paris. Puis elle confia son goût personnel en des termes qui valaient tous les discours.

– Moi, comme vous voyez, je n'aime pas les couleurs neutres !

Dans la mode, il y a la manière...

Une telle déclaration montre combien la reine Marie était une femme « hors série », échappant à toutes les formules et faisant éclater toutes les pointures. Aussi serait-il indigne de ne dépeindre une telle souveraine que dans la vie de cour. M. de Saint-Aulaire se montra d'ailleurs incapable de répondre à une question qui lui fut posée un jour par l'épouse d'un autre membre de la « carrière » :

– Quelle est actuellement la longueur de la traîne à la cour de Roumanie ?

– Chère madame, malgré ma regrettable ignorance, je sais qu'un vrai diplomate devrait méditer plus sur la longueur des traînes que sur la grandeur des empires, et davantage sur la profondeur des révérences que sur celle des combinaisons politiques !

Lui-même, fin diplomate, n'avait-il pas fait dans sa jeunesse – à l'époque où il prenait « la carrière » tout à fait au sérieux – une étude comparée des traînes dans les cours d'Europe, et n'était-il pas arrivé à cette conclusion, qui l'avait ravi, que, dans l'ensemble, la longueur des traînes était en raison inverse de l'ancienneté des dynasties?

C'était ainsi qu'à Berlin il y avait trois ou quatre mètres de plus qu'à Vienne où les archiduchesses y suppléaient par la traîne des siècles... Ayant découvert cette curieuse loi, M. de Saint-Aulaire ne dut pas être trop surpris quand, toute la Roumanie ayant comme sa reine rejeté les couleurs neutres, les traînes de la cour de Bucarest – ces traînes dont il ne connut jamais la longueur – devinrent d'autant plus courtes que la dynastie et la nation étaient plus nobles. Derrière la reine Marie ondulait alors la plus majestueuse de toutes les traînes : tout un peuple en marche vers son idéal de grandeur.

Mais très vite l'ambassadeur de France ne verrait plus la souveraine de Roumanie qu'en tenue de guerre, en uniforme d'infirmière ou en amazone, quand elle passait une revue. Elle portait alors l'uniforme du régiment de cavalerie dont elle était la brillante colonelle : dolman avec petit manteau garni de fourrure agrafé sur l'épaule, toque de fourrure surmontée d'une aigrette...

Les vertus cavalières de la reine Marie sont restées légendaires, bien que Montaigne ait prétendu, dans son chapitre sur *l'Incommodité de la grandeur,* que les talents d'écuyer sont les seuls dont les princes aient le droit d'être sûrs ! Il est certain que tous ceux qui ont galopé, pendant la guerre, par monts et par vaux derrière la reine de Roumanie ont pu constater que cette intrépide centauresse ne craignait jamais la fatigue et savait semer les meilleurs cavaliers. Il semblait qu'elle fût entraînée dans ses chevauchées épiques, comme si elle y était poussée par une sorte de mystique guerrière...

Car Marie de Roumanie est véritablement entrée en guerre comme on entre en religion. Elle s'y est cloîtrée, renonçant à tout ce qui n'était pas la guerre, non seulement pour le salut de son peuple, de sa dynastie, mais aussi pour le salut de toutes les causes qui unissaient alors les Alliés. Comment la France pourrait-elle oublier que, le jour de 1916 où la Roumanie s'est jetée dans la fournaise face aux armées austro-allemandes, elle a immédiatement attiré contre elle quarante divisions ennemies, cela au moment précis où il y avait un intérêt vital à affaiblir la formidable pression allemande sur Verdun ?

La reine « qui n'aimait pas les couleurs neutres » accueillit comme une véritable délivrance et une sorte de « libération de sa propre conscience » la décision suprême du roi Ferdinand. Elle pensa avec lui qu'en dépit des risques immenses la Roumanie ne pouvait pas, n'avait pas le droit, sans abdiquer son avenir, de demeurer l'épée au fourreau. Comme son époux, elle affirmait que pour faire pénétrer les revendications nationales de la Roumanie dans la conscience du monde, mieux valait un combat sans victoire qu'une défaite sans combat. Et quand les premiers succès des Empires centraux semblèrent éloigner à jamais ce jour réparateur, Marie disait, en plein accord avec tout le peuple roumain, qu'elle préférait *être vaincue aux côtés de la France plutôt que victorieuse sans elle.*

En s'imposant volontairement « sa mission de guerre », Marie de Roumanie fit des vœux qu'elle observa et qu'elle imposa par son exemple : vœux de charité, de sacrifice, d'espérance.

Si les êtres exceptionnels ont peut-être plus de droits que les autres, ils ont sûrement beaucoup plus de devoirs! C'est là une réalité que beaucoup de gens, surtout dans les masses populaires, ont tendance à oublier...

Dans les pages émouvantes qu'elle a dédiées à la mémoire de son époux défunt, Marie a su trouver la formule qui définit la plus haute prérogative de la couronne :

– *Un roi est propriété publique.*

Oui, un roi est avant tout, au sens étymologique du mot, une République : il ne peut conquérir ses sujets qu'en se donnant à tous et il n'est vraiment « le chef » qu'en se subordonnant à l'intérêt supérieur de l'État.

Marie de Roumanie a fait mieux que de formuler cette conception du devoir monarchique : elle l'a appliquée dans une tâche écrasante qui sembla décupler sa prodigieuse énergie. Dans son rôle de « première infirmière » de son royaume, auquel l'honneur des champs de bataille et de terribles épidémies donnèrent une tragique importance, son exemple ne fut pas son seul don. Animatrice autant qu'organisatrice, elle sut allier l'élan à la méthode. D'ailleurs n'avait-elle pas prouvé ces qualités en 1913, pendant la campagne balkanique, alors qu'elle n'était encore que l'épouse du prince héritier, en dirigeant sur place, avec un mépris absolu de la mort, la lutte contre le choléra qui sévissait dans l'armée roumaine? Déjà, dans ce prélude au grand drame qui allait suivre, elle avait donné sa mesure. Quand toutes les fatalités – l'invasion, la retraite, la famine, les épidémies, la trahison de la Russie – se conjuguèrent entre 1916 et 1918 contre la Roumanie, il lui fallut, sans recevoir aucune aide extérieure, faire face à une situation que le monde entier considérait comme étant désespérée. Et cependant jamais une telle femme ne fut plus belle que sous cette couronne de diamants noirs...

Au chevet des contagieux, elle brava cent fois la mort. M. de Saint-Aulaire raconte encore qu'il put le constater lui-même en visitant avec elle un hôpital de typhiques dirigé par des médecins français dont la présence expliquait celle de l'ambassadeur de France. A l'une de ses dames d'honneur, qui la suppliait d'observer les précautions élémentaires et notamment de mettre ses gants quand elle donnait sa main à baiser aux contagieux, elle répondit :

– Je crois vraiment qu'ils préfèrent que je n'en aie pas...

Et elle laissait longuement ses mains dégantées dans celles des moribonds. Cette pitié, faite d'amour du prochain, devait paraître à ces malheureux d'autant plus réconfortante que tous savaient que la reine de Roumanie n'en avait jamais eu besoin pour elle-même.

S'il arrivait qu'on la louât pour son intrépidité, elle disait en souriant :

– Je n'en ai aucun mérite ! Je dois être invulnérable.

On finissait par se demander, en la voyant ainsi jouer continuellement avec un danger qu'elle semblait ignorer, si elle n'était pas immunisée contre les misères humaines. Sans doute fut-ce la raison pour laquelle un ministère, qui n'avait encore jamais existé dans aucun pays, a été spécialement créé pour la reine qui fut nommée « ministre de la confiance nationale ». Peut-il exister plus beau titre au monde ? Et n'est-ce pas émouvant de penser qu'il a été conféré en premier lieu à une femme ? Ce fut d'ailleurs une rude tâche !

Pendant sa guerre de 1916-1918, la Roumanie a vécu une page d'Apocalypse dont l'horreur n'a été atteinte nulle part sur les champs de bataille européens. Et cela, peu de peuples s'en sont rendu compte, et principalement les Français, qui étaient trop absorbés par leurs propres souffrances. On a souvent voulu comparer le martyre de la Belgique et de la Serbie à celui de la Roumanie envahie, mais on a oublié que les gouvernements et les armées de ces héroïques pays avaient quand même pu, pendant toute la durée de la guerre, conserver un contact étroit avec leurs alliés français et anglais. Rien de tel ne s'est produit en Roumanie qui resta toujours coupée de toute communication avec l'Occident et qui n'eut, en fait d'allié, qu'un voisinage désastreux avec une Russie bolchevisée, plus redoutable pour elle que l'Allemagne, avec laquelle l'U.R.S.S. fraternisait en méditant secrètement de lui livrer – en gage de nouvelle amitié – la Moldavie où le malheureux gouvernement roumain et les débris de son armée mutilée s'étaient retranchés après l'invasion de la Valachie. Ce fut à cette époque que les vers du poète prirent toute leur signification :

Ce n'est qu'un peu de terre, avec sa mer au bord
Et le déroulement de sa dune inféconde...
Ce n'est qu'un bout de sol étroit,
Mais qui renferme encore et sa Reine et son Roi,
Et l'amour condensé d'un peuple qui les aime...

Si M. de Saint-Aulaire fut l'un des hommes les mieux placés pour parler du rôle joué par la reine Marie au cours de la Première Guerre mondiale, son adjoint « culturel » Robert de Flers semble être le Français qui a pu le mieux juger le comportement du roi Ferdinand pendant la même période où, une fois encore, le destin de la Roumanie reposait entièrement sur les épaules de la dynastie Hohenzollern-Sigmaringen.

Et on ne peut que se féliciter de ce que le gouvernement français de l'époque se soit montré assez averti pour envoyer, en qualité de correspondant permanent sur le front roumain, un homme de la qualité et de la classe d'un Robert de Flers. Ce lettré spirituel, qui se doublait d'un observateur lucide, a raconté dans un ouvrage, qu'il ne publia qu'en 1919, un assez extraordinaire entretien qu'il eut, alors que le conflit faisait rage, avec le roi Ferdinand :

« *Un hasard heureux m'a permis de rencontrer Sa Majesté le Roi de Roumanie qui venait de rendre visite à la 15*^e^ *division afin de la féliciter de son endurance et de son courage. J'ai retiré de l'entretien que Sa Majesté m'a fait l'honneur de m'accorder une impression si forte et si vive que je souhaiterais la faire partager à d'autres. Je désirerais surtout l'offrir en cadeau à ces hommes politiques qui, dans bien des pays, ne sont parvenus qu'avec peine à élever les malheurs publics à la dignité de leurs malheurs personnels... A ces directeurs d'opinion, candidats perpétuels à toutes les craintes, comme si elles étaient des emplois... A ces orateurs toujours en mal de désespoirs éloquents... Oui, il aurait fallu qu'ils entendissent comme une leçon et comme un exemple la parole claire, simple et forte de ce Souverain qui, au milieu des pires épreuves, a su conserver royalement intactes sa volonté pour la lutte et sa foi dans la victoire. Alors, sans doute, ils auraient mis le Roi Ferdinand à sa place et ils se seraient mis à la leur.* »

Ce qui frappa le célèbre auteur dramatique français fut l'impression d'honnêteté minutieuse et rigoureuse qui se dégageait de la personne assez peu représentative de Ferdinand. Et il a remarqué avec beaucoup d'intelligence que l'on pourrait consacrer une curieuse étude aux surnoms dont ont hérité les souverains à travers les siècles...

Il est évident que certaines épithètes telles que *le Long, le Gros,* ou *le Chauve* sont nettement péjoratives, portant en elles-mêmes une volonté populaire de dénigrement. Un simple particulier n'en voudrait pas et interdirait à sa famille de l'appeler ainsi. D'autres, comme *le Pieux* ou *le Saint*, ne paraissent pas capables de satisfaire tous les amours-propres. Celui de *Débonnaire* est un peu vexant, celui de *Mutin* est badin, celui de *Bien-aimé* est teinté de courtisanerie facile. Seuls ceux de *Juste,* de *Sage* et de *Grand* sont tout à fait obligeants. Mais il est assez surprenant de découvrir que l'épithète de *Loyal* n'a été accolée jusqu'à ce jour à aucun roi ! Il faut croire que l'Histoire, qui, selon l'affirmation de Dumas père, « n'est pas une bête », la réservait pour le roi de Roumanie : Ferdinand le Loyal.

Connaissant cette loyauté et savourant l'intelligence de celui qui interrogeait le roi, un jeu plaisant de l'esprit consisterait à imaginer – et pourquoi ne pas dire « reconstituer » puisque l'Histoire se doit de se rapprocher le plus possible de la vérité ? – la conversation assez étonnante qui s'engagea au cours de cet entretien entre Ferdinand Ier et un Robert de Flers... Le dialogue, cher au métier de l'homme de théâtre qui jouait le rôle du confident, dut être riche de substance :

– Monsieur de Flers, commença sans doute le roi, vous me retrouvez aujourd'hui après des jours cruels. Mais je tiens à vous affirmer tout de suite, n'en déplaise à nos ennemis, que ma confiance demeure entière et qu'elle ne m'abandonnera jamais ! La Roumanie ira jusqu'au bout, c'est-à-dire jusqu'à la victoire avec ses grands et chers Aliés. Elle est fière de combattre avec eux. Les malheurs provisoires qu'elle supporte, et que je ressens douloureusement dans tout ce que le cœur d'un roi doit avoir de paternel, ne m'empêchent pas d'être certain que je l'ai engagée dans la grande voie de sa destinée héroïque.

– Je n'ai pas rencontré un seul des officiers de Votre Majesté qui ne m'ait dit ne jamais avoir entendu Votre Majesté se plaindre...

– Il ne manquerait plus que cela ! Me plaindre ! Mais comment l'aurais-je pu quand je suis prêt à refaire tout ce que j'ai fait ! Vouloir, tout est là... La volonté, dans les temps de fer que nous vivons, c'est le talisman qui finira par faire céder l'adversaire. C'est pourquoi je veux cette victoire, qui nous vaut aujourd'hui tant de larmes, mais qui nous vaudra un jour tant de joies ! C'est pourquoi j'ai décidé, d'accord avec mon gouvernement, l'intervention de la Roumanie.

– Le moment où Votre Majesté a pris cette décision a dû être l'un des plus pénibles qu'elle ait vécus ?

– Oui... Il m'a fallu faire abstraction de moi-même, ne tenir compte ni de mes origines, ni de ma famille, ni de mes sentiments personnels ; ne voir que la Roumanie, ne penser qu'à elle, que pour elle ! On ne règne pas sur un peuple pour soi-même, mais pour ce peuple. Cela, c'est, me semble-t-il, l'honnêteté d'un roi...

Et ce fut probablement l'instant où Ferdinand Ier laissa s'exhaler, devant son interlocuteur, le fond de ses véritables pensées dans des paroles authentiques :

– *Lorsque, peu à peu, à force de méditation, j'eus acquis la conviction que la Roumanie était avant tout de race et de vocation latines ; que son intérêt, non pas son intérêt provisoire, mais son intérêt permanent et historique, devait la ranger aux côtés de la France, de la Russie, de l'Angleterre et de l'Italie ; qu'en négligeant cette mission elle redeviendrait ce qu'elle avait été si longtemps, la vassale d'une autre puissance... alors j'éprouvai un grand réconfort parce que je voyais la route à suivre. Mais, en même temps, je ressentais une grande tristesse, parce que je comprenais tout ce dont cette route allait m'éloigner à jamais : ma famille, mes amis d'autrefois, mes affections d'enfance... Ce fut alors en moi la lutte de ma conscience et de mon cœur. Si ma conscience l'a emporté, mon cœur est resté un peu triste... Il ne faut pas lui en vouloir... Que voulez-vous, on ne peut pas oublier tout à fait l'endroit où l'on est né...*

Et le roi concluait :

– Les Allemands disent : *Deutschland über alles...* Eh bien, moi, j'ai dit : *Mon devoir au-dessus de tout.*

Quand les Allemands, ivres de colère à l'égard de celui qu'ils considéraient comme étant le Hohenzollern félon, affichèrent sur les murs de la ville de

Craïova une proclamation où ils déclaraient que c'était à Ferdinand seul, non pas aux Roumains, qu'ils étaient venus faire la guerre, ils se trompaient lourdement. Ils ne se rendaient pas compte que c'était précisément grâce à la guerre que le roi Ferdinand et son peuple s'étaient brusquement trouvés en présence et presque – expression qui pourrait sembler tenir de la gageure – dans une sorte « d'intimité »... Ferdinand et son peuple se connurent, se plurent, s'aimèrent... Ne sont-ce pas là les trois étapes habituelles de toutes les histoires d'amour et d'amitié ?

Celle-ci fut très belle : les humbles soldats moldaves et valaques aperçurent un soir, passant dans leurs cantonnements et dans leurs tranchées, vêtu d'un uniforme de gros drap semblable au leur, le regard droit et bon, l'expression cordiale, la main tendue, celui dont ils n'avaient aperçu jusqu'alors que de lointains portraits ou des photographies. Et les discours ne furent pas nécessaires pour leur faire comprendre à tous que si un homme aussi simple était là, au milieu d'eux, c'était parce qu'il était « leur » roi et qu'il en avait l'étoffe...

En 1918, ce roi, qui n'avait régné cependant que quatre années, réunissait sous son sceptre non seulement les populations déchirées de la Transylvanie, de la Bucovine et du Banat pour la liberté desquelles il était entré en guerre, mais encore la Bessarabie inespérée. Allié loyal de l'Entente, Ferdinand triomphait avec elle, moins la Russie : ce qui lui permettait de réaliser, en une seule fois, le rêve millénaire et contradictoire de l'unité nationale.

Certes, avant d'atteindre à cette apogée, la Roumanie, qui était entrée en guerre le 27 août 1916, avait dû déposer les armes le 6 décembre 1917 et signer, le 7 mai 1918, la désastreuse paix de Bucarest. Toute la Dobroudja était abandonnée aux puissances centrales; des rectifications de frontières, consenties à l'Autriche-Hongrie, enlevaient à la Roumanie plusieurs points stratégiques importants et une population roumaine de 150 000 âmes; enfin le pays était livré à l'exploitation économique de ses vainqueurs. Heureusement le roi Ferdinand se refusa à homologuer ce traité, qui n'était en réalité qu'un armistice imposé par les vainqueurs.

L'une des clauses les plus douloureuses au cœur de Ferdinand et de Marie fut celle où il était spécifié que la mission militaire française, composée de trois cents officiers français commandés par le général Berthelot, devait quitter immédiatement la Roumanie. Les autorités militaires allemandes exigèrent même qu'aucun Roumain n'allât à la gare pour dire adieu à la mission militaire qui avait combattu dans leur pays, pour leur idéal.

Malgré cette interdiction, le roi Ferdinand, la reine Marie et tous leurs enfants se rendirent à la gare pour être là au moment du départ déchirant qui avait lieu en pleine nuit. Au moment où le train partait, la reine Marie courut le long du quai en criant aux officiers français qui la saluaient une dernière fois par les fenêtres de leurs compartiments :

– Ce n'est qu'un au revoir... A bientôt!

Ce n'était pas là un défi lancé aux Austro-Allemands, mais la vision très nette de ce qui se produirait quelques mois plus tard : vers la fin d'octobre 1918, le roi Ferdinand reçut secrètement un émissaire de Clemenceau qui l'avertissait que si la Roumanie voulait profiter des fruits de la victoire définitive des Alliés, qui était imminente, elle devait d'urgence dénoncer le traité de Bucarest et reprendre les armes contre les Allemands. Le jour même le roi renvoya le cabinet conservateur présidé par Alexandre Marghiloman et lui substitua un cabinet de guerre composé de généraux et de techniciens sous la présidence du général Coanda.

A peine l'armistice du 11 novembre 1918 était-il signé entre les Alliés victorieux et l'Allemagne vaincue que la mission militaire française fut renvoyée en Roumanie. Et son chef, le général Berthelot, fit une entrée triomphale à Bucarest aux côtés du roi, de la reine et de leurs enfants. Peut-être n'y a-t-il jamais eu, dans l'Histoire, d'au revoir plus émouvant et plus prophétique que celui qui fut lancé par la reine Marie, sur un quai de gare, une certaine nuit de mars 1918?

La rentrée de Ferdinand, à la tête de ses troupes, dans sa capitale délivrée se fit au milieu d'un délire d'acclamations. Le roi était à cheval, ayant la reine, resplendissante, à côté de lui... Mais il paraissait triste. Et la foule en liesse ne parut voir que « sa » reine, dont la grâce cavalière et le grand bouquet de chrysanthèmes jaunes, qui avait été fixé au panneau de sa selle, attiraient tous les regards.

Des observateurs bien renseignés crurent déceler que la cause profonde de la mélancolie du roi venait de la conduite honteuse qu'avait eue son fils, le prince héritier et futur Carol II. Celui-ci était pourtant dans le cortège royal, à la tête de son bataillon. Mais tout le monde savait qu'il avait déserté son commandement alors que l'armée n'était pas encore démobilisée. Et ceci à cause d'une femme! On a donné de nombreuses versions de cette désertion, mais ce que l'on a rarement dit, c'est qu'elle ne fut que le dénouement logique d'une idylle qui avait commencé en 1916 avec Zizi Lambrino, fille du général Lambrino. En août 1918, le prince héritier abandonna le commandement d'un bataillon de chasseurs alpins, qui était en position sur le front de Moldavie, pour rejoindre Odessa où il épousa celle qui n'avait qu'une ambition : devenir un jour, elle aussi, reine de Roumanie.

Le plus souvent le mariage secret d'un prince, jeune et séduisant, avec une jolie fille, qui n'appartient à aucune famille régnante, constitue un fait divers qui peut fournir le thème d'un excellent livret d'opérette, mais c'est rarement un drame. Et cependant, dans le cas du prince Carol, c'en fut un... Né prince héritier, il ne pouvait, selon la Constitution, se marier qu'avec l'autorisation du gouvernement, qui devait ensuite être ratifiée par le Parlement. Les autres membres de la famille royale, c'est-à-dire les frères et sœurs de Carol, pouvaient se marier avec la seule approbation du roi et sans que le Parlement n'eût à intervenir. Le mariage du prince héritier n'était pas seulement un problème de famille mais aussi un problème d'État. Le gouvernement devait juger si le mariage servait ou non les intérêts du pays, et surtout si celle qui était destinée à devenir reine répondait – aussi bien par son caractère que par l'éducation reçue – à la très difficile condition de future mère d'un autre roi qui continuerait, comme un maillon de la chaîne dynastique, à assurer la succession au trône. L'expérience du passé, qui n'avait été fait que de luttes entre les grandes familles du pays, avait imposé au législateur l'établissement d'une condition formelle : la future reine ne pouvait, en aucun cas, être roumaine. La première reine, Elisabeth, était d'origine allemande; la seconde, Marie, de naissance anglaise; l'épouse de Carol II devrait être, elle aussi, une étrangère. Or la trop jolie Zizi Lambrino était roumaine!

Le prince héritier Carol se trouvait donc en double conflit avec le statut de la maison royale et les lois de la discipline militaire. Commandant d'un bataillon, il avait quitté son poste et passé la frontière muni d'un faux passeport. Pour celui qui était destiné à être le troisième roi de Roumanie, aucune indulgence n'était permise. Il était passible du conseil de guerre qu'il n'évita que de justesse.

Dans un ouvrage assez mal écrit, et qui peut être considéré comme n'étant qu'un verbiage sentimental, publié en 1950, Zizi Lambrino a eu un aveu involontaire concernant la date où le mariage prit contour dans les intentions de Carol :

« *Je ne pouvais plus douter de la décision qu'il avait prise parce qu'il avait décidé de m'enseigner l'histoire de la Roumanie, ayant juré que je n'étais pas suffisamment préparée à ce sujet : ce souci m'a paru être une indication.* »

Une future reine est en effet dans l'obligation absolue de ne pas offenser les sentiments du peuple, de connaître sa langue et son histoire. Ce prélude sentimental entre Carol et Zizi Lambrino se déroula pendant les mois de décembre 1917, janvier et février 1918, qui furent les plus tragiques pour le pays et les plus angoissants pour l'avenir de la royauté...

Carol avait pris la décision de mettre ses parents, le roi Ferdinand et la reine Marie, devant le fait accompli. Il prépara sa fuite dans le plus grand mystère. Ce ne fut que le lendemain de son mariage, qui eut lieu le 31 août 1918 dans l'église Pokrowska d'Odessa, qu'il envoya à son père un télégramme ainsi rédigé :

« *J'ai épousé Zizi Lambrino. Répondez si je puis rentrer avec elle ou si je dois continuer ma route vers la France.* »

Ferdinand sut faire preuve d'indulgence à l'égard de son fils pour cette première fugue, qu'il ne voulut considérer que comme un écart de jeunesse. Et il envoya à Odessa, pour ramener le jeune couple à Jassy, le général Balif qui était l'administrateur des domaines de la couronne. L'état d'esprit qu'avait alors Ferdinand se reflète dans les instructions qu'il adressa télégraphiquement, le 6 septembre 1918, à celui qui avait la délicate mission d'essayer de ramener Carol et sa jeune épouse en terre roumaine :

« *Avant de vous autoriser à faire usage de la force, assurez-vous qu'il n'y a plus aucun espoir d'obtenir le retour au sentiment de la réalité. Même s'il est irrévocablement décidé à exécuter son projet, montrez-lui, dans son intérêt, la monstruosité du fait que la rupture définitive avec sa famille et son pays se fît en terre étrangère sous la garde de baïonnettes qui luttaient hier encore contre nous.* »

Mais la décision à prendre au sujet du cas Carol n'appartenait déjà plus à son père. Un conseil de la couronne, auquel se joignirent également tous les anciens présidents du Conseil des ministres, fut convoqué d'urgence pour se prononcer sur cette première renonciation du prince héritier à son titre et à tous ses droits.

Le réquisitioire d'Alexandre Marghiloman, qui était alors président du Conseil des ministres, fut particulièrement sévère; sa conclusion en était que le prince Carol s'était montré indigne de la mission qui lui était réservée : celle de régner. Un autre membre du conseil de la couronne, le général Alexandre Averesco, se plaçant sur le plan de la désertion militaire, s'exprima en des termes encore plus sévères à l'endroit du prince. Ce qui sauva celui-ci fut la vigoureuse intervention en sa faveur de Jean Bratiano, chef du gouvernement peu de temps après. Prenant la défense de Carol, il considéra l'aventure d'Odessa comme n'étant qu'une simple manifestation du manque de maturité du prince et il demanda qu'on accordât à ce dernier le temps nécessaire qui lui permettrait de devenir « un homme » au sens le plus complet du mot. Finalement l'acte de mariage de Carol et de Zizi Lambrino fut annulé par la Haute Cour de cassation comme étant une violation formelle de la Constitution, et ceci – il semble opportun de le rappeler – avec le consentement de Carol dont les amours s'annonçaient comme ne devant pas être très stables et qui en avait sans doute déjà assez de la jolie Zizi... Pour sanction de son indiscipline militaire, le roi Ferdinand, chef de l'armée, infligea à Carol une punition de soixante-quinze jours d'arrêts de rigueur au monastère de Horaïtza. Mais l'évolution de la guerre ayant définitivement fait pencher la balance en faveur du camp des Alliés et apportant la libération totale du territoire roumain, cette punition fut réduite par le roi. Ce fut ainsi que Carol eut le droit de prendre part au défilé de la victoire à Bucarest, à la tête de son bataillon...

La Première Guerre mondiale était terminée. A Paris les discussions allaient bon train pour étudier les différentes situations des peuples qui avaient été mêlés au conflit, ainsi que les mérites ou les torts de chacun avant la signature du traité de paix définitif. Personne ne mit en doute la fidélité absolue à la cause des Alliés dont avaient fait preuve les souverains roumains. Ferdinand n'avait jamais accepté d'apposer sa signature sur le traité de paix séparé avec l'Allemagne, imposé à la suite des désastres de 1917. Mais, malgré cette attitude courageuse, les choses n'allaient pas toutes seules, dans les conversations des hommes politiques et des diplomates, pour l'avenir de la Grande Roumanie qui semblait un peu compromis. Heureusement, la reine Marie était à Paris...

Georges Clemenceau, l'homme de la victoire, ne recevait aucune visite à la suite d'un attentat où il avait été légèrement blessé. Ce fut le moment que choisit la reine de Roumanie pour lui annoncer sa visite en qualité « d'infirmière des blessés de la Grande Guerre », décorée de la croix de guerre française pour avoir soigné sur le front roumain, avec un admirable dévouement, les officiers de la mission militaire française qui avaient été blessés. Clemenceau ne put pas refuser de la recevoir, mais il l'accueillit en lui demandant de sa voix tranchante :

– Pourquoi Votre Majesté est-elle venue ici ?

– Pour que la Roumanie ait une belle figure à Paris !

La partie était gagnée. Celui que l'admiration populaire avait surnommé « le Tigre », sourit. A la fin de la visite de la reine, il tint à la raccompagner lui-même à son auto. La Roumanie ne s'est jamais doutée de ce qu'elle a dû, ce jour-là, à sa souveraine...

Mais les paysans roumains savaient, eux, ce qu'ils devaient alors à leur roi... En mars 1917, celui-ci avait solennellement promis aux soldats que la terre pour laquelle ils se battaient leur serait donnée en toute propriété. Ce fut alors que commença l'une des plus grandes et des plus équitables réformes agraires qui aient jamais été faites dans le monde. Et elle ne fut pas l'œuvre d'une démocratie ou d'un gouvernement socialiste, mais celle d'un roi, ce « Roi Loyal » que l'on aurait pu aussi surnommer « le Roi Paysan » tellement il aimait la botanique et les produits de la terre...

Aux termes de mesures législatives qui s'échelonnèrent de juillet 1917 à juillet 1921, personne en Roumanie ne pouvait plus posséder plus de 100 hectares de terre arable et 500 hectares dans les régions où la petite exploitation ne pouvait pas vivre. Seules les forêts, les vignes et les plantations d'arbres fruitiers ne furent pas touchées par les mesures d'expropriation. Les paysans reçurent, par ménage, 2 ou 3 hectares. Ce fut ainsi que plus de 6 millions d'hectares furent expropriés qui appartenaient auparavant au domaine royal, à diverses personnes morales, à des étrangers, à des absents qui se désintéressaient de leurs terres, à de grands propriétaires dont les terres dépassaient en surface le maximum fixé par la loi. Plus de 21 000 propriétés furent affectées par ces mesures draconiennes, mais justes. Les terres ainsi expropriées furent évaluées sur la base des fermages de 1914. Leurs propriétaires reçurent en indemnité des obligations à 5 % amortissables en quarante ans et les paysans, qui recevaient les terres, devaient en acquitter le prix en vingt ans. Mais la dépréciation du *leu*, la monnaie roumaine, ne tarda pas à réduire à des sommes dérisoires les dettes des paysans et, en contrepartie, les indemnités qui restaient dues aux anciens propriétiaires.

Cette réforme était quand même nécessaire : il n'y a pas de guerre qui ne se termine par quelques avantages faits aux anciens combattants. Et, particulièrement en Roumanie, le partage des terres était beaucoup plus souhaité que le suffrage universel par les masses populaires. Grâce à lui Ferdinand sut conquérir définitivement le cœur des paysans.

Au lendemain de la Première Guerre mondiale, la Roumanie était un pays dont la richesse était très supérieure à celle de ses voisins. Elle avait suffisamment de terres cultivables alors que la Yougoslavie et la Bulgarie en manquaient. Son sol était d'une qualité très supérieure à celui de la Pologne et son climat plus favorable pour la polyculture. Elle possédait enfin dans son sous-sol une richesse minière et pétrolière presque égale à sa richesse agricole.

« *Ce pays,* a écrit Henri Prost, *était celui de l'abondance; la vie y était faite pour tous. Mais la prospérité tendait à amollir les caractères, à assoupir les énergies, inclinait à l'insouciance; on s'en remettait volontiers à la chance, au " noroc "; on attendait toujours quelque retour de fortune comme celui qui avait permis à la Roumanie de sortir d'une guerre malheureuse avec des agrandissements territoriaux inespérés. L'esprit d'économie était peu en honneur, dans la gestion des fortunes particulières comme dans celle des deniers publics. On éludait les devoirs fiscaux et trop souvent ses obligations contractuelles. Le goût du bien-être poussait politiciens et fonctionnaires à faire de l'argent par des voies obliques et à donner le pas aux intérêts de l'État. Ainsi peut s'expliquer que le cours du* leu *roumain ait toujours été inférieur à celui du* lev *bulgare, monnaie du pays le plus pauvre de l'Est européen.* »

Ce fut le 15 octobre 1922, soit sept années après leur accession au trône, que Ferdinand et Marie furent enfin couronnés officiellement à Alba Julia où jadis Michel le Brave avait été consacré « Voïvode de tous les Roumains ». Les plus illustres personnages représentèrent les cours et les gouvernements étrangers aux fêtes du couronnement. La France délégua son plus grand soldat : le maréchal Foch.

Avant ces fêtes, il y en avait eu d'autres, d'importance capitale pour l'avenir du pays. Au début de 1921, deux unions dynastiques se firent avec la Grèce : la fille aînée de Ferdinand et de Marie épousa le 27 février le prince Georges, qui deviendra ensuite le roi de Grèce et – événement pour la consolidation de la dynastie – le prince héritier Carol, dont le mariage avec Zizi Lambrino avait été annulé, se laissa convaincre et épousa le 10 mars suivant, pour satisfaire à la raison d'État, la princesse Hélène de Grèce. Ce sera de ce second mariage de Carol que naîtra, le 21 octobre, le prince et futur roi Michel, qui sera le quatrième et dernier souverain de Roumanie. Enfin, le 8 juin 1922, le mariage du roi Alexandre de Yougoslavie et de la princesse Maria, deuxième fille de Ferdinand, fortifia les bonnes relations entre les deux pays voisins ainsi qu'entre les deux cours.

La Roumanie se trouva donc avoir à cette époque une situation internationale qu'elle n'avait jamais connue et qu'elle ne devait plus connaître. Ce fut aussi l'âge d'or de sa dynastie, un âge d'or qui ne durera pas.

Le roi Ferdinand et la reine Marie, au sommet de leur gloire, décidèrent de faire un tour d'Europe. Après s'être rendus en juin 1923 à Varsovie, ils visitèrent officiellement, pendant les mois d'avril et de mai 1924, Paris, Bruxelles, Londres et Berne. Partout ils furent accueillis avec sympathie, mais nulle part mieux qu'en France où leur popularité était devenue très grande. La France n'oublie jamais ceux qui ont su lui rester fidèles aux époques difficiles de son histoire. Le séjour des souverains à Paris fut suivi d'une visite des châteaux de la Loire qui se prolongea jusqu'au Lude, dans la Sarthe, où un grand déjeuner fut offert en l'honneur du roi et de la reine, par le marquis et la marquise de Talhouët, propriétaires de cette admirable demeure qui avait déjà reçu le bon roi Henri IV et Mme de Sévigné.

La marquise de Talhouët était une charmante vieille dame, ayant la réputation bien établie d'avoir son franc-parler et de dire tout ce qu'elle pensait. Ce qui n'était pas sans inquiéter son gendre, le marquis de Nicolaÿ, à l'approche de la visite royale... Aussi crut-il bon, la veille du grand déjeuner, de dire, avec élégance mais aussi avec fermeté, à sa pétulante belle-mère :

– Je ne saurais trop vous conseiller de ne pas trop parler pendant le repas... N'oubliez jamais qu'étant la maîtresse de maison vous aurez à votre droite un roi...

La vieille marquise, sans doute vexée par cette remarque de son gendre, décida de ne pas dire un seul mot pendant tout le déjeuner. Et comme le roi Ferdinand n'était guère loquace, cela créa une certaine gêne.

En sortant de table, la marquise demanda à son

gendre pendant que l'on servait café et liqueurs dans le grand salon :

– Alors, mon gendre bien-aimé, ai-je été correcte ?

Exaspéré, le marquis de Nicolaÿ lui répondit à voix basse :

– Vous avez été d'une totale incorrection ! « Ne pas trop parler » ne voulait pas dire « Ne parlez pas du tout ! »... Essayez de rattraper cela en engageant maintenant une petite conversation avec le roi qui m'a tout l'air d'être un excellent homme...

– C'est aussi mon avis. Je vais suivre à nouveau vos conseils en disant au roi une phrase que j'ai sur le bout de la langue depuis le début du repas et qui lui fera, je crois, plaisir...

Elle alla directement vers Ferdinand auquel elle déclara :

– Votre Majesté va sans doute être assez étonnée, mais j'ai une confidence à lui faire... On a beau être la marquise de Talhouët, ça fait rudement plaisir de se trouver, pendant tout un déjeuner, cuisse à cuisse avec un roi !

Il y eut alors un silence embarrassé, un vrai...

Quand Ferdinand et Marie revinrent dans leurs pays après ce tour d'Europe, ce fut pour y trouver une situation familiale grave : l'union forcée et véritablement bâclée de Carol et de la princesse Hélène de Grèce était un désastre, bien qu'un fils, Michel, en soit né... Pendant les premiers temps de son mariage, Carol avait continué à entretenir des relations avec son ex-épouse, Zizi Lambrino, dont il avait d'ailleurs eu également un fils : Mircea. Celui-ci se trouvait être à la fois l'aîné de Michel, héritier légal du trône, et son demi-frère. Mais la Constitution roumaine, inspirée de la Constitution belge, prévoyait que les enfants, nés de mariages qui n'ont pas été conclus avec des princesses étrangères, n'avaient aucun droit à la succession au trône : mesure dont le but était d'éviter les luttes que les principautés danubiennes avaient connues, quand les bâtards des princes régnants se disputaient les trônes de Moldavie et de Valachie. Mircea n'avait donc en aucun cas le moindre droit au titre de prince héritier. En outre, d'après le statut de la famille royale, qui avait été définitivement établi après l'affaire Lambrino, Mircea n'était même pas considéré comme étant fils de Carol : ce qui était plus discutable ! Tellement discutable qu'après la mort de Carol à Estoril, le 4 avril 1953, une action en justice fut intentée par Mircea qui a été reconnu par les tribunaux du Portugal comme étant le fils légitime de feu Carol II.

Jugement qui n'a cependant pas été donné sur le fond, mais seulement sur la forme, les délais exigés par la procédure étant écoulés quand l'opposition fut introduite. Quand le moment chronologique viendra dans le déroulement de ce récit, nous nous ferons un devoir de revenir sur le cas de Mircea Lambrino qui pose de toute façon un problème aigu au sujet de l'héritage de Carol II.

Après avoir définitivement rompu avec Zizi Lambrino, le prince Carol ne reprit quand même pas la vie conjugale auprès de son épouse légale, la princesse Hélène, et de son fils Michel. Si Carol chérissait Michel, il ne pouvait pas supporter la présence de la princesse Hélène qui, il faut bien le dire, a réussi la triple gageure de s'aliéner les triples faveurs de son époux, de sa belle-mère la toute-puissante reine Marie et même du peuple roumain aux yeux duquel son seul mérite fut d'avoir donné un héritier mâle à la couronne.

Si le prince Carol cessa d'entretenir de tendres relations avec la brune Zizi Lambrino, ce fut uniquement parce qu'elle était remplacée dans son cœur par la rousse Hélène Lupescu, dont la célébrité dépassa largement celle de toutes les maîtresses de tous les princes héritiers de l'époque! Mais, quand il fit la connaissance de Mme Lupescu, il n'était pas encore question pour lui de régner : son père, Ferdinand, vivait toujours.

Le drame fut que la santé du roi Ferdinand commençait à s'altérer sensiblement. Et la conduite de son fils aîné dut grandement contribuer à user la force morale, restée jusque-là invincible, du roi loyal. Peu de temps avant son mariage avec la princesse Hélène, Carol avait été très attiré par une tzigane dont la beauté était célèbre dans toute la Roumanie : Mireille Marcovici. On a même affirmé que lorsqu'il était censé passer sa lune de miel avec la princesse Hélène dans un certain hôtel des Carpates, il avait fait, dans une hostellerie voisine, des visites clandestines à cette autre femme.

Mais « Zizi » réapparut et recommença à voir Carol : ce qui mit la reine Marie en furie. Elle fit bannir Zizi Lambrino et son fils, bien que la famille royale continuât à leur assurer une très confortable pension mensuelle. Quand Carol avait épousé la princesse Hélène, il avait vingt-huit ans. Comme ce n'était nullement un mariage d'amour, il sembla que, pendant un certain temps, le prince héritier fût véritablement dégoûté de toutes les femmes. Ce fut le moment où il commença à s'intéresser à la politique mais il eut tort alors d'oublier sa mère, la reine Marie.

Celle-ci avait tellement pris l'habitude de diriger avec son époux les affaires de l'État qu'elle n'entendait pas abandonner ses prérogatives en faveur de son fils ! La haine de Carol pour le conseiller privé de la reine, le prince Stirbey, était telle qu'il n'hésita pas à reprocher à sa mère, en présence de ce dernier, son « amitié » pour ce favori qui faisait de la cour de Roumanie la risée de toute l'Europe. Il est à peu près certain que ce prince Stirbey, très bel homme, ait été l'amant de la reine Marie... Mais, si cela peut être une consolation dans l'esprit des admirateurs de cette noble souveraine, il ne semble pas qu'il ait été le seul... On a beaucoup chuchoté que la reine Marie avait difficilement résisté au charme des officiers de la mission militaire française pendant les sombres années de guerre... Les gens sont très méchants et souvent jaloux des succès féminins remportés par ceux que les Américains ont surnommés les « *Frenchmen* ». Et, de toute façon, le prince Stirbey sut toujours se montrer un bon serviteur de la royauté. Plusieurs années après la mort de la reine Marie, il jouera encore un rôle prépondérant dans la décision que prit le jeune roi Michel, le 23 août 1944, de retourner aux alliances traditionnelles de la Roumanie. Stirbey fut l'un des deux émissaires envoyés secrètement au Caire par Michel pour négocier avec les Anglais, les Américains et les Russes. Son nom a donc doublement mérité d'entrer dans l'histoire de la couronne de Roumanie : à titre galant et à titre diplomatique.

On a même prétendu que ce serait le prince Stirbey qui, en plein accord avec la reine Marie, aurait suscité la rencontre de Carol et de Mme Lupescu pour détourner son attention des affaires politiques... Mais d'où venait donc cette femme dont le nom ne peut plus être dissocié du destin de la dynastie roumaine ?

D'abord, elle ne se prénommait pas Hélène, mais Magda. Ce ne fut que quand elle connut Carol qu'elle prit, on ne sait trop pourquoi, le prénom d'Hélène... Peut-être parce que se sachant, dans le cœur de Carol, la rivale directe de la princesse Hélène de Grèce, elle avait l'intention de ressusciter la guerre des deux Hélène ?

Magda Lupescu avait été d'abord mariée à dix-huit ans avec le lieutenant Tampeano. Mais, très vite, elle était tombée amoureuse de l'un des supérieurs de son mari, un colonel assez obscur avec lequel elle s'enfuit... Il y eut un divorce et Magda, condamnée à tous les torts, dut reprendre son nom de jeune fille, Lupescu, qui devint celui d'une charmante et souriante aventurière jusqu'à ce qu'elle devînt la maîtresse de Carol.

Le père de Magda était un commerçant juif dont le nom initial était Wolf et dont le premier métier fut celui de colporteur de chiffons. Mais, pour avoir le droit d'ouvrir une pharmacie à Jassy, il dut se convertir et se faire baptiser à l'Église orthodoxe roumaine : avant la guerre de 1916-1918, les juifs n'avaient pas le droit d'exercer certaines professions – parmi lesquelles celle de pharmacien – en Roumanie. Devenu le plus convaincu des orthodoxes, M. Wolf ne perdit pas de temps et transforma tout simplement son nom en Lupescu, qui est la traduction littérale de *Wolf* ou *loup*... Il réussit à dissimuler encore davantage ses origines juives en épousant une danseuse catholique. Celle-ci, longtemps après que sa fille fut devenue la maîtresse de Carol, ne craignit pas un soir, au cours d'une réception à la cour, d'esquisser quelques joyeux pas de cancan pour distraire son hôte royal : c'était une femme gaie. Quant à papa Lupescu, toujours à l'affût d'un avantage quelconque, il sut très bien profiter de cette liaison pour se faire donner la concession des vestiaires dans tous les *night-clubs* de Bucarest!

Magda était une voluptueuse sirène, auréolée de cheveux roux, sensuelle, gaie comme sa mère et gourmande des plaisirs de la vie... Elle eut toutes les audaces et ne manqua pas d'imagination quand elle prétendit que Carol et elle s'étaient rencontrés alors qu'elle n'avait que dix ans et Carol quinze, dans une fête d'enfants à Bucarest où Carol lui aurait dit, à la manière du prince charmant :

– Vous avez les plus beaux cheveux du monde!

Il paraît peu probable que la fille du chiffonnier juif et le fils aîné du roi de Roumanie se soient trouvés dans une même fête enfantine! En revanche il est presque certain que la rencontre de Carol et de Magda Lupescu ne se passa qu'après le mariage avec la princesse Hélène et que son diabolique instigateur en fut le prince Stirbey.

De toute façon, quelles qu'aient été les circonstances précises de cette première entrevue, les résultats en furent foudroyants... Le prince héritier fut tellement fasciné par la belle juive qu'il n'hésita pas à danser pendant toute une soirée au mess des officiers de la Garde dès le premier soir, en ne faisant pas le moindre effort pour dissimuler la violente passion que la jeune femme lui inspirait. Dès le lendemain, il commença à s'afficher partout avec elle. Pendant ce temps la princesse Hélène, sa femme, qui se relevait à peine de ses couches après avoir mis au monde Michel, resta dans un prudent silence, bien qu'elle se sentît profondément humiliée. Elle pensait à tort que cette passade de Carol ne durerait pas plus longtemps que les précédentes; mais là, elle et toute la cour, y compris la reine Marie – qui, au début de la nouvelle liaison de son fils, dut être ravie d'avoir contribué, par l'intermédiaire de Stirbey, à jouer ce mauvais tour à sa belle-fille, Hélène, qu'elle haïssait autant que la reine Elisabeth l'avait elle-même détestée – se trompaient.

Les ennemis de Carol – et il en avait déjà beaucoup, spécialement dans le camp Stirbey! – montèrent le scandale en épingle : des articles commencèrent à paraître dans les journaux, relatant avec force détails l'attachement du prince héritier pour la fille d'un colporteur juif... Contraint, malgré l'amour très réel qu'il portait à son fils aîné, à sortir de sa torpeur pour éviter un immense scandale, le roi Ferdinand ordonna à Magda Lupescu de quitter le pays. Elle refusa, mais on lui fit rapidement savoir qu'en Roumanie la preuve avait été faite depuis longtemps qu'on n'en était pas à un meurtre près... La belle Magda prit peur et s'enfuit à Paris, la ville de rêve pour abriter les plus grandes amours, surtout si elles sont illicites!

Ce fut l'époque où mourut la reine mère d'Angleterre, Alexandra, veuve d'Edouard VII : Carol fut envoyé à Londres pour représenter la famille royale de Roumanie à l'enterrement. Quand il revint de Londres, il était accompagné de la belle Magda avec laquelle il s'arrêta à Paris. Et il décida que rien ne pressait pour qu'il retournât en Roumanie. Lui et sa bien-aimée partirent pour Venise en poussant le raffinement jusqu'à y loger dans le même hôtel où son père, Ferdinand – avant son mariage, également forcé pour raison d'État, avec Marie de Saxe-Cobourg – était venu en compagnie d'Hélène Vacaresco lors de leur première escapade! En agissant ainsi et en copiant son père, Carol pensait que celui-ci serait très gêné pour lui faire des remontrances. Mais, depuis qu'il était devenu roi, Ferdinand avait beaucoup changé! De plus c'était un homme qui préférait regarder l'avenir plutôt que s'attarder aux souvenirs... Aussi ordonna-t-il à Carol de revenir immédiatement, *sans cette femme!*

Fou de rage, Carol répondit à son père par une lettre dans laquelle il renonçait à tous ses droits à la couronne. Il la terminait même ainsi :

Je ne renonce pas seulement au trône, je renonce à tous les droits que j'ai.

En réalité, il ne pensait pas un seul instant que sa démission serait acceptée! Il était persuadé qu'une fois encore, comme dans l'aventure avec Zizi Lambrino, il recevrait un blâme royal, mais rien de plus... Ce fut là sa plus grande erreur : toute la cour, à l'exception cependant de Ferdinand qui était une nouvelle fois atterré par les agissements de son fils préféré, accueillit cette nouvelle avec joie et contraignit le roi à faire promulguer une loi indiquant que Michel, le fils de Carol, serait désormais le prince héritier.

La lettre de renonciation de Carol était arrivée chez son père le 1er janvier 1926. Ferdinand, qui était de plus en plus souffrant, dit alors à l'un de ses ministres, Ionel Bratianu :

– Voilà le cadeau de nouvel an de mon fils!

Ferdinand pouvait être désespéré : au moment où la Roumanie était parvenue – au prix de quels sacrifices! – à devenir une grande nation avec laquelle toute l'Europe devait compter, le principe essentiel d'hérédité y faisait faillite. Serait-il écrit dans les livres du Destin que jamais un roi de Roumanie ne pourrait avoir de successeur direct? Carol Ier avait été contraint d'avoir recours à l'un de ses neveux et ce même neveu, devenu Ferdinand Ier, devait se contenter de la succession de son petit-fils qui n'était encore qu'un enfant âgé de quatre ans.

Il fut lugubre ce jour où le conseil de la couronne – réuni dans le château de Sinaia, où le prince Carol était né et où son grand-oncle, le roi Carol Ier, était mort – prononça la déchéance de l'héritier présomptif. Pour Ferdinand, cet acte solennel qu'il signa et que le Parlement enregistra le 4 janvier suivant, signifiait la séparation définitive avec le fils qu'il aimait et qu'il ne cessera jamais d'aimer.

Un an a passé depuis que Ferdinand a sacrifié son fils à la grandeur de la dynastie, et Ferdinand va mourir... Il a un cancer. Dans son entourage, on s'étonne de ce qu'il semble peu souffrir et qu'il conserve toute sa sérénité alors qu'il a déjà un pied dans la tombe.

La princesse Bibesco a raconté, avec toute sa sensibilité de femme, teintée d'une grande émotion, l'une des visites qu'elle fit à Ferdinand avant que celui-ci subisse la dernière opération que l'on se résigna à lui faire, sans cependant conserver le moindre espoir de le sauver.

Le roi était dans son cabinet de travail, avec ses deux chiens noirs cockers couchés à ses pieds. Pen-

Portrait de famille en 1914. De gauche à droite, le prince Ferdinand (futur Ferdinand Ier), sa tante, la reine Elisabeth, le prince Carol (futur Carol II), la princesse Marie (future reine Marie) et ses filles, Iléana (future archiduchesse de Habsbourg-Bourbon) et Marie, le roi Carol et la princesse Elisabeth. (*Roger-Viollet*)

La reine Elisabeth (Carmen Sylva) avec Hélène Vacaresco, dont elle avait fait sa demoiselle d'honneur. Une réelle affinité intellectuelle s'était nouée entre elles. *(Hachette)*

La reine Marie, radieuse et superbe, s'apprête à recevoir la couronne royale. *(Keystone)*

Hélène Vacaresco, qui fila le parfait amour à Venise avec le prince héritier Ferdinand, reçoit à Paris la grand-croix de la Couronne de Roumanie. *(Keystone)*

Anna Pauker (debout), condamnée en 1936 avec d'autres communistes, s'exila en Russie d'où elle revint neuf ans plus tard avec les troupes soviétiques pour liquider le royaume de Roumanie. (Keystone)

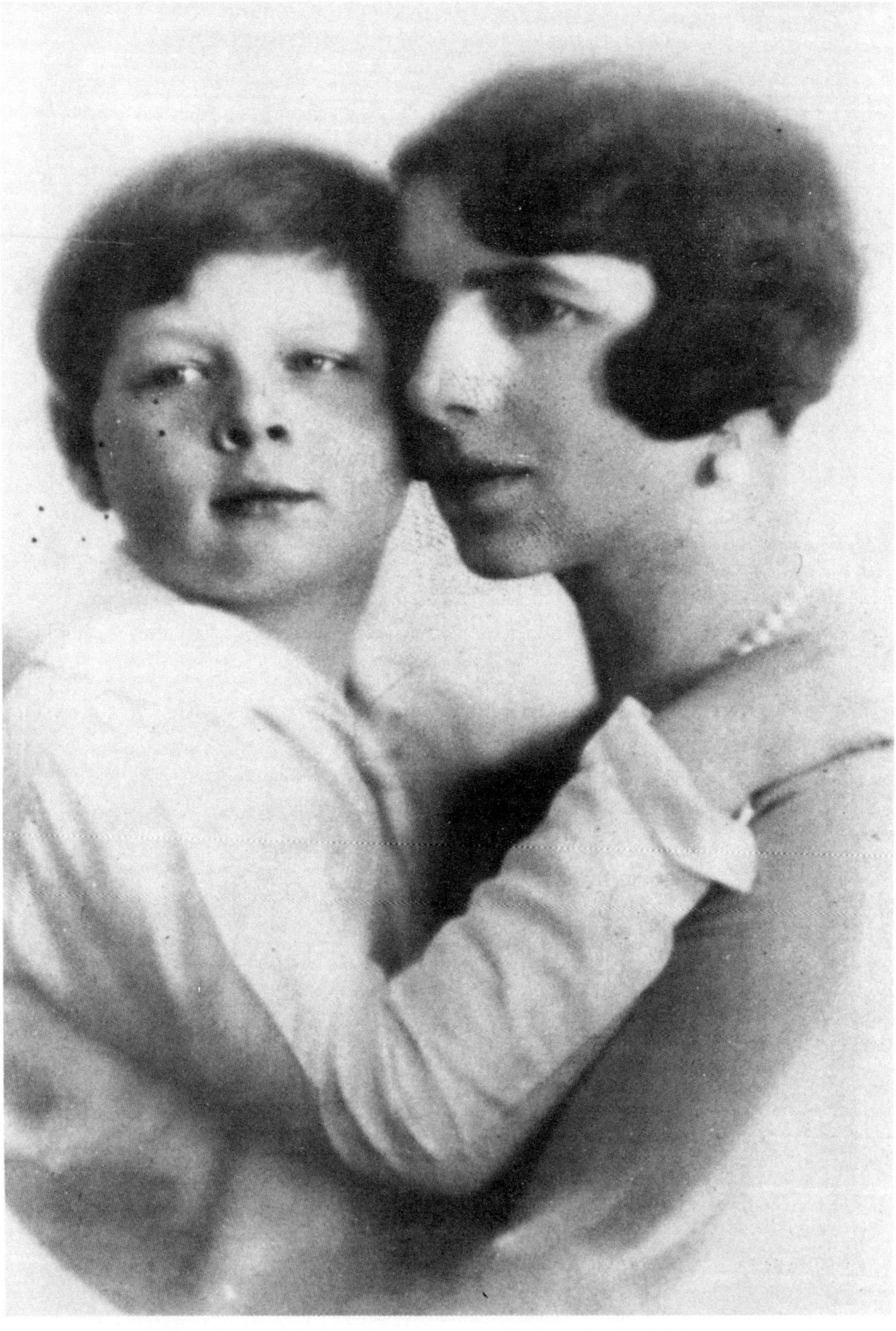

La princesse Hélène, femme du prince Carol, avec son fils, le petit roi Michel, au moment de son accession au trône après la mort de son grand-père, le roi Ferdinand Ier. *(Keystone)*

Zizi Lambrino, première épouse répudiée de Carol II, et son fils Mircéa pendant leur exil à Paris. *(Keystone)*

Le prince Nicholas de Roumanie participe à la course des 24 Heures du Mans, au volant d'une puissante voiture de près de dix litres de cylindrée. Il n'a quand même pas gagné la course. *(Keystone)*

Carol II et Magda Lupescu aux Bermudes, lors du second exil. Le bonheur des amants continue. *(Keystone)*

Carol II de Roumanie accueilli à la gare de Lyon. A sa gauche, Flandin et Daladier. A sa droite, Paul-Boncour et le chef de gare qui s'était glissé entre lui et M. de Fouquières, chef du protocole. *(B.N.)*

Le très jeune roi Michel accompagné, lors d'un voyage, par son précepteur et ses gardes du corps. *(B.N.)*

Mariage religieux de la princesse Iléana de Roumanie et de l'archiduc Anton de Habsbourg-Bourbon, au château de Pelesh. De gauche à droite, au premier rang : le voïvode Michel (dernier roi de Roumanie) près de sa mère, la reine Hélène, alors épouse légale de Carol II, qui est assis à sa gauche. La princesse de Habsbourg, mère de l'archiduc Anton, la mariée, la célèbre reine Marie, le prince

de Habsbourg, père de l'archiduc Anton. Au second rang, derrière la mariée, son époux, sa belle-sœur, la reine Marie de Yougoslavie. Au troisième rang, le prince Nicholas de Roumanie, frère cadet de Carol II, et, à sa gauche, le prince Salvator, frère du marié. On remarquera l'absence de Mme Lupescu. *(Keystone)*

Carol II joue au boy-scout à quarante-huit ans pour montrer que sa jeunesse est impérissable. *(B.N.)*

Le roi Carol II faisant du ski dans les Carpates. A sa gauche, Magda Lupescu qui, elle, préférait d'autres occupations. *(B.N.)*

La princesse Bibesco, grande amie du roi Ferdinand. Elle s'illustra comme écrivain et devint membre de l'Académie royale de Belgique. *(Keystone)*

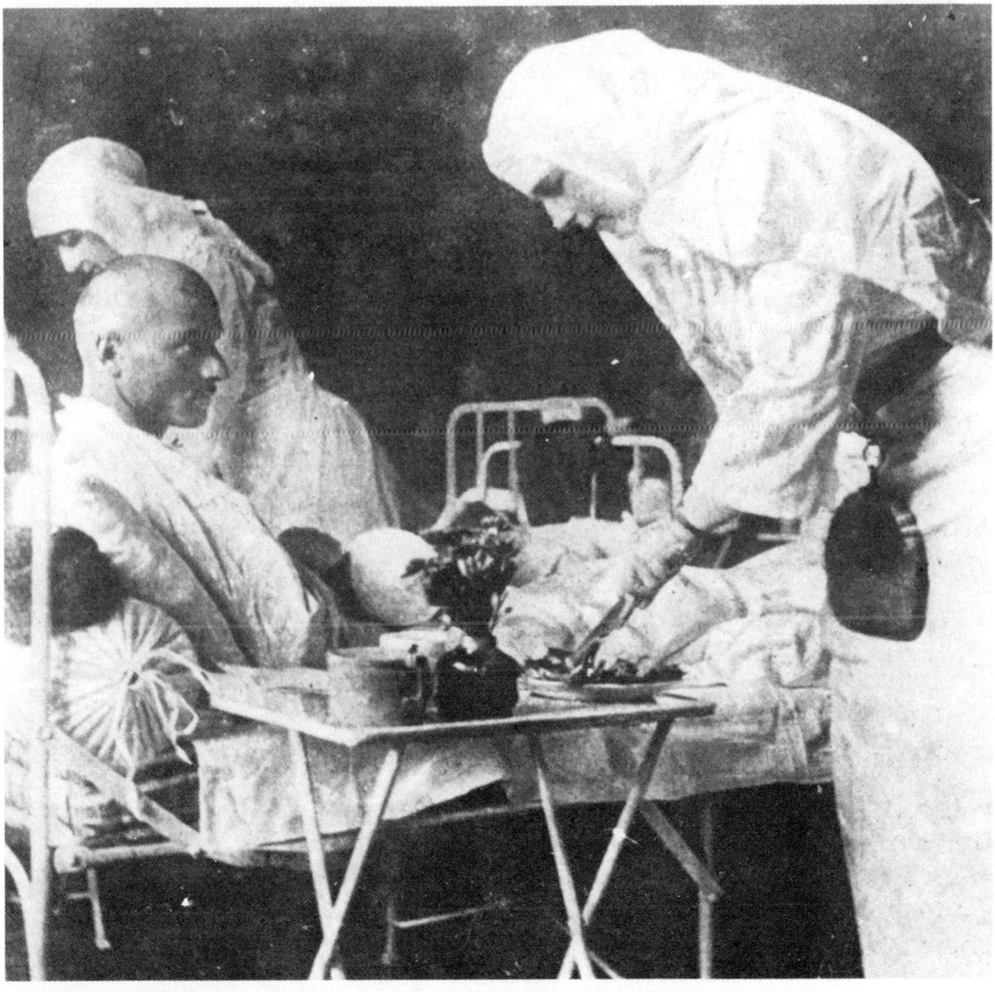

La reine Marie de Roumanie soignant les blessés pendant la guerre de 1914. Elle fit preuve d'un grand courage et d'un admirable dévouement. La deuxième et la plus éblouissante des reines de cœur. *(Roger-Viollet)*

La reine Marie avait tous les dons : cœur, intelligence et beauté. Possédait-elle aussi des dons culinaires ? Elle semble préparer, sous les regards ébahis de son bon peuple, le repas de la famille royale... *(Roger-Viollet)*

A gauche, Mirel Marcovici, fils naturel de Carol II, à la soupe populaire, à Lourdes, où il avait échoué comme brancardier après avoir été condamné pour grivèlerie à quinze jours de prison. *(Keystone)*

Retour à la nature. Le roi Carol Ier, fondateur de la dynastie roumaine, en compagnie de son épouse Elisabeth, sur une pelouse du château de Sinaia. *(Roger-Viollet)*

Le roi Carol II et sa maîtresse, Magda Lupescu, au château de Couasne-Saint-Martin, en Normandie. La famille royale de Roumanie aime assez se prélasser sur l'herbe tendre. *(Roger-Viollet)*

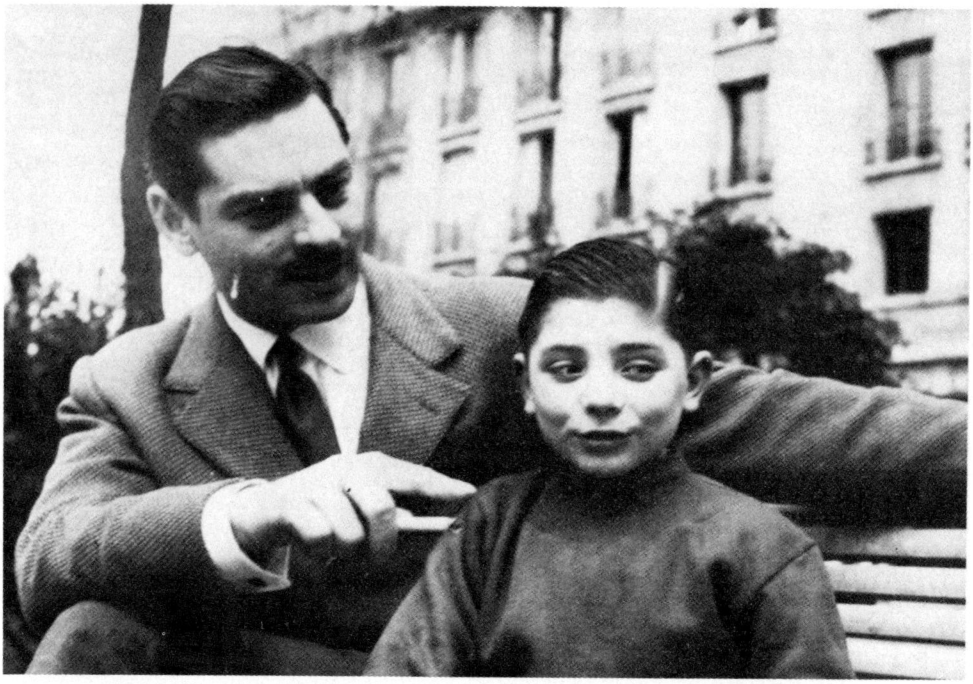

Mircéa Lambrino et son fils. Il est incontestable que Mircéa ressemble beaucoup plus à son père, le roi Carol II, que son demi-frère Michel, dernier roi de Roumanie. *(Keystone)*

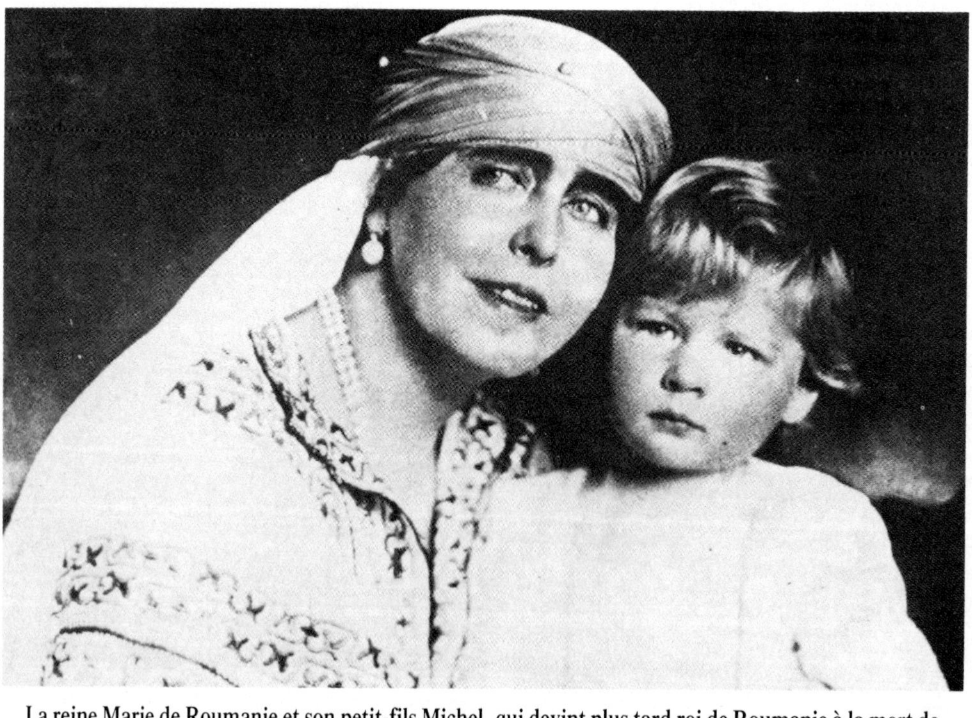

La reine Marie de Roumanie et son petit-fils Michel, qui devint plus tard roi de Roumanie à la mort de son grand-père, le roi Ferdinand. *(Keystone)*

Après la mort du roi Ferdinand, la reine Marie s'est toujours habillée en noir pour paraître dans les cérémonies officielles.

La reine mère Hélène à Londres, avec son frère le prince héritier de Grèce. Cette troisième reine ne manquait pas de cœur ; malheureusement, il ne sut jamais battre pour son époux Carol II. *(Keystone)*

Fils reconnu par Carol II, le prince Mircéa Lambrino lors d'un voyage, en 1938, avec sa première femme, la célèbre cantatrice Léna Pastor, une des reines de la scène, à défaut d'être une reine authentique. *(Roger-Viollet)*

Mariage de l'ex-roi Michel de Roumanie et de la princesse Anne de Bourbon-Parme, à Athènes. A droite de la mariée, la reine Frédérika de Grèce, mère de l'actuelle reine d'Espagne. A gauche du marié, sa mère, la princesse Hélène, et le roi Paul de Grèce. Les parents de la mariée, catholiques, n'assistèrent pas à la cérémonie orthodoxe pour ne pas déplaire au Vatican. *(Keystone)*

ché sous la lampe qui éclairait uniquement le bureau, Ferdinand, aidé de sa visiteuse, tourna les pages d'un grand album dans lequel étaient décrites et reproduites toutes les espèces de la famille des gentianes. C'était le passionné de botanique qui réapparaissait : Ferdinand, avant de disparaître, revenait à ses premières et véritables amours, celles de la nature, celles qui avaient enchanté son enfance et sa jeunesse. Pour la première et sans doute dernière fois de sa vie, le savant modeste parla de la prairie... Il confia que c'était le seul lieu de toute la Roumanie où il avait un trouvé un jour la *gentiana bavarica* et *l'imbricata de Scheich* qui foisonnent à Sigmaringen et sur les pentes de l'Etzel.

– *J'étais sûre,* ajoute la princesse Bibesco, *qu'avant de quitter ce monde il me parlerait un soir de la prairie...*

Quand elle ressortit, bouleversée, du cabinet de travail, elle rencontra une dame de la cour qui lui dit :

– Le roi ne sait pas ce qu'il a... Et pourtant! Il reçoit des lettres d'Amérique et même des Indes qui lui offrent des remèdes pour la guérison du cancer! Il lit lui-même ces lettres et se demande pourquoi on les lui a envoyées. C'est pour lui une véritable grâce d'État d'ignorer la nature de son mal.

Une autre dame interrompit la première, disant :

– Peut-on savoir, ma chère? Le roi est dur à la douleur et ne s'est jamais plaint de rien pendant toute son existence.

Finalement toutes deux demandèrent à la visiteuse, qui venait de passer deux heures avec lui :

– Sait-il ou ne sait-il pas?

– C'est moi, mesdames, qui ne sais pas. Il faudrait demander à ses chiens...

Depuis de longues années, il semblait que les cockers noirs eussent été ses seuls confidents.

Et l'unique photographie qui ornait la table de son cabinet était la première du prince Carol, jaunie et vieille de trente-cinq ans. On y voyait le petit prince dans les bras de sa mère, en robe de baptême et ressemblant à tous les nouveau-nés du monde. C'était la seule que le père s'était permis de garder dans le palais : son fils, à l'âge de l'innocence...

Le prince Carol avait dû faire contre mauvaise fortune bon cœur. Se sachant officiellement écarté du pouvoir et remplacé par son fils dans la succession au trône, il parut vouloir profiter au maximum de sa liberté retrouvée. Il commença par porter un nom démocratique et assez peu agréable à annoncer : M. Carol Caraïman... En compagnie de sa maîtresse, il fit le tour de tous les endroits à la mode du continent : Deauville, Cannes, Monte-Carlo, Saint-Moritz... Ces voyages tapageurs, qui défrayaient les chroniques et les potins mondains, étaient entrecoupés d'une halte dans un nid d'amoureux situé à Neuilly et que l'on a longtemps montré aux touristes béats comme étant un lieu de curiosité.

Avec Magda Lupescu et son amant princier, familiers des nuits parisiennes, le champagne coula à flots. C'était la grande et joyeuse vie de bohème pour celui qui semblait décidé à tourner définitivement le dos à toutes les intrigues politiques qui encerclaient le trône de Roumanie. Mais ce n'était là qu'une attitude de façade. Carol n'avait pas digéré son éviction du pouvoir et il comptait bien, quand il estimerait le moment venu, faire subir la peine du talion à ses ennemis de Bucarest. Aussi ne fut-il pas long à entrer secrètement en relation avec le dirigeant du très puissant parti paysan, Juliu Maniu, qui haïssait la clique de la cour entourant la reine mère Marie.

Les événements se précipitèrent en Roumanie pendant cet exil de Carol : si l'état du roi Ferdinand était de plus en plus inquiétant, celui du pays lui-même devenait alarmant. La Roumanie, qui traversait une terrible crise monétaire, fut contrainte de faire un emprunt. La reine Marie, qui profitait de la maladie de son époux pour prendre de plus en plus en main les affaires de l'État, crut que le pays rêvé pour obtenir cet emprunt était le plus riche de tous : les États-Unis. Et elle décida de s'y rendre elle-même pour l'obtenir ! Après tout, ne connaissait-elle pas depuis longtemps tous les secrets de l'art célèbre américain du *ballyhoo*, qui pourrait se traduire en français par « faire beaucoup de bruit pour rien » ?

Sa randonnée publicitaire à travers les États-Unis fut incroyable, frisant parfois un fiasco dont le ridicule n'était pas exclu. Elle se rendit même chez la richissime Edith Rockefeller Mac Cormick, dans la résidence que celle-ci possédait au bord du lac Michigan, avec l'intention d'intéresser l'une des plus grosses fortunes du monde aux besoins pressants de la Roumanie. Le voyage prit l'allure d'une tournée d'opéra-comique, mais comme les journaux américains, souvent féroces et presque toujours lucides, ne tardèrent pas à révéler à l'opinion publique du pays des dollars la véritable raison de ces exhibitions théâtrales d'une reine d'Europe centrale, il fut impossible de lancer l'idée d'emprunt. Ce qui n'empêcha pas la reine Marie de gagner personnellement beaucoup d'argent en prêtant le prestige de son nom à la publicité massive de toutes sortes de produits, depuis les crèmes de beauté jusqu'aux cigarettes.

Finalement, le voyage fut beaucoup plus profitable à la reine elle-même qu'à son propre pays... Tout cet argent, disait-elle, serait destiné « à ses pauvres », mais nul ne sut jamais la façon dont il fut utilisé. Inaugurant même une mode qui, depuis, s'est généralisée de plus en plus parmi les familles régnantes ou chez les rois n'ayant plus de trônes, la reine n'eut aucun scrupule à vendre à un magazine américain à gros tirage – et sous sa propre signature – la relation de son voyage ! Pour une autre somme, très importante, elle appuya de sa prose et par ses déclarations enflammées un produit qui permettait à n'importe quelle femme d'obtenir enfin la douceur de peau rêvée... Elle n'hésita pas à affirmer, moyennant finances, *qu'il valait mieux essayer de trouver une Lucky qu'une bien-aimée !* Enfin, couronnement suprême d'une telle entreprise pour une reine, elle reçut d'Hollywood plusieurs offres qu'elle fut sur le point d'accepter... Mais, là, heureusement, quelques personnes éclairées lui firent comprendre qu'elle allait un peu loin !

Au moment même où son propre pays commençait à se montrer assez étonné d'un tel voyage, la santé du roi Ferdinand empira à un tel point que la belle souveraine dut rentrer en toute hâte en Roumanie, laissant derrière elle, dans son sillage parfumé, une impression assez fantasque de la royauté...

Ferdinand mourut le 20 juillet 1927. Le lendemain de sa mort, le remarquable historien Jacques Bainville écrivait dans *l'Action française* : « La couronne nationalise ceux qui la portent. C'est une expérience qui a été faite partout avec le même succès, mais jamais peut-être avec la même plénitude que par la dynastie roumaine. »

Ferdinand Ier fut le plus grand des rois de Roumanie. Mais l'union nationale, qu'il avait tant souhaitée et pour laquelle il avait tellement œuvré, était loin d'être réalisée au moment de sa mort. A peine sa dépouille fut-elle portée à Curtea de Arges, le 24 juillet, que les luttes partisanes reprirent plus violentes que jamais. L'ordre parut même tellement menacé que le gouvernement Bratianu, auquel la régence venait de confirmer sa confiance, fut contraint de déclarer l'état de siège.

Il faut dire que le successeur désigné au trône, Michel Ier – en roumain Mihaï Ier – n'avait que cinq ans... Avant de mourir Ferdinand avait, conformément à la Constitution de 1923, désigné trois régents : son second fils, le prince Nicolas, le patriarche de Roumanie, Miron Cristea, et le premier président de la Cour de cassation, Georges Buzdugan.

Le prince Nicolas avait vingt-quatre ans : ce qui était bien jeune pour un régent ! Très gâté par sa mère, il ne s'était jusqu'alors intéressé qu'aux sports et spécialement à l'automobilisme : il avait même pris part, sous un pseudonyme, à la célèbre course des 24 Heures du Mans. N'ayant aucune ambition politique, il souhaitait voir revenir Carol, son frère aîné. Et il gênera souvent le fonctionnement de la régence pour à la fois complaire à la reine Marie, qui ne se résignera jamais à son effacement, et hâter le retour de son frère.

Quant au patriarche Miron Cristea, il était d'origine transylvaine. C'était un très bel homme, à la stature imposante, portant barbe « de fleuve et d'argent », prenant le plus grand soin de sa personne... N'ayant pas encore atteint la soixantaine, ses succès mondains alimentaient souvent la chronique scandaleuse de Bucarest.

Georges Buzdugan semble avoir été, des trois régents, celui qui fut le plus apte à exercer un rôle d'arbitre conforme à la Constitution. Malheureusement, cet honnête homme – qui offrait toutes les garanties d'expérience, d'impartialité et de probité que l'on pouvait souhaiter chez un régent – vit son action sans cesse contrecarrée par ses deux collègues.

En réalité, celle qui conduisait le grand « Bal du Royaume », dans les coulisses, était la veuve de Ferdinand : la prodigieuse reine Marie qui voulait apporter en Roumanie « des méthodes américaines » pour accroître la popularité de la famille royale. Son périple burlesque aux États-Unis lui donnait l'envie de jouer « les Barnum » ou « les managers » de la couronne. Jamais le bon peuple roumain, assez éberlué, ne vit un tel déballage de publicité ! La presse était bombardée de photographies qui montraient d'ailleurs beaucoup plus souvent la reine Marie que son petit-fils Michel.

Le malheur voulut que Ionel Bratianu, qui était le véritable pilier de toute la politique roumaine, mourût d'un phlegmon à la gorge, opéré trop tard, quatre mois après le roi Ferdinand : ce qui laissa le champ encore plus libre aux ambitions démesurées de l'insatiable souveraine. La première mesure qu'elle prit fut de faire mettre complètement à l'écart sa belle-fille détestée, la princesse Hélène, qui obtint finalement la dissolution définitive de son mariage avec Carol.

La reine sans peur

Il ne restait plus en 1927, pour conduire la barque de plus en plus instable de la Roumanie, que trois régents se détestant réciproquement, une grand-mère omnipotente – que le monde entier vénérait pour son passé de beauté, de courage et de gloire, mais qui n'avait, hélas ! pas les qualités politiques et diplomatiques de sa propre grand-mère, l'illustre reine Victoria – et un enfant, dont nul ne pouvait tenir compte bien que l'exil de son père en eût fait un Enfant-Roi...

« LA REINE » SANS SCRUPULES

Les intrigues de cour allaient en s'accroissant... On se servait même de l'innocent petit roi Michel pour faire du tort à la couronne. Les mauvaises langues prétendaient qu'il était né sourd-muet... Aussi sa mère, la princesse Hélène, désespérée et exaspérée, prit-elle un jour la décision d'ouvrir l'aile du palais de Bucarest, où elle vivait avec son fils, pour y recevoir des hommes politiques, des journalistes, et beaucoup d'autres à seule fin qu'ils pussent constater eux-mêmes que l'Enfant-Roi était normal. Et celui-ci parla tellement, et avec tant d'à-propos malgré son jeune âge, que la légende odieuse fut détruite.

Mais que devenait Carol pendant tout ce temps?

Le peuple roumain s'était ému de ce qu'il n'eût pas été autorisé à venir de France pour assister aux funérailles de son père. L'acte de renonciation, enregistré par le Parlement le 4 janvier 1926, était remis en discussion et on accusa officiellement Ionel Bratianu d'avoir poussé Ferdinand à éloigner Carol de la succession au trône. L'illustre écrivain Iorga lui-même, qui n'avait pas pardonné à Ferdinand de ne lui avoir jamais confié le pouvoir, commença à échanger avec Carol, qui avait été naguère son élève, des télégrammes dont la censure interdit la publication. A Paris, le prince Carol s'agitait : sa première manifestation eut lieu à l'église roumaine de la rue Jean-de-Beauvais où il se rendait pour assister à un *Requiem* à la mémoire de son père. La foule massée, faite de Roumains et de Français, cria à son entrée et à sa sortie de l'église « Vive le roi ! »

Tout en étant très sensible à ce genre d'acclamations spontanées – qui, le plus souvent, étaient soigneusement préparées en cachette par ses fidèles, dont la cohorte se composait surtout de personnages évincés de Roumanie par le gouvernement de la régence, mais qui comptaient sur le retour de Carol II pour retrouver des postes honorifiques ou rémunérateurs – l'exilé était bien décidé à mener, en compagnie de la dame de ses pensées, une existence des plus agréables en France ou ailleurs.

Il y eut surtout, de décembre 1927 à avril 1928, son séjour prolongé à Nice pendant lequel toute une suite de l'hôtel Négresco lui fut réservée. Ce palace appartenait alors à Georges Marquet, un très grand hôtelier d'origine belge dont l'épouse se prénommait Tamara. Une grande amitié se noua entre Carol, Mme Lupescu et les Marquet grâce à un ami commun des deux couples : le banquier roumain Barbu Jonesco, homme fastueux que l'on disait richissime. Mais comme il n'est pas de richesse qui ne s'épuise, le fameux banquier quitta un jour le Négresco sans régler la fabuleuse note de son dernier séjour. Et l'amitié avec les propriétaires de l'hôtel s'en trouva, par voie de conséquence, quelque peu altérée...

L'appartement occupé par Carol et sa maîtresse se composait de deux chambres et de trois salons. Mme Lupescu avait une secrétaire et Carol un valet de chambre. Il aurait paru plus logique que ce fût le contraire qui se produisît : on imagine mieux un prince exilé, accompagné d'un secrétaire, et sa belle amie ayant une femme de chambre... Mais il faut croire que, déjà à cette époque, la maîtresse gouvernait en se chargeant « d'expédier les affaires courantes »...

La journée niçoise du couple était réglée avec la précision d'un mécanisme d'horlogerie. Le réveil, parce que l'on se couchait généralement très tard, avait lieu à 9 h 45. Le petit déjeuner, banal, était servi à dix heures. Ensuite Carol endossait une tenue équestre avant d'aller rejoindre le couple des Jonesco et Tamara Marquet. Tous les quatre partaient au trot sur l'allée cavalière, aujourd'hui disparue, de la Promenade des Anglais... Mme Lupescu, elle, n'aimait pas l'équitation : elle préférait dormir ou flâner au lit jusqu'à l'heure du déjeuner. Cette femme experte dans l'art de la séduction savait d'instinct que les canons d'une beauté qui dure s'accommodent mal de réveils trop matinaux et que, contrairement au vieil axiome archi-faux, le monde appartient le plus souvent aux femmes qui se lèvent tard parce qu'elles se couchent tard.

Quand il revenait de sa randonnée équestre, Carol se changeait pour endosser une élégante veste de tweed et un pantalon de flanelle avant de descendre à la salle à manger où il déjeunait parfois avec sa maîtresse, mais le plus souvent seul. Une table, toujours la même et placée face à la mer, lui était réservée et nul ne se serait permis de l'occuper : c'était la table princière.

Les joies de l'équitation ajoutées aux plaisirs de l'amour ouvrent l'appétit : celui de Carol était robuste. L'homme était gourmand. Ses plats de prédilection étaient la polente, ou farine de maïs, et le caviar d'aubergine froid sur canapé. Il raffolait aussi d'un potage épais dans lequel marinaient du riz, des légumes variés et des morceaux de mouton. Il adorait enfin les fromages et goûtait à chacun d'eux. Sa boisson favorite était le vin, rouge ou blanc, selon la composition du menu. Ce solide buveur ne s'enivrait cependant jamais. Pour lui la table exigeait un rite sacré : il n'était pas à table pour parler, mais pour manger. Quand il lui arrivait parfois de dire quelques mots, c'était à l'intention du personnel du restaurant de l'hôtel : il savait alors se montrer aimable, charmant, familier même. Sa popularité dans le monde des « humbles de la soupe » était immense : il avait le geste large. Sensuel et aimant qu'on le flatte, il connaissait l'art de distribuer les pourboires avec une rare élégance.

L'un des garçons qui le servaient à cette époque, et qui n'était encore qu'un « petit commis », est devenu ensuite le directeur de ce même restaurant du Négresco. Il se souvient toujours avec émotion, et presque avec nostalgie, d'un certain dîner offert par Jonesco dans le salon pompéien en l'honneur de Carol le jour de la fête nationale roumaine. Face au prince, Mme Lupescu présidait, resplendissante, étincelante, triomphante... La table était décorée de petits drapeaux roumains éclairés indirectement par des lumières tamisées. Chaque invité avait trouvé, à côté de son couvert, un biberon rempli de champagne... A minuit on éteignit toutes les lumières à l'exception de celles qui éclairaient les drapeaux. L'orchestre, caché derrière un paravent, attaqua l'hymne national. Tous les invités, parmi lesquels se trouvait même le maharadjah de Kapurtala, se levèrent et chantèrent en chœur. Puis on porta toast sur toast à la Grande Roumanie, au retour de Carol dans son royaume, à la beauté de Mme Lupescu, à la douceur de la Riviera, à la Belgique en l'honneur des Marquet, à la France même qui savait se montrer toujours accueillante pour les princes en exil... Et l'on jeta les verres par-dessus l'épaule gauche : ils allèrent se briser sur le sol en signe de bonheur. Du verre blanc... A chaque verre ainsi lancé on criait « Noroc! » Ce fut une belle fête...

Pendant ce temps, en Roumanie, les choses n'allaient pas toutes seules... Et Carol, qui le savait, s'en réjouissait, pressentant qu'un jour, pas tellement lointain, son heure viendrait... Régulièrement il recevait des rapports précis sur ce qui se passait à la cour. Il avait de plus en plus hâte de revenir et de prendre le pouvoir à la place de sa mère, la reine Marie, qui accumulait gaffe sur gaffe. La popularité de Carol avait commencé à grandir à distance dès le jour où on ne lui avait pas permis de revenir dans son pays pour assister aux funérailles de son père, le bon roi Ferdinand. Pour le peuple roumain, romantique et sensible, ce jour-là le prince Carol avait été la victime d'une injustice. Et, entre une victime et un héros national, il n'y a qu'une très petite distance... Aussi, dès qu'il revint à Paris dans sa villa de Neuilly, commença-t-il à y recevoir officiellement les délégations qui se succédaient, venant de Roumanie et le suppliant de revenir.

Ce fut l'époque où, avec le célèbre Maniu comme Premier ministre, le parti national paysan prit le pouvoir. L'ombre qui, peu à peu mais sûrement, devait finir par éclipser la gloire de la reine mère commença à s'étendre autour d'elle. La manière autoritaire qu'elle employait pour dominer le Conseil de régence de l'enfant-roi Michel était extrêmement impopulaire : les Roumains ne voulaient plus être dirigés par une femme.

Évidemment, comme beaucoup de gens, le Premier ministre Maniu n'appréciait pas la liaison de Carol avec Mme Lupescu, mais il savait aussi que la seule solution, pour mettre fin aux querelles intestines de la Roumanie, était de ramener Carol. Le cabinet Maniu était donc acquis ; l'armée se montrait, elle aussi, plus que favorable à un tel retour ; et le propre frère de Carol, le prince Nicolas, ne tarda pas à rallier le camp des « Carolistes » pour faire opposition aux extravagances de plus en plus grandes de sa mère.

Un tel ensemble de conjonctures favorables n'empêcha par le prétendant au trône de commettre quelques erreurs de tactique dont la plus grave ne fut révélée qu'en 1936, soit huit années après qu'elle eut été commise, par l'un des plus célèbres détectives du monde, l'ancien inspecteur Harold Brust, de Scotland Yard. Ces événements s'étaient passés en avril 1928, quand Carol et Mme Lupescu venaient de quitter la Côte d'Azur pour revenir à Paris. Harold Brust avait déjà pris sa retraite de Scotland Yard, après dix-huit années de service, et il avait monté un cabinet de police privée lui permettant de faire les enquêtes qu'il désirait. Et il a toujours considéré celle qu'il entreprit sur le couple Carol-Lupescu comme ayant été « son plus grand cas privé ».

L'influence de Mme Lupescu était profonde sur Carol, qu'elle avait pratiquement mis sous sa tutelle. A cette époque la favorite, qui était de taille moyenne et bien en chair, possédait une chevelure abondante, ondulée, d'un rouge flamboyant... Couleur qui s'harmonisait avec ses extraordinaires yeux, d'un vert exceptionnel, qui savaient se faire tour à tour aguicheurs ou méfiants, selon l'humeur du moment. Madga Lupescu possédait le charme plein et mûr des femmes de sa race.

Ce fut en sa compagnie que Carol débarqua un jour en Angleterre, en utilisant son titre de « prince ». Et il fit immédiatement une demande pour pouvoir demeurer toujours sur le sol britannique; mais celle-ci fut refusée. Les Anglais ne pouvaient oublier que la reine mère, que Carol cherchait à évincer du pouvoir en Roumanie, était une princesse anglaise. On fit comprendre à Carol qu'il ne pouvait rester que deux mois en Angleterre et que sa conduite devrait y être décente.

Peu de temps avant l'arrivée du prince à Londres, le détective fut convoqué à Paris par un groupe d'hommes politiques roumains, farouchement opposés à un retour éventuel de Carol dans son pays, qui lui demandèrent de surveiller – avec son organisation de police privée – tous les faits et gestes du couple d'exilés : ils craignaient une conspiration qui aurait permis à Carol de monter sur le trône de Roumanie. L'ancien inspecteur de Scotland Yard accepta de faire l'enquête.

Carol et sa maîtresse ne s'étaient pas attardés à Londres : ils étaient aussitôt partis pour un très joli château se trouvant dans le comté de Surrey, résidence qui devint rapidement un pôle d'attraction pour les curieux parmi lesquels se dissimulaient des observateurs discrets. Si les automobilistes s'arrêtaient avec l'espoir d'apercevoir les amants illustres, les hommes de Scotland Yard avaient la mission d'assurer leur protection et ceux de l'agence Harold Brust devaient noter toutes les allées et venues, toute l'activité entourant le prince banni. Il y eut, dès les premiers jours, un va-et-vient fantastique : des télégraphistes et des facteurs, apportant de volumineux sacs de courrier, passaient nuit et jour la grille d'entrée. De grosses voitures, remplies de personnages assez difficiles à identifier, arrivaient et repartaient. Quand Carol sortait du château, il montait rapidement dans une Daimler dont les vitres à rideaux baissés le protégeaient des regards des curieux. Malgré cela, tenaces et perspicaces, les observateurs du détective étaient là...

Le 8 mai 1928 un officier des services spéciaux rendit visite à Carol pour lui déclarer qu'il devait se préparer à quitter le sol de la Grande-Bretagne, mais qu'il ne pourrait pas prendre l'avion. Et le prince, très contrit, apprit que les autorités anglaises étaient parfaitement au courant de l'ordre qu'il avait donné, depuis trois semaines déjà, à deux avions privés d'attendre en permanence à l'aérodrome de Croydon, prêts à partir pour une destination inconnue, quelque part en Europe...

Harold Brust n'était pas resté inactif : il avait été informé qu'une imprimerie, située dans une rue très étroite près de Seven Deale, au cœur même de Londres, travaillait nuit et jour : les machines y imprimaient, à une cadence accélérée et à des millions d'exemplaires, une feuille que personne ne comprenait car elle était rédigée en roumain. Une feuille qui avait toute l'apparence d'un tract politique... Dès que le premier mille aurait été imprimé, un messager devait l'apporter à Carol dans sa résidence du Surrey. Les hommes qui avaient vu Harold Brust à Paris lui avaient donné pour mission de se procurer à tout prix l'une de ces feuilles dont le contenu semblait être capital. L'entreprise était assez délicate, sans cependant gêner un homme qui avait su se montrer l'un des plus fins limiers de Scotland Yard.

Harold Brust rôdait autour du château de Carol quand il vit arriver le messager de l'imprimerie qui apportait son précieux paquet à l'entrée de service. Son arrivée coïncida avec celle d'un livreur d'une épicerie qui, lui, apportait des boîtes de conserves et des produits d'entretien. Le détective réalisa immédiatement que jamais pareille chance ne se renouvellerait pour lui. Il courut au village où il acheta, chez le boucher, la plus belle épaule d'agneau qu'il put trouver. Mais le boucher dut le croire complètement fou quand il l'entendit le supplier de lui prêter une blouse bleue de livreur et un plateau roulant sur lequel il plaça l'énorme carré de viande. Ainsi déguisé il revint vers le château, dont il franchit sans aucune difficulté la grille d'entrée avant de se présenter devant la porte de la cuisine.

Il frappa... Aucune réponse ne lui parvint. Il poussa alors la porte : personne ne se trouvait dans la cuisine. La chance continuait. Sur le sol, au milieu des produits alimentaires, il aperçut le paquet de feuilles qu'il identifia aisément grâce à l'étiquette de l'imprimeur. Il ouvrit rapidement le paquet et eut juste le temps de glisser quelques feuilles dans sa poche avant que la servante ne revînt. Le costume et le plateau roulant ne firent aucun doute sur la profession du visiteur qui riait encore plusieurs années plus tard lorsqu'il confiait à quelques intimes :

– Si Carol et sa belle maîtresse firent ce soir-là un bon repas, ils ne se doutèrent jamais de la véritable identité du mécène qui avait commandé le festin !

Une heure à peine après ce rapt discret, les feuilles étaient entre les mains des représentants des hommes de Paris. C'était le fameux « Manifeste de Carol » qui était destiné à ses partisans, de plus en plus nombreux, en Roumanie. Les deux avions affrétés avaient pour mission de survoler la Roumanie et d'inonder le territoire de ces tracts.

Le lendemain même de cette découverte, un ancien collègue d'Harold Brust, l'inspecteur Haines, de Scotland Yard, apportait au prince l'ordre de quitter l'Angleterre dans un délai de quarante-huit heures. Dans cet ordre, le secrétaire d'État au Foreign Office n'avait pas ménagé ses mots : il y disait formellement que la présence de Carol était devenue indésirable en Angleterre, ayant abusé de l'hospitalité anglaise. Deux jours plus tard, le prince quittait le pays en compagnie de sa maîtresse rousse pour regagner la France où il s'installa, dans l'Orne, au château de Bellême. Décidément, c'était un exilé auquel seule « la vie de châtau » semblait convenir... Ce fut dans ce château, situé dans une charmante région de l'ouest de la France à l'ombre d'une forêt séculaire, que Carol prépara, cette fois avec la plus grande minutie, son retour sur le trône de Roumanie qui devait pleinement réussir deux années plus tard.

Mais avant d'évoquer les conditions très pittoresques dans lesquelles se passa ce retour, il ne semble pas inutile de souligner que le sol de la Grande-Bretagne ne paraît pas tellement favorable aux princes de la dynastie roumaine en exil. Qui n'a pas lu, en effet, il n'y a pas si longtemps, dans les journaux que Sir Frank Soskice, ministre de l'Intérieur de Sa Très Gracieuse Majesté, avait fait rechercher chez « le prince Carol de Roumanie » l'un des chefs du gang qui avait réussi le plus fabuleux vol de toute l'histoire : celui du train Glasgow-Londres.

Quel est donc ce nouveau « prince Carol de Roumanie » ? Mais tout simplement le fils naturel que Carol Ier a eu de son mariage annulé avec Zizi Lambrino. Il vit actuellement à Poole Harbour, dans le Dorset, avec sa deuxième épouse, américaine. Bien qu'il soit effectivement l'arrière-arrière-petit-fils de la reine Victoria, Mircea de Hohenzollern, ex-Lambrino, n'a en aucun cas l'autorisation de se faire appeler « Carol de Roumanie » puisqu'il n'a, de par la même Constitution roumaine, aucun droit à la succession de son père, Carol Ier, dont l'unique successeur reconnu et légal au point de vue dynastique est le roi Michel. Nous reviendrons sur cette question assez épineuse quand le moment sera venu de faire le point de l'exacte situation actuelle de Michel de Roumanie, l'exilé de Versoix.

Ce qui est curieux, c'est de penser qu'à trente-sept années de distance les hommes de Scotland Yard se sont intéressés successivement au père et au fils : le premier parce qu'il préparait un coup d'État, le second parce qu'il était soupçonné de cacher un gangster notoire. Mircea a naturellement protesté contre ces allégations avec « la plus vive énergie ». Et il semble qu'à l'inverse de son père, qui avait effectivement organisé un complot, il n'ait été mêlé en rien au hold-up du siècle...

Depuis une année déjà, diverses personnalités politiques roumaines avaient commencé à prendre contact en France avec le prince Carol. Ce que l'on ignore généralement, c'est que Magda Lupescu exerçait un contrôle de surveillance absolu sur chaque personne qui venait rendre visite à son amant. Parmi ces visiteurs, l'un des plus importants fut incontestablement Virgile Madgearu, secrétaire général du parti national paysan, dont le président était Juliu Maniu.

L'entrevue entre le prince exilé et Madgearu eut lieu dans l'hôtel particulier de Neuilly. Le secrétaire général du parti national paysan s'y montra peu tendre pour Mme Lupescu qui, bien entendu, n'assistait pas à l'entretien privé. Mais ce dont le visiteur de Carol ne pouvait se douter, c'était que la belle Magda était en train d'écouter le terrible réquisitoire dressé contre elle par l'envoyé de Maniu... En effet, dans le salon de la villa de Neuilly se trouvait une bibliothèque dont les casiers étaient recouverts de livres rares, mais derrière laquelle il n'y avait pas de cloison! Celle-ci avait été remplacée – c'était une idée de Mme Lupescu – par une simple draperie de teinte acajou : ce qui permettait à la maîtresse, pendant les entretiens du prince auxquels elle ne pouvait assister, d'écouter ce qui était dit dans le salon, tout en restant tranquillement installée dans un fauteuil placé derrière la bibliothèque...

Les moindres détails de chacune de ces entrevues du prince avec une tierce personne étaient réglés avec une minutie que l'on ne trouve que dans les bonnes mises en scène de théâtre. Carol offrait immanquablement à son visiteur un fauteuil qui était placé le dos tourné à la bibliothèque, tandis que lui-même s'asseyait dans un autre fauteuil faisant face à cette même bibliothèque.

« *La reine sans scrupules* »

Les documents de Virgile Madgearu sur le passé de Magda Lupescu étaient écrasants : on y trouvait, rassemblés avec un soin tout particulier, une série de faits qui n'étaient guère flatteurs pour celui qui était devenu l'amant d'une telle créature. En conclusion des preuves qu'il venait d'apporter, Madgearu demanda à Carol, au nom de Juliu Maniu, que l'annulation de l'acte d'abdication du 4 janvier 1926 soit conditionnée par une rupture définitive avec Mme Lupescu. Ses dernières paroles furent :

– Votre Altesse devra rentrer seule et cette dame ne pourra plus jamais retourner en Roumanie.

Carol l'avait écouté sans rien dire, grillant cigarette sur cigarette pour maîtriser sa propre rage intérieure. Quand le réquisitoire, contre celle qui écoutait tout derrière la bibliothèque, fut terminé, il répondit simplement :

– Mme Lupescu n'a eu aucun rôle déterminant en décembre 1925. Je vous prie de ne pas confondre les raisons politiques avec ce qui est ma vie privée.

Et la séparation entre les deux hommes se fit, glaciale, par deux légères inclinations de tête silencieuses.

Quand il rentrera enfin en Roumanie, en 1930, Carol, qui était rancunier, n'avait pas oublié sa conversation dans le salon de Neuilly avec le secrétaire général du parti national paysan, sous la surveillance secrète de Magda. Aussi s'opposa-t-il violemment à la présence de Madgearu dans le gouvernement qui fut formé le 18 juin 1930 par Maniu. Mais ce dernier refusa de céder à la rancune du nouveau roi et, finalement, ce fut Carol qui dut s'incliner.

S'il sut toujours faire preuve d'une excellente

mémoire pour se venger des affronts qu'il estimait avoir subis, le futur Carol II ne se souvenait jamais des bienfaits qu'on lui avait prodigués. L'un des exemples les plus typiques de sa royale ingratitude fut son comportement à l'égard de Barbu Jonesco, ce financier roumain qui non seulement l'avait aidé à vivre, mais même l'avait « princièrement entretenu » ainsi que Magda Lupeccu pendant toute la durée de l'exil. Après avoir été richissime, Jonesco se trouva acculé à la ruine à la suite de la faillite de l'usine d'automobiles belges Minerva dont il détenait la majorité des actions, et surtout après un gigantesque procès de presse qu'il avait engagé contre un journal anglais qui avait contesté l'authenticité de son nom et qui l'avait accusé d'être juif. C'était une époque, heureusement révolue, où l'on pouvait considérer comme une injure grave le fait d'être traité de juif... Jonesco gagna son procès, mais celui-ci lui avait coûté une fortune. Si l'on ajoute, à ces deux premières causes d'une ruine, les dépenses d'apparat faites par Carol dans tous les pays et lieux de villégiature où il avait traîné sa morgue et sa sensualité, on peut comprendre aisément que le commanditaire soit sorti très appauvri de telles aventures.

Quand Carol devint roi, Jonesco se rendit à Bucarest avec l'intention de demander à celui qu'il avait tant secouru de l'aider, à son tour, à refaire sa fortune. Mais la désillusion du financier fut amère : le roi ne lui accorda même pas une audience ! Désespéré, il se présenta alors à la villa de Mme Lupescu : les portes en restèrent closes pour lui. Un homme ruiné n'offrait plus aucun intérêt pour un couple d'amants qui était bien décidé à bâtir rapidement, et par n'importe quel moyen, sa propre fortune...

Au château de Bellême, dont la situation était agréable mais le style discutable, Carol reçut l'homme le plus dévoué à sa cause qui arrivait directement de Roumanie. C'était la preuve que les événements allaient se précipiter... Cette fois Carol a attendu son heure; le fruit lui paraît mûr quand Manoilescu arrive à Bellême, au printemps de 1930, pour l'informer des dispositions que ses amis comptent prendre. L'organisation technique de son équipée a été mise au point par le lieutenant-colonel Premp.

Il est temps que Carol revienne : l'un des trois régents, le plus intelligent, Georges Buzdugan, est mort le 7 octobre 1929. Les libéraux, qui sont à la dévotion de la reine Marie, proposent qu'elle devienne seule régente. Heureusement le président du Conseil Maniu s'y oppose et, finalement, un nouveau régent, Constantin Sarateanu, président à la Cour de cassation, est élu en remplacement du défunt. Mais ce Sarateanu n'a ni la valeur intellectuelle ni l'autorité de son prédécesseur. Le prestige de la régence finit par sombrer et le patriarche Miron Cristea fait, après quelques semaines, cette remarque désabusée au poète Iorga :

– Le pays n'a pas de chef; le prince (il parlait de Nicholas, le frère de Carol) passe son temps à fumer des cigarettes, Sarateanu à faire des réussites et moi, prêtre, je dois me borner à les empêcher de se battre entre eux !

La régence vivote, cahin-caha, jusqu'en juin 1930.

Maniu a été tenu au courant de tous les préparatifs faits pour le retour de Carol. L'accord est enfin intervenu entre Carol et lui : le prince s'est engagé à rompre avec sa maîtresse et à ne pas l'autoriser à rentrer en Roumanie. C'était l'époque où une très jolie actrice roumaine continuait à attirer son attention... Car ce n'était pas une histoire nouvelle!

A elle seule, elle constituait déjà, dans la vie amoureuse de Carol, tout un roman caché, dont la discrétion surprend en comparaison de ses autres amours qui se révélèrent toujours tapageuses et le plus souvent officielles. Cette jeune femme, très belle – la plus belle peut-être de toutes celles qu'ait connues Carol, celle aussi qu'il a peut-être aimée de l'amour le plus pur – fut surtout une excellente danseuse.

Comme Zizi Lambrino, elle donna à Carol un fils qui vit toujours et qui se prénomme Mirel Marcovici : il est donc le demi-frère du roi Michel et de Mircea de Hohenzollern. Mais il n'a pas le droit de porter le nom de Hohenzollern car, contrairement à Mircea Lambrino, il n'a pas été légitimé par décision d'un tribunal : il est resté un enfant naturel. Son cas est d'ailleurs extrêmement curieux puisqu'il s'est trouvé être en même temps le fils naturel du roi Carol II de Roumanie et le beau-frère de Sacha Guitry... Sa demi-sœur, Lana Marconi, fut la cinquième et dernière épouse de l'illustre homme de théâtre.

La stricte justice, ajoutée à la probité de l'Histoire, nous obligera à reparler de Mirel comme nous le ferons de Mircea.

Ce qui est absolument certain, c'est que Mme Lupescu fut la pire ennemie de la mère de Mirel, la belle danseuse, qu'elle haïssait beaucoup plus que la première épouse légale de son royal amant, la princesse Hélène de Grèce. Et c'est assez normal : jamais Hélène, qui avait été imposée à Carol par la volonté de son père Ferdinand et dont il ne pouvait même pas supporter la présence, ne fut pour la belle juive une rivale dans le cœur de son amant. Mireille Marcovici, elle, sut l'être pendant des années jusqu'à ce que l'intelligence et la rouerie de Magda Lupescu parvinssent enfin à l'éliminer complètement.

Quand le retour imminent de Carol en Roumanie se précisa, il affirma qu'il le ferait « seul », mais il n'en pensait pas un mot et comptait bien faire venir sa maîtresse auprès de lui dès qu'il serait enfin le maître du pays, c'est-à-dire le roi. Que ne ferait pas un prince, que ne dirait-il pas pour prendre le pouvoir ? Henri IV, le bon roi de France, n'avait-il pas donné l'exemple quelques siècles plus tôt en promettant d'abjurer le protestantisme et en proclamant que « Paris valait bien une messe » ? La couronne de Roumanie ne valait-elle pas alors que l'on parût lui sacrifier un grand amour ?

Mme Lupescu elle-même, qui était de connivence avec son amant, promit de ne pas s'opposer à ce retour réclamé par le peuple roumain. Elle poussa le mensonge en faisant à la presse parisienne, réunie à cette intention par ses soins, cette déclaration :

– Le jour où l'on redonnera à Carol le trône auquel il a droit, je disparaîtrai pour toujours et plus personne n'entendra jamais parler de moi...

Ceci se passait à la fin de mai 1930. Les circonstances étaient de plus en plus favorables : il fallait profiter de ce que Marie, la reine mère, toujours prête à aller se pavaner dans les endroits à la mode pour faire parler d'elle, faisait une agréable villégiature à Oberammergau. Le cabinet Maniu commençait à chanceler... Carol fut averti secrètement par son frère, le prince Nicholas, qu'il était grand temps d'intervenir. Ce fut alors que commença, pour celui qui allait être le quatrième roi de Roumanie en dépossédant son propre fils qui n'était encore qu'un petit garçon de huit ans, l'odyssée du retour au pays dont le romanesque et le côté aventureux rappellent, par certains côtés, le voyage qu'avait fait le fondateur de la dynastie, Carol Ier, pour atteindre Bucarest le plus rapidement possible et placer le monde devant la réalité brutale du fait accompli.

Il est certain que si l'avion avait déjà existé à l'époque où le premier des Hohenzollern-Sigmaringen prit possession de la Roumanie, il aurait utilisé ce mode de locomotion. Son petit-neveu, Carol II, ne s'en priva pas. Mais avant de s'envoler, il prit soin, lui aussi, de recevoir à son domicile du boulevard Bineau, à Neuilly, des envoyés des principaux quotidiens de Paris auxquels il déclara :

– Je dois attendre les développements de la situation en Roumanie. La presse annonce ce matin que le parti national des paysans roumains m'a envoyé une invitation à rentrer dans le pays : c'est la vérité. Mais si je retourne dans ma patrie, ce sera ouvertement. Et surtout, dites bien que je veux ignorer toutes les querelles... Ma tâche n'est pas de diviser, mais d'unir. Je veux réaliser l'union en répondant à l'appel de mon peuple.

L'homme faisait preuve d'un sang-froid extraordinaire au moment même où il allait se heurter aux pires difficultés.

Le jeudi 5 juin 1930, à deux heures de l'après-midi, l'aviateur français Marcel Lallouette et le capitaine roumain Pop – qui se prétendait « chargé d'une mission de confiance intéressant la Défense nationale de son pays » – prirent place, à l'aéroport du

Bourget, dans un petit Farman 190-Titan qui appartenait à Lady Mendel, ex-Elsie de Wolfe, femme de la haute société américaine dont le moins qu'on puisse dire est qu'elle n'a jamais été allergique à l'aventure sous toutes ses formes. Son pilote privé, qui était Lallouette, obtint de sa patronne l'autorisation de faire une petite excursion... Et l'avion s'envola à destination de Munich où les deux hommes devaient retrouver l'un de leurs collaborateurs...

La veille, un prince, muni d'un faux passeport sur lequel était mentionné un nom de roturier – pourquoi pas celui de Lehmann qui avait déjà porté bonheur à Carol Ier quand il était parti à la conquête du trône de Roumanie? – et pilotant lui-même une grosse Hispano-Suiza, dans laquelle avaient pris également place deux de ses intimes, partait du château de Bellême pour traverser la France en diagonale, par des routes départementales peu fréquentées, en direction de la frontière allemande et de Munich où il devait rejoindre, à l'aérodrome de cette ville, le 6 juin, le petit Farman qui y ferait escale pour l'emporter ensuite dans son pays... Pour ce Hohenzollern aussi, la véritable aventure commençait en Allemagne du Sud. Une telle fidélité à la manière d'agir du grand-oncle prouve que Carol avait au moins un certain esprit de tradition...

Le capitaine Pop avait pris bien soin de ne pas confier à l'aviateur français que le mystérieux personnage qu'il devait retrouver au rendez-vous de Munich n'était pas un « collaborateur » de second ordre, mais royal. Cela n'empêcha pas Marcel Lallouette de reconnaître immédiatement Carol, dont le visage et la haute silhouette de très bel homme avaient été popularisés depuis longtemps par tous les journaux et magazines du monde. Mais l'excellent aviateur, en bon ouvrier de l'air qui était largement rémunéré pour accomplir un vol, ne fit aucune remarque et se réinstalla aux commandes. Quelques minutes plus tard, le Farman décolla et prit de la hauteur dans un ciel prêt à accueillir la plus folle des équipées...

Un vent d'est, debout, s'était levé, soufflant à une vitesse de 50 à 60 kilomètres par heure. A cette époque c'était une gêne, car le Farman, s'il faisait preuve de solides qualités, n'était pas un appareil très rapide. Mais peu importait puisqu'il n'était pas question de faire demi-tour et que l'illustre passager était bien décidé, cette fois, à aller jusqu'au bout de son destin. Après avoir survolé les Alpes de Salzbourg, l'avion franchit le Danube, survolant successivement Vienne, Bratislava et la Hongrie sans qu'il y eût le moindre incident.

Mais à peine la frontière de Roumanie avait-elle été franchie que le Farman dut se poser dans un champ pour permettre au pilote français de transvaser dans le réservoir le contenu des bidons d'essence de sécurité qu'il avait eu la prudence d'emporter de Munich. Dès qu'il eut sauté à terre, Marcel Lallouette dit à Carol :

– Altesse ! Vous êtes dans votre patrie.

Celle-ci se présentait, gracieuse et riante, sous l'apparence d'un champ parsemé de marguerites, de trèfles et de bleuets. Pendant l'opération de ravitaillement en essence, le pilote fut aidé par le prince lui-même et le capitaine Pop qui lui passèrent les bidons un à un... Mais brusquement, un avion militaire roumain atterrit à cent mètres à peine du Farman de tourisme. Il y eut un court moment de panique, avant que le pilote de l'appareil militaire n'ait bondi de sa carlingue pour courir vers l'avion français en criant :

– Depuis plusieurs heures, je survole la frontière de notre pays afin d'être le premier à venir vous saluer chez vous... Majesté, je suis à votre disposition.

C'était le capitaine roumain Cristesco.

L'atterrissage insolite des deux avions attira les paysans qui travaillaient dans leurs champs. Mais les jolies filles aux longues nattes brunes ne reconnurent pas le prince qui revenait d'exil et même les soldats roumains, accourus d'un poste-frontière, n'eurent pas une seconde l'idée qu'ils se trouvaient en présence de leur futur roi dont ils n'avaient encore jamais vu le visage. Le capitaine Cristesco aurait bien voulu prendre l'illustre voyageur à son bord, mais il ne le fit pas, craignant qu'un avion militaire ne parût plus suspect au-dessus des régions du pays qu'ils allaient survoler et dont les autorités militaires locales n'étaient pas encore toutes acquises à la cause de Carol. Il était donc plus sage que Carol poursuivît son vol dans le Farman, grâce à la provision d'essence renouvelée, jusqu'à un aérodrome où l'atterrissage et surtout l'accueil seraient plus propices.

– L'heure presse, dit Cristesco. Il faut rallier au plus vite l'aérodrome de Cluj où je suis certain que Votre Altesse, ancien chef de l'aviation roumaine, possède d'ardents défenseurs.

Le petit Farman décolla et repartit pour une nouvelle étape sur le chemin du pouvoir... Le vol fut très difficile au-dessus des Carpates, dont les monts grandioses constituaient de redoutables obstacles. Il fallut utiliser des gorges, l'appareil n'ayant qu'un « plafond » limité. Assis sur un siège très étroit à côté du pilote expérimenté, qui crispait les mains sur le « manche à balai » pour guider les évolutions du frêle appareil, Carol conservait un calme absolu. Mais brusquement, après une demi-heure de vol environ, Lallouette constata avec inquiétude que l'essence ne passait plus que par intermittence du réservoir dans le moteur : l'avion avançait par bonds. C'était la panne sèche imminente en perspective et les montagnes qui se dressaient, hostiles, tout autour de l'appareil en perdition, se prêtaient mal à un atterrissage, hélice calée, en vol plané ! Heureusement le miracle se produisit et il est presque certain que, s'il n'avait pas eu lieu, l'épopée du retour de Carol se serait terminée tragiquement au fond d'une gorge des Carpates... Cela n'aurait-il pas mieux valu pour l'avenir de la dynastie roumaine ? N'aurait-il pas été préférable que le conseil de régence continuât à maintenir le pouvoir, même vaille que vaille, jusqu'à ce que Michel eût atteint la majorité qui lui donnait le droit de régner effectivement ? Personne, même aujourd'hui avec le recul du temps ne serait encore capable de le dire... Une conviction intime, et strictement personnelle, nous incline cependant à penser que le retour de Carol, pour un règne qui dura dix années, fut une transition nécessaire qui conduisit inéluctablement la Roumanie vers la Seconde Guerre mondiale où, une fois encore, devait se jouer son destin.

« Le miracle » fut l'apparition, au sol, d'une prairie étroite, bordée de précipices et qui pouvait avoir, tout au plus, une centaine de mètres de longueur. Lallouette tenta la chance et réussit l'exploit de se poser sur moins de trente mètres ! Quand il racontait plus tard cette aventure, il disait en souriant et sans faire preuve de la moindre forfanterie :

– Je pense que ce fut là l'un des plus jolis tours de force de toute ma carrière...

Au fond, les avions à petit rayon d'action et à vitesse limitée offrent beaucoup d'avantages pour réussir les coups d'État, déposer des espions dans les pays qui ne veulent pas d'eux et même gagner certaines guerres : la cruelle expérience qu'en ont fait les Américains au Viêt-nam n'en est qu'une démonstration supplémentaire.

Le capitaine Cristesco qui suivait, – pour protéger du feu de ses mitrailleuses jumelées, si c'était nécessaire, la vie de Carol en cas d'attaque d'un aviateur resté fidèle au Gouvernement encore en exercice – ne vit pas le Farman atterrir. Très inquiet il fit demi-tour et commença à survoler en cercle la région, mais les ailes argentées du petit avion posé dans le champ se confondaient avec la teinte bleu pâle du seigle. De plus en plus angoissé, Critesco poursuivit son vol jusqu'à Cluj, mais là, constatant que le Farman n'était pas sur l'aérodrome, il revint une nouvelle fois en arrière.

Pendant ce temps, le pilote français, toujours débrouillard, s'était mis, avec l'aide de quelques paysans accourus à l'atterrissage, à la recherche d'un ravitaillement assez hasardeux d'essence. Il finit enfin par découvrir deux bidons de cinq litres chez un fermier qui possédait, fait très rare dans cette région perdue, une automobile française : une antique De Dion Bouton ! Nanti de ses bidons salvateurs – qui lui permettraient d'atteindre Cluj, qui n'était situé, à vol d'oiseau, qu'à une trentaine de kilomètres – il revint en courant vers l'appareil auprès duquel Carol était resté avec le capitaine Pop pour éviter que personne n'y touchât par simple curiosité. Arrivé à proximité du Farman et de l'avion de Cristesco, qui l'avait enfin retrouvé et qui était parvenu lui aussi à atterrir, il eut la surprise de voir, autour des deux avions, un rassemblement de plus de trois cents personnes. Le capitaine Pop le félicita en lui disant devant tout le monde :

– Je n'oublierai jamais, mon cher Lallouette, ce que vous avez fait... Vous êtes notre ami pour la vie, vous avez contribué à rendre enfin aux Roumains leur roi.

Ce fut Cristesco qui prit Carol à son bord après l'avoir présenté à la foule de paysans qui l'acclama. Et l'avion militaire s'envola pour Cluj. Une fois ravitaillé, le Farman accueillit le capitaine Pop et repartit dans le sillage de l'autre appareil. Ce fut ainsi que le quatrième roi de Roumanie accomplit l'avant-dernière étape dans le ciel de son pays, escorté de loin par un petit avion aux cocardes tricolores qui venait de France... C'était pour l'aînée des nations latines une manière indirecte de montrer qu'elle ne pouvait pas se désintéresser complètement des événements graves qui se passaient chez sa sœur rivée au Danube.

Quand l'avion militaire survola Cluj, peut-être Carol murmura-t-il, dans le ciel limpide de cette fin d'après-midi de printemps, les vers du poète :

Où ai-je vu un ciel pareil,
Cette mer rose de nuages ensoleillés
Sur qui se reflète une cocarde...
Où l'ai-je aperçue?

Tous les officiers aviateurs étaient sur le terrain, au garde-à-vous, attendant celui qu'ils considéraient déjà comme étant leur roi. Mais la nouvelle du retour s'était répandue, aussi bien à Cluj que dans les campagnes environnantes, avec une extraordinaire rapidité. Et il se produisit exactement le même phénomène qu'à l'époque où le futur Carol Ier traversait en chaise de poste attelée, en compagnie du beau Bratiano, la campagne roumaine pour atteindre à grandes guides sa future capitale : Bucarest.

Les aviateurs n'étaient pas seuls sur l'aérodrome. En quelques minutes une foule hurlante et joyeuse d'un millier de personnes envahit les alentours. Elle était faite en majeure partie de paysans, dont l'enthousiasme n'était que le prélude à l'accueil délirant qu'allait recevoir celui qui était certain maintenant de devenir dans quelques jours, quelques heures peut-être, Carol II. L'annonce de son retour s'était propagée avec cette rapidité que seules connaissent les bonnes ou les mauvaises nouvelles, à condition qu'elles soient d'importance. Exactement comme au temps de l'arrivée de Carol Ier, les paysans avaient tout abandonné dans les champs : chevaux, bœufs, troupeaux, voitures, pour courir saluer leur prince.

Les femmes et surtout les jeunes filles étaient encore plus déchaînées que les hommes : il n'y en avait pas une qui ne fût secrètement amoureuse, depuis longtemps, de ce paladin à l'allure martiale dont on avait d'abord fustigé, puis ensuite savouré, en cachette, les frasques amoureuses... C'était le « Don Juan des Carpates » ou le « Casanova du Danube » qui revenait, auréolé de toutes ses conquêtes féminines, pour apporter le plaisir de vivre au plus méridional des peuples d'Europe centrale.

Les mains des femmes se tendaient vers lui, offrant l'une la rose vite cueillie, l'autre la modeste branche de l'aubépine qui porte bonheur... Il y avait même dans cette foule bigarrée un pâtre qui, sur la « flûte de Pan », jouait une mélancolique « doïna » : ce chant de désir et d'amour dont la nostalgie reflète toute l'âme de la terre roumaine. Très ému, le prince savait que cette tristesse n'était inspirée que par l'ardent besoin de stabilité auquel aspirait chaque Roumain après avoir subi vingt siècles d'invasions.

Il fallut plus d'une heure avant que Carol parvînt à s'arracher à tout cet enthousiasme spontané et pût monter dans un autre appareil, plus puissant, piloté par l'as le plus illustre de l'aviation roumaine : le capitaine Opriz, l'homme qui avait la réputation de savoir défier toutes les traîtrises aériennes des Carpates inaccessibles ou le dangereux mystère des sombres forêts de Transylvanie.

Le rideau de lumière, fait des reflets du soleil couchant, semblait attendre avant de tomber sur le final du dernier acte de la pièce qui, après avoir failli être un drame, allait se transformer en joyeuse apothéose. Et ce fut dans le crépuscule que Carol revit, du haut du ciel, Bucarest, merveilleusement illuminée. Une touche d'irréalité s'ajoutait à la féerie de ce retour de l'enfant prodigue grâce au miroitement d'une capitale qui s'apprêtait à vivre l'une des grandes nuits de son histoire.

Sur la piste de ciment de l'aire de débarquement, à l'aérodrome de Banéasa, des généraux, des officiers et d'innombrables soldats étaient déjà alignés pour être là aux premières loges et pour prouver tout de suite au souverain qui revenait qu'ils lui étaient restés fidèles : chacun espérait pouvoir profiter très vite d'une telle attitude. Ne vaut-il pas mieux se mettre tout de suite dans le camp du vainqueur plutôt que de soutenir une cause désespérée ?

Quand Carol sortit de la carlingue, il était un peu pâle, mais son visage reflétait la sérénité de ces chefs qui ont appris depuis longtemps qu'on ne fait pas la conquête d'un pays sans être devenu le maître de sa capitale : Bucarest était à ses pieds.

Il était dix heures du soir. Carol traversa la ville en voiture découverte, précédé d'une musique militaire et escorté d'une garde d'honneur, acclamé par une immense foule qui avait été informée de son brusque retour, on ne savait trop comment. Des drapeaux avaient surgi aux balcons. Au bout du parcours triomphal, les grilles du palais royal de Cotroceni étaient grandes ouvertes et de vieux serviteurs, massés devant l'entrée, pleuraient de joie en accueillant le prince. Tous l'appelaient déjà « Votre Majesté » pendant que la foule hurlait dans la nuit : « Vive notre Roi ! »

Carol fut accueilli à bras ouverts par son frère Nicholas, l'un des trois régents. Ce fut d'ailleurs la seule et unique fois où l'on vit les deux frères – qui, au fond, ne s'aimaient guère – se donner l'accolade en public : un pareil fait ne se reproduira plus jamais dans l'avenir. La grande cour du palais était occupée par deux régiments qui rendaient les honneurs.

Dès qu'il eut pénétré dans le palais, Carol apparut au balcon où il salua la foule aux accents des flonflons de l'hymne national. On a dit, et même redit, qu'en réalité ce n'était pas Carol qui avait fait cette entrée triomphale et salué la foule, mais un acteur français – sosie de Carol et choisi depuis longtemps – envoyé secrètement de Paris et qui aurait attendu, camouflé, à l'aérodrome de Banéasa jusqu'à l'arrivée de l'avion royal. Le véritable Carol, craignant un assassinat, serait entré dans le palais par une porte de service... Ceci paraît possible, si l'on a étudié la rouerie du personnage, mais assez invraisemblable si l'on songe à son courage physique : comme son grand-oncle Carol Ier, comme son père Ferdinand et plus tard comme son fils Michel qui saura en faire preuve devant les Allemands, Carol II ne manquait pas de témérité. Il semble donc que le truchement de l'acteur français ne soit qu'une légende qui vient s'ajouter à toutes celles qui abondent dans les Balkans.

Dès qu'il eut été informé de l'arrivée du prince, alors qu'il était encore en train de dîner, Maniu remit sa démission aux trois régents qui confièrent aussitôt la présidence du Conseil à un partisan convaincu de Carol, Miromescu.

Ce retour de Carol par avion fascina à un tel point les masses populaires que toute la Roumanie le crut « tombé du ciel ». Une heure après son entrée au palais, prouvant en cela qu'il était bien décidé à ne pas perdre une seconde, Carol réunit ses nouveaux ministres. Mais la journée du lendemain, 7 juin, se passa en discussions et en palabres. La plupart des libéraux, suivant en cela leur secrétaire général Ion Duca, se révélèrent farouchement hostiles au retour de Carol sur le trône. Maniu et les Transylvains proposèrent alors d'offrir au prince un siège de régent, mais, maintenant qu'il se trouvait dans la place, Carol fit savoir qu'il ne s'en contenterait pas. D'ailleurs, tout, dans la façon dont il avait conçu et préparé ce retour pour frapper l'imagination populaire, et dans la manière dont il s'était comporté depuis qu'il avait foulé à nouveau le sol de « son » pays, prouvait qu'il se comportait déjà en roi. Et c'était bien un roi que le peuple, massé dans les rues, réclamait...

Aussi le 8 juin, devant les deux Chambres réunies en séance solennelle, le prince fut-il proclamé roi de Roumanie sous le nom de Carol II : la date du commencement de son règne fut fixée au jour de la mort de son père. Ce qui signifiait que les trois années de la régence étaient déjà considérées comme nulles et non avenues. Sur une proposition de Manoilescu, le jeune roi Michel redevint prince héritier avec le titre de grand voïvode d'Alba Julia : personne n'avait d'ailleurs demandé son avis à l'Enfant-Roi... Qu'aurait-il pu faire ou dire ? De plus, il était tellement fier, ce petit garçon, du triomphal retour de son père qui était descendu du ciel, tel un dieu ou un archange ! Les textes que le Parlement fut appelé à voter furent présentés par le plus retors des légistes, un certain Iunian. Avec une habileté diabolique, ce dernier résolut, dans un gigantesque tour de passe-passe, toutes les difficultés juridiques que posait normalement l'événement. L'acte de renonciation de Carol, enregistré le 4 janvier 1926, fut annulé avec effet rétroactif de juillet 1927. Quand on passa au vote, les textes furent approuvés par 485 voix contre une ! Les libéraux, restés muets de stupeur ou de crainte, s'abstinrent de voter.

Comme Mme Lupescu était restée à Paris, nombreux furent ceux qui pensèrent sincèrement que le moment était enfin venu d'une réconciliation entre

Carol et son ex-femme, la princesse Hélène. Mais celle-ci, butée comme savent parfois l'être les femmes grecques, et surtout vexée d'avoir été bafouée pendant des années dans son orgueil de femme, ne voulut rien savoir malgré l'élégance dont Carol sut alors faire preuve à son égard. Sans aucun doute la princesse Hélène commit là une regrettable erreur : elle refusa même d'apparaître en public avec son fils Michel si Carol était présent.

Au contraire Mme Lupescu sut, elle, se montrer remarquablement habile. Dès que Carol eut été proclamé roi à Bucarest, elle réunit une nouvelle fois la presse parisienne à laquelle elle donna, les larmes dans la voix, une nouvelle interview romantique :

– Nous resterons, le roi Carol et moi, unis dans la souffrance... Je ne suis plus qu'une exilée, bannie de mon pays natal, chassée de la terre que j'aime... Mais Carol restera quand même mon seul bonheur! Et je sais que je ne le reverrai plus... C'est trop de souffrance pour moi... Pourrai-je la supporter?

Elle la supporta quand même très bien et pas pendant très longtemps! Elle savait, la belle amie, que dès qu'il se sentirait assez ferme sur son trône, son amant n'hésiterait pas à la faire revenir auprès de lui et à renier toutes les promesses qu'il avait faites à ceux qui, précisément, l'avaient aidé à prendre le pouvoir. Elle saurait attendre, ayant compris, dès le début de l'aventure, que son supplice se révélerait de courte durée. Et après... Pourquoi ne serait-ce pas « son » apothéose?

LA REINE
SANS COURONNE

La plus étonnante définition qui ait jamais été donnée de Carol II est due à son royal cousin, Boris de Bulgarie. Comme quoi le vieux dicton qui prétend que l'on n'est jamais mieux « servi » que par les siens se révèle, une fois de plus, étonnamment vrai.

– Chez mon cousin de Roumanie, confia un jour Boris à l'un de ses intimes, il y a un tiers de Hohenzollern : c'est-à-dire le goût du panache, des uniformes et des décorations... On trouve aussi en lui un tiers de Romanov : comme tous les boyards de cette lignée, il ne peut voir un cotillon sans courir après... Enfin, il a, grâce à sa mère la reine Marie, un tiers de Cobourg : de l'entregent, de la duplicité, de la rouerie...

Le « cocktail Carol II » fut ainsi servi, bien frappé.

Mais il paraît opportun de le compléter au moment où ce souverain, qui fut de loin le plus grand des aventuriers qui prirent possession d'un trône en Europe centrale, venait précisément de réussir « son coup » avec une incomparable maestria.

Le jour où il a été proclamé roi, Carol II avait trente-sept ans et déjà une immense expérience de la vie et de la sottise humaine. Car il ne faut pas l'oublier : Carol II était intelligent, très intelligent, beaucoup plus que ses prédécesseurs. Mais il fut dangereux parce qu'il était instable, insaisissable et insatiable, parce qu'il pensait d'abord à lui et à toutes les jouissances que pouvait lui apporter la vie avant de se préoccuper des besoins pressants de son pays.

Quand il prit le pouvoir, en parfait accord avec Magda Lupescu, il ne le fit que pour satisfaire ses appétits et peut-être aussi pour permettre à son fils Michel, qu'il a toujours adoré, de lui succéder un jour sur le trône dans des conditions moins difficiles que celles qu'il avait connues. Mais la suite des événements – que les rois ou les chefs d'État ne parviennent que rarement à régir malgré leurs désirs ou leur volonté – démontrera que, sur ce point, Carol II fit une faillite complète. Après dix années de règne, il laissa à Michel le trône de Roumanie dans une situation plus que dramatique : catastrophique. Catastrophe dont la dynastie ne s'est pas encore relevée. Mais cela n'a pas empêché que, s'il fut un époux déplorable, Carol II a su se montrer un excellent père.

Les voyages, qu'il avait faits pendant ses années d'exil, lui avaient permis de découvrir des mondes nouveaux et des civilisations très différentes de celle de son pays. Le Japon l'avait particulièrement séduit : il se croyait l'envergure d'un empereur ou d'un Mikado alors qu'en réalité il avait à peine l'étoffe d'un dictateur de seconde zone. Mais il avait quand même beaucoup vu, beaucoup lu, et possédait sinon une vraie culture, du moins une assez vaste information sur de nombreux problèmes.

A trente-sept ans il avait de l'allure mais, malheureusement, comme il faisait de trop bons repas, il marquait quelques tendances à l'obésité : ce qui fut dommage pour son prestige sur les foules féminines. Celles-ci chérissent un prince quand elles peuvent dire de lui : « Il est svelte ! » Malgré tout, il a toujours conservé une certaine allure. Et l'allure ça compte encore plus pour un roi que pour un simple particulier.

Le plus extraordinaire, c'est qu'il ne détesta pas le métier de roi, bien que celui-ci se fût révélé particulièrement difficile en Roumanie !

Il semble même que ça l'amusa de régner : pour lui ce ne fut qu'un jeu passionnant, parce qu'il était dangereux et qu'il prêtait à tous les risques... Mais la véritable réussite ne pouvait survenir que si le meneur de jeu avait un sens moral, et Carol II en fut complètement dépourvu.

Donc il possédait une certaine forme de courage, principalement pour des sports physiques tels que l'équitation ou l'alpinisme, mais il lui arrivait aussi d'être paralysé dans l'action directe par une sorte de faiblesse instinctive qui se rapprochait de la peur. C'est ce qui explique ses brusques revirements d'attitude aussi bien à l'égard de ceux qu'il aimait que de ceux qu'il redoutait. Tant que ces derniers se montraient capables de lui résister, il faisait patte de velours, mais, dès qu'il se savait le plus fort, il se révélait capable d'être d'une fantastique cruauté pour abattre ses adversaires : il était alors sans pitié.

Les intérêts supérieurs de l'État seront toujours subordonnés aux siens. « Moi d'abord » aurait pu être sa devise. Pendant les années d'exil, il a connu – malgré une apparence de luxe obtenue grâce aux largesses du financier Jonesco – de réelles difficultés financières. Et il aima l'argent passionnément ! Argent qui lui permettait de satisfaire son inextinguible soif de plaisirs. Aussi prit-il très vite ses précautions pour accumuler dans des pays étrangers où la monnaie était alors sûre – la Suisse, les États-Unis, l'Angleterre – une fortune considérable qui le mettrait à l'abri le jour où il devrait reprendre à nouveau le chemin de l'exil. Il était beaucoup trop rusé pour ne pas prévoir que la merveilleuse « aventure du pouvoir » ne pourrait pas durer éternellement pour lui. Et il avait mille fois raison de se méfier de la monnaie roumaine dont la situation n'était guère brillante ! On a même raconté, dans des milieux autorisés du gouvernement et de la cour, qu'il aurait exigé – puisque le Parlement l'avait déclaré « roi » depuis la mort de son père en juillet 1927 – un rappel de liste civile comme s'il avait effectivement régné.

Le jour où il prêta serment devant les deux Chambres réunies, il fut bien contraint de jurer de respecter la Constitution. Mais ce serment-là aussi il ne le tiendra pas, trouvant mille et un moyens pour tourner les lois de la Constitution à son profit. A l'inverse de son père, Ferdinand, qui avait su magnifiquement remplir son rôle d'arbitre entre les partis qui divisaient le pays, il a tout fait pour les dresser les uns contre les autres et profiter de leurs dissensions. Et, très vite, une telle façon d'agir le conduira à la dictature personnelle qu'il recherchait.

Dès sa prise de pouvoir, il prétendit vouloir remettre à la première place l'armée. Les officiers qui l'avaient soutenu dans son coup d'État lui firent confiance parce qu'il commença par distribuer largement galons, décorations et récompenses. Il profita même des grandes manœuvres d'octobre 1930, qui furent assez médiocres, pour s'attribuer personnellement la dignité de maréchal ! On n'avait encore jamais vu cela, dans aucun pays au monde, à la suite de simples manœuvres. Seulement, comme il craignait que les anciens camarades, qui l'avaient vu déserter son régiment en 1917, ne finissent par se fâcher, il prit soin de conférer immédiatement la même dignité aux généraux Averescu et Prezan : ce qui calma les mécontents et qui laissa tous les espoirs permis à ceux qui attendaient la manne céleste. Sa principale préoccupation, pour rénover l'armée, fut de la doter d'uniformes de parade rutilants. Lui-même les adorait, avec des rangées de médailles scintillantes qui brillent dans les défilés à grand spectacle. Quant au matériel de guerre – celui qui permet à une armée moderne, sinon de gagner une guerre, du moins d'y faire figure honorable – il ne s'en préoccupa que beaucoup plus tard, quand ce sera trop tard...

Son frère, Nicholas, eut le mérite d'essayer, malgré tout, de le rapprocher de la princesse Hélène. Réconciliation assez problématique qui aurait eu quelques chances de se réaliser si la reine Marie, qui revint précipitamment d'Oberammergau dès qu'elle apprit le retour de son fils aîné, s'y était employée. Mais la reine mère détestait tellement sa bru grecque qu'elle en arriva même à souhaiter, le jour où sa fille préférée Ileana épousera en juillet 1931 – donc une année après le retour de Carol – l'archiduc Antoine de Habsbourg, que le fils de cette dernière, l'archiduc Stefan, qui naîtra l'année suivante, soit substitué dans les prérogatives d'héritiers à Michel lui-même ! Mais là, Carol se fâchera et défendra énergiquement les droits de son fils. On put cependant voir, trois semaines après son retour, toute la famille royale assemblée au grand complet, en 1930, à l'occasion d'une cérémonie qui fut célébrée à la mémoire du roi Ferdinand devant le mausolée de Curtea de Argesch. Ce sera la dernière fois que l'on apercevra Carol et Hélène côte à côte en public. Une « photographie de famille » fut même faite en cette circonstance : le moins qu'on puisse dire c'est que si Carol y fait grise mine, le visage crispé de son épouse est sinistre. De toute façon, le document photographique est unique : ceux qui le possèdent encore en sont très fiers et se sont montrés jusqu'à ce jour bien décidés à ne pas le lâcher, même pour l'histoire stupéfiante de la couronne de Roumanie !

L'une des plus grandes difficultés que rencontra Carol, au sein même de la cour, fut de détruire l'invraisemblable camarilla de flatteurs et d'intrigants gravitant autour de la reine Marie qui, décidément, se croyait encore omnipotente. Pour lutter avec quelque chance d'efficacité contre un « ennemi familial » d'une telle envergure, il dut d'abord faire couper la ligne téléphonique spéciale de sa mère afin que celle-ci fût dans l'impossibilité d'avoir des conversations privées avec ses conseillers ou même avec ses propres ministres. Comme l'a dit un diplomate italien, alors en poste à Bucarest :

– On se serait cru ramené au temps des intrigues et des conspirations d'une Catherine de Médicis ! Malheureusement, il n'y avait pas de Mazarin...

Pour endiguer les efforts de la vieille souveraine qui n'avait plus droit de régner, Carol créa un corps spécial d'espions qui se révélèrent tellement habiles que la police parisienne de cette époque, réputée cependant comme étant l'une des premières du monde, alla recruter à Bucarest ses meilleurs éléments ! Quant au prince Stirbey, que l'on disait être plus que le confident de Marie, il quitta en toute hâte la Roumanie où il avait l'impression que le climat risquait de devenir très vite insalubre pour lui.

Excédées de tels affronts, la reine Marie et la clique à sa dévotion passèrent à l'attaque... Le bouc émissaire se présenta tout naturellement sous la personnalité encore lointaine de Mme Lupescu. Une fausse publicité, soigneusement orchestrée, commença à annoncer tous les jours le retour clandestin de la belle maîtresse à Bucarest. Et cela atteignit un tel degré de violence que le gouvernement fut contraint de faire publier, le 24 avril 1931, un démenti formel qui était ainsi libellé :

Ceux qui prétendent que le gouvernement actuel est influencé par une personne étrangère sont naïfs et stupides.

La naïveté et la stupidité se trouvent surtout dans ce démenti de la part d'un homme aussi retors quc Carol.

Croyant avoir enfin réussi à apaiser les esprits, il fit discrètement revenir, sous la conduite du fidèle Manoilescu, sa maîtresse. Et s'il n'alla pas, comme Edouard VIII, jusqu'à dire officiellement *qu'il ne pouvait pas gouverner sans avoir auprès de lui la femme qu'il aimait*, il l'installa à Bucarest, à proximité du palais royal...

Le retour de la favorite ne passa pas longtemps inaperçu. Dès qu'elle en eut connaissance, la princesse Hélène quitta le pays, laissant Michel à son père. Personnellement la reine Marie fut assez satisfaite de ce départ : le terrain, où elle pensait encore pouvoir accomplir des prouesses politiques, se déblayait... Mais elle n'avait pas compté avec la fantastique obstination et, il faut bien le dire, avec la prodigieuse personnalité de Magda Lupescu que l'on a surnommée, à tort ou à raison, « la Pompadour d'Europe centrale ». Pompadour est sans doute exagéré : l'illustre marquise eut quand même une autre allure que la Lupescu, et Carol n'arrivera jamais à la cheville d'un Louis XV, « le Bien-Aimé ». Pourtant Magda sut, d'une façon occulte, donner à son amant quelques conseils habiles : ce fut grâce à son influence persuasive qu'il évita, surtout au début de son règne, des gaffes monumentales qui en auraient certainement écourté la durée.

Malgré tout, les choses n'allèrent pas toutes seules... Le premier homme politique d'importance qui rompit avec Carol fut le grand leader du parti paysan, Maniu : l'un de ceux dont l'influence avait été prépondérante pour faire accepter le retour de l'exilé. En des termes non déguisés et dans une mémorable entrevue, qui eut lieu un soir au palais royal, l'honnête Maniu reprocha au souverain sa trahison en lui lançant cette terrible apostrophe avant de se retirer :

– Vous avez renié votre parole, vous avez trahi vos amis, vous avez oublié la grandeur de votre peuple ! L'histoire vous jugera et son jugement sera sans appel !

Après ce départ fracassant, Maniu organisa un peu partout dans le pays des manifestations monstres contre Mme Lupescu, dont l'effigie fut même brûlée en public. Certains de ces meetings de protestation réunirent jusqu'à 500 000 paysans ! Mais, malgré cette campagne féroce, dans le fond de leur cœur les paysans roumains restaient quand même attachés à Carol, « leur » enfant chéri et terrible.

Si les campagnes se montraient seulement hostiles à la favorite, la capitale se déchaîna : les antisémites, et ils étaient nombreux à Bucarest, s'en donnèrent à cœur joie. Les juifs eux-mêmes, qui résidaient principalement dans le nord du pays, étaient très inquiets, souhaitant ardemment le départ de celle qui risquait de faire éclater contre eux un pogrome.

Ione Duca, chef du parti libéral qui s'était abstenu de voter le jour où Carol avait été proclamé roi, fut cependant appelé par celui-ci pour succéder à Maniu. Carol n'agit ainsi que parce que ce Ione Duca était un ami personnel de la favorite. Inspiré par elle, Duca commit l'erreur de vouloir supprimer la Garde de Fer : erreur qui lui fut fatale. Mais qu'était donc cette Garde de Fer dont on a tant parlé et dont bien peu de gens ont connu la véritable origine ?

La prise de possession de la chancellerie du Reich par Hitler eut une répercussion immédiate en Roumanie où les Allemands de Transylvanie, qui constituaient l'une des portions de la population la plus travailleuse du pays, acquirent la conviction de faire partie de « la Grande Allemagne » qui reprenait une place prépondérante en Europe. Et ces masses laborieuses, s'agglomérant à celles de tous les mécontents, se groupèrent sous la bannière d'un jeune homme débordant d'ambition : Codreanu.

Celui-ci avait réussi depuis 1926, avant même la mort du roi Ferdinand, à trouver de sérieux appuis auprès du ministère de l'Intérieur qui espérait contrecarrer l'agitation ouvrière en encourageant la propagande nationaliste.

Sous la faible régence, Codreanu décida, au cours de l'un de ses meetings monstres de propagande, d'unir ses efforts avec Mihai Stebescu, qui animait un mouvement similaire au sien : « les Frères de la Croix ». De cette fusion des « Frères de la Croix » et de « la Légion de l'Archange Michel » naquit la célèbre « Garde de Fer » dont Codreanu se proclama lui-même le « capitaine ». La nouvelle organisation, calquée sur celles des fascistes allemands et italiens, adopta la chemise verte et le salut à la romaine.

Ce fut donc en face d'un mouvement très puissant que Carol se trouva quand il monta sur le trône. Sentant le danger que présentait une telle force dans l'État, il saisit la première occasion pour supprimer la « Garde de Fer ». Le 22 juillet 1930, le sous-secrétaire d'État à l'Intérieur fut légèrement blessé, dans un attentat, par un étudiant pour lequel le « capitaine » prit fait et cause. On arrêta Codreanu mais, faute de preuves, il fallut le relâcher. La dissolution de son mouvement fut quand même maintenue ; ce qui ne l'empêcha pas de se reformer sous une autre appellation. Le « capitaine » était soutenu par le clergé et surtout par les milieux universitaires. Pour l'appuyer, les étudiants en droit de Bucarest se mirent en grève et se retranchèrent dans les locaux de la Faculté, dont on ne put les déloger que grâce à une violente intervention de la police.

Ce fut le moment où l'attitude de Carol commença à être des plus ambiguës : il se fit acclamer, au balcon de son palais, par les partisans du « capitaine » au moment même où sa police se montrait d'une extrême brutalité avec les anciens membres de la « Garde de Fer ». Et « l'amitié » que Ione Duca réservait à Mme Lupescu ne porta guère bonheur au successeur de Maniu! Au retour d'une audience, qui lui avait été accordée par le roi à sa résidence estivale le 29 décembre 1933, il fut assassiné, par des hommes de main de la « Garde de Fer » reconstituée, au moment où il entrait dans la gare de Sinaia. Ce crime signifiait qu'on le rendait responsable des mesures sévères prises à l'encontre des miliciens de Codreanu. Mais Duca n'avait fait, après tout, qu'exécuter les ordres reçus. Qui avait pris l'initiative de la dissolution de la « Garde de Fer », sinon Carol lui-même? Aussi, contrairement à ce qu'a pensé et a pu croire l'opinion roumaine au moment du crime, ce n'est pas à la « Garde de Fer » qu'il faut reprocher l'assassinat du Premier ministre, mais au roi lui-même.

« L'affaire » avait été diaboliquement montée avec l'entière approbation du ministre de l'Intérieur, Inculet, et la complicité obéissante du préfet de police d'alors, Gavril Marinescu. En réalité, Carol et sa maîtresse haïssaient Ione Duca auquel ils ne faisaient des protestations d'amitié que pour les besoins de leur propre cause d'amants revenus, contre la volonté de tout le monde, en Roumanie. Ni Carol, ni Magda Lupescu n'avaient oublié qu'en juin 1930 Duca – leader des libéraux – s'était déclaré violemment hostile au double retour de l'exilé et de sa favorite. D'un autre côté, Mme Lupescu ne pouvait faire montre de beaucoup de sympathie pour la vague d'antisémitisme qui avait été déclenchée par l'action de la « Garde de Fer ». Donc, en faisant brutalement supprimer celle-ci par Ione Duca et en laissant endosser par ce dernier toute la responsabilité de la liquidation, Carol et sa maîtresse savaient qu'ils livraient automatiquement Duca à la vengeance du « capitaine » : cela s'appelle, en basse politique, faire d'une pierre deux coups.

Les circonstances précises de l'assassinat militent d'une façon absolue en faveur de cette thèse : les trois assassins du Premier ministre purent rester tranquillement assis sur une banquette de la salle d'attente de la petite gare de Sinaia, de onze heures jusqu'à vingt heures, soit neuf heures d'affilée, sans que personne – ni dans les employés de la gare ni dans les huit policiers qui avaient la charge d'assurer la protection du président du Conseil – ait remarqué leur présence ! De plus, étrange coïncidence, ce soir-là seulement toute la gare et les quais furent laissés dans la plus complète obscurité...

La mort tragique de Duca privait de chef le parti libéral : c'était exactement ce que recherchaient Carol et son égérie pour supprimer l'une des têtes qui gênait le plus leur accession progressive vers la dictature absolue.

La politique a toujours été un jeu dangereux, mais en Roumanie, au temps de Carol, elle fut une gigantesque partie de poker. D'un côté, certes, existait la réalité brutale et juvénile de la « Garde de Fer » – officielle ou interdite – qui agissait en utilisant les procédés de la Mafia sicilienne avec d'interminables listes de meurtres à son actif. Les assassins, ou plutôt « les tueurs » étaient désignés au cours de réunions secrètes d'un « comité directeur » dont nul ne connaissait l'identité exacte des membres. Se dressant, s'opposant, luttant avec tout son machiavélisme contre cette implacable ennemie, se trouvait

Carol conseillé par Magda et ses sbires... Pendant quelques mois, il hésita à déclarer la guerre à la « Garde de Fer » qui cherchait à se substituer à l'autorité royale des Hohenzollern-Sigmaringen, comme l'avait fait le nazisme en Allemagne – après l'intérim relativement court d'une république démocratique – en remplaçant la branche aînée des Hohenzollern de Prusse par un Hitler venu d'Autriche... On crut même, à un moment, que Carol était disposé à s'allier avec elle pour canaliser sa force et même pour l'utiliser à son profit. On a affirmé aussi qu'après sa première sortie de prison Codreanu aurait été caché, avec l'assentiment tacite du roi, pendant plus d'une année dans la propre villa de Mme Lupescu lorsqu'il était recherché pour répondre du meurtre de l'un de ses adjoints, Mihai Stebescu.

Mais quand fut découvert un nouveau complot, fomenté par le chef de la « Garde de Fer », dont le plan était tout simplement de kidnapper Carol lui-même, celui-ci fit aussitôt traduire le coupable devant un tribunal militaire. Et, fait extrêmement rare pour une trahison de ce genre dans un État d'Europe centrale, Codreanu ne fut pas condamné à mort mais se vit infliger une peine, relativement légère, de dix ans de travaux forcés. On a prétendu, après une sentence aussi imprévue, que c'était Mme Lupescu qui avait conseillé l'indulgence à Carol en lui faisant habilement valoir qu'une condamnation trop sévère ferait de Codreanu un martyr. Il faut toujours éviter, quand on tient le pouvoir, de créer les martyrs de l'opposition, surtout quand ceux-ci sont encore jeunes, comme c'était le cas pour le bouillant chef des ultranationalistes roumains. Sans doute Carol prévoyait-il que, s'il lui arrivait un jour de se sentir débordé par les éléments d'extrême gauche, il serait très heureux de faire à nouveau appel à l'apprenti dictateur d'extrême droite?

Comment Carol et sa maîtresse parvenaient-ils à concilier les obligations du pouvoir et celles de leur vie privée? Le mécanisme de cette « collaboration » d'amants fut relativement simple.

On a souvent écrit, aussi bien à l'époque de Carol II qu'aux temps de ses prédécesseurs, que la cour royale de Roumanie était la plus pervertie de toute l'Europe et le véritable centre de l'assassinat politique ou de l'immoralité. C'est peut-être exagéré mais, quand on étudie le bilan final, on finit par trouver que cette définition assez peu flatteuse n'est pas tellement éloignée de la vérité.

D'abord Carol, qui avait de plus en plus le goût du faste, fit construire, en plein cœur de Bucarest, un nouveau palais royal. L'ancien lui paraissait indigne d'un souverain de son envergure... Les fenêtres de ce nouveau palais furent peintes en rose, sans doute pour inciter à la rêverie ou pour faire croire que tout allait pour le mieux dans la demeure du seul roi qui pouvait se flatter d'avoir abdiqué quand il était prince héritier et d'avoir succédé, quelques années plus tard, sur le trône, à son propre fils! Il n'y a pas eu d'exemple, dans toute l'histoire des empereurs ou des rois à travers le monde, que pareil fait se fût jamais produit.

Donc, officiellement, Carol gouverne seul, sans reine couronnée qui partagerait à ses côtés les lourdes charges et les graves responsabilités du pouvoir. La princesse Hélène, son ex-épouse légale, a pris le chemin volontaire de l'exil quelques semaines après son retour. Mais il y a la reine « non couronnée », Magda Lupescu, qui vit dans une villa qu'elle a choisie relativement modeste, mais qui est quand même située à proximité du palais royal.

Tout en étant l'« Éminence grise » du régime, Magda a l'habileté de ne jamais pénétrer dans ce palais moderne dont la construction, commandée par Carol, est due au propre cousin de Magda, un architecte israélite du nom de Lorentz, qui avait l'ambition d'édifier à Bucarest une réplique réduite du palais de Buckingham ! Mais, Carol va régulièrement rendre visite à sa maîtresse : chaque soir, après sa journée de travail, il quitte l'un des beaux uniformes qu'il a pris l'habitude de porter pour endosser un costume civil quelconque et se coiffer d'un chapeau qu'il enfonce sur ses yeux avec le vague espoir que nul ne le reconnaîtra... Il part seul au volant d'une petite Ford qu'il conduit jusqu'à la villa de Mme Lupescu où son couvert l'attend toujours pour le dîner, face à celui de la maîtresse de maison.

Carol a pour Magda des petits mots tendres, des diminutifs charmants : c'est ainsi qu'elle se voit affublée par son royal amant d'un surnom très démocratique : « Bibi »... C'est une façon comme une autre, chez le roi, d'exprimer son affection : « Bibi »... Il est d'ailleurs le seul Roumain qui puisse se permettre une telle familiarité avec la favorite ! Tous les autres préfèrent demeurer prudemment sur la réserve, ou même rester au garde-à-vous.

Malgré la méfiance et la crainte qu'elle a toujours inspirées à ceux qui l'ont approchée sans avoir jamais pu la découvrir exactement telle qu'elle était, Magda Lupescu a eu deux grands métiers : le premier fut d'avoir fait de son amant, qui semblait devoir être un éternel play-boy insouciant et fantasque, un authentique monarque sachant allier les dons de calculateur à une réelle perspicacité. Autrement dit deux qualités essentielles de la race juive ont été transférées, par une sorte de phénomène d'osmose, de la maîtresse à l'amant...

Le deuxième mérite de Madga Lupescu fut son étonnante et subtile discrétion. Elle sut se montrer infiniment plus habile que toutes les courtisanes qui connurent, au cours de l'Histoire, des situations analogues à la sienne. Il semble même que pour exercer son métier de « maîtresse de roi », elle ait soigneusement étudié la façon dont avaient agi toutes celles qui l'avaient précédée au fil des siècles et qu'elle se soit préoccupée du destin qui leur avait été réservé. Ne voulant pas finir sur l'échafaud comme une Du Barry, elle préféra prendre, dès le début de sa fulgurante « carrière », les sérieuses précautions qui lui ont permis ensuite de vivre des jours heureux, à l'abri de tout besoin et de toute politique, sous le ciel clément du Portugal.

Il est même assez étrange de penser qu'elle s'est retirée dans un pays dont le roi, Manuel, a été détrôné en 1910 parce qu'il avait voué un amour sans limite à une jolie fantaisiste française, la brune Gaby Deslys, première « reine » du Casino de Paris, qu'il inonda de cadeaux fabuleux et à qui il offrait souper galant sur souper galant pendant que son pays était dans une misère noire. N'alla-t-il pas, ce roi ensorcelé par l'amour, jusqu'à offrir à Gaby, fille d'un chauffeur de taxi parisien, un collier de perles de 100 000 dollars d'avant 1914 ! Quand son peuple apprit ces libéralités, il le chassa du trône. Il mourut en exil, loin de son pays... Carol ne fit jamais d'aussi somptueux cadeaux à sa maîtresse, mais il mourut, lui aussi en exil, loin de son pays, au Portugal... Seulement Magda Lupescu a réussi à se faire épouser quelques années avant cette mort : ce qui lui a donné le droit de porter le titre de princesse de Hohenzollern. A défaut de celui, tant brigué par elle, de reine de Roumanie, ce n'est déjà pas si mal ! Mais il y a lieu de penser que tous les défunts de la branche très catholique des Hohenzollern, enterrés dans le caveau princier de Sigmaringen, doivent se retourner dans leur tombe à la seule idée que la fille du petit chiffonnier Lupescu est parvenue à « couronner » sa brillante carrière par un tel coup d'éclat.

Au temps de son « règne » secret à Bucarest, Magda vivait avec une simplicité voulue, prenant soin de ne porter que des bijoux discrets et évitant tout luxe tapageur. La couleur qu'elle semblait affectionner le plus, pour s'habiller, était le noir... Et elle avait raison, le noir convenait à merveille à sa peau très blanche, à ses yeux très bleus, à ses cheveux très roux...

Nul ne l'a jamais vue apparaître en public auprès de Carol, ni assister à une cérémonie de la cour. Ayant choisi de rester dans l'ombre, tout en sachant exactement ce qui se passait, cette femme intelligente guida son amant avec une main de fer dans un gant de velours. Et Carol avait très souvent besoin d'être guidé ! Malgré ses quarante-cinq printemps révolus, il avait conservé des allures et des habitudes de jeune homme. C'était à peine si ses cheveux blonds commençaient à grisonner sur les tempes : ce qui ajoutait encore à son charme... Des lèvres un peu épaisses, mais sensuelles, une légère fossette au menton qui lui donnait par moments un visage d'enfant, des yeux qui pouvaient être alternativement bleus ou gris selon l'heure du jour ou de la nuit, tout cela faisait encore de lui un séducteur-né. Il était beau et il le savait ! Alors qu'il n'avait que cinq ans, son père, Ferdinand, l'avait surnommé Carol-le-vif. Quarante années plus tard, il n'était plus du tout Carol-le-vif mais seulement Carol-qui-veut-rester-un-tombeur...

Car il ne fut pas plus fidèle à Mme Lupescu qu'à toute autre femme ! Il multiplia les escapades nocturnes, aimant particulièrement s'encanailler avec des filles de très basse extraction. Il semblait que les fugues nocturnes et fréquentes fussent pour lui le dérivatif indispensable qui lui permettait de supporter et même d'imposer l'austérité qui était de rigueur, dans la journée, au palais royal. « Bibi » fermait volontairement les yeux sur ces passades dont elle souriait... Copiant Mme de Pompadour, experte dans l'art de tenir un royal amant, elle s'arrangeait même pour provoquer les rencontres imprévues – l'homme du moins le croyait ! – de Carol avec les plus jolies filles qu'elle avait pu trouver un peu partout... N'était-ce pas là le plus sûr moyen de garder son amant ? Au fond, Magda agissait en épouse qui aurait été supérieurement habile.

Son influence ne fit que grandir, allant des affaires de cœur à celles de l'État. Elle sut s'intéresser aux plus petits détails... Et dans cet intérêt passionné rien n'était gratuit : Magda savait faire argent de tout. Ayant appris, par exemple, que Carol avait subitement la lubie, avec sans doute la pensée secrète d'accroître encore son prestige, de faire un cadeau à tous les soldats roumains, sans distinction de grade, elle suggéra de sa voix douce et persuasive que le mieux serait d'offrir à chacun un mouchoir avec, brodée dessus, l'effigie du roi ! Et ce fut elle qui procura les centaines de milliers de mouchoirs, au prix de gros : ceux-ci venaient en droite ligne d'une usine appartenant à son propre père ! Le petit commerce...

Tout le monde n'était pas reçu dans la villa de la favorite. C'était là un honneur aussi redoutable qu'inquiétant. Et il était beaucoup plus facile de se faire inviter à une réception officielle de la cour que chez la belle Magda ! Chez elle, c'était véritablement « le sanctuaire » où se nouaient toutes les intrigues, où se dessinaient toutes les carrières et où se préparaient toutes les disgrâces. Il ne fallait surtout pas offenser la Grande Dame du régime, sinon c'était le désastre... On a prétendu que le général Antonescu avait été limogé et avait dû quitter précipitamment la Roumanie parce qu'il avait confié à un quidam – qu'il considérait à tort comme étant l'un de ses amis – qu'il était très ennuyé de ce que sa femme ait été mise dans l'obligation de s'asseoir à la même table que Mme Lupescu au cours d'un dîner privé donné par le roi. Ce commentaire, rapporté à la maîtresse, eut des conséquences immédiates. Mais ceux qui, au contraire, chantaient les louanges de Magda et se dévouaient à sa cause, étaient comblés d'honneurs et d'avantages matériels. Ce fut le cas du colonel Marinescu, préfet de police de Bucarest, et surtout de Nicholas Malaxa, un industriel rusé qui s'enrichit d'une façon scandaleuse grâce à des contrats d'exclusivité passés avec les chemins de fer roumains.

Si Mme Lupescu a un bénéfice personnel dans chaque « opération » de ce genre, son amant Carol n'est jamais oublié : tous deux sont « dans le coup ».

On affirme encore aujourd'hui, longtemps après la mort de Carol, que ce fut sa maîtresse qui fit sa fortune personnelle.

Si Magda avait encore une certaine auréole dans les pays étrangers, où l'on est toujours friand des scandales princiers qui alimentent les colonnes des gazettes démocratiques, elle devait compter sur un nombre incalculable d'ennemis à l'intérieur même de la Roumanie. Certains de ces ennemis étaient de qualité, tel Juliu Maniu, le leader du parti paysan qui avait démissionné à son retour et qui disait d'elle en 1934 :

– Tant que cette femme restera en Roumanie, personne ne pourra y accomplir une œuvre durable. Depuis qu'elle se mêle à tort et à travers de la politique, treize cabinets se sont déjà succédé. C'est elle la vraie responsable de tout ce qui ne va pas dans le pays. Et plus elle y restera, plus ça ira mal!

Les manifestes de la « Garde de Fer », dont toute la politique de choc était basée – comme pour l'hitlérisme – sur l'antisémitisme, furent d'une virulence incroyable à son égard. Voici le texte intégral de l'un d'eux :

« *Au feu, avec le loup juif, Lupescu! La corde pour ce vampire qui s'interpose entre le palais et le pays! Il faut détruire cette sorcière rousse qui exerce une telle influence sur notre pauvre roi!* »

Mais Mme Lupescu continuait à très bien se porter, semblant se soucier assez peu de toutes ces attaques... Certes, elle était perpétuellement entourée et protégée par une armée de solides gardes du corps – que l'on appellerait aujourd'hui « des gorilles » – triés sur le volet par son fidèle vassal, le préfet de police Marinescu, qui lui devait son poste. Mais cela n'expliquait quand même pas que personne ne se fût encore directement attaqué à elle, ni qu'elle n'ait pas été victime d'un attentat... Une fois cependant, cela faillit se produire. Un après-midi où elle descendait de voiture pour se rendre à une réception semi-mondaine, un homme caché dans le parc d'une villa voisine tira sur elle. Une balle atteignit son sac à main et une autre la voiture. Magda, qui ne manquait pas de courage et de mépris du danger, se retourna calmement avant de remonter, sans se presser, dans sa voiture qui s'éloigna. A la suite de cet attentat manqué, on a prétendu, chez le petit peuple de Bucarest, que la favorite n'avait même pas besoin d'être escortée de gardes du corps parce qu'elle connaissait un moyen surnaturel de se protéger elle-même. Et sa légende de femme fatale ne fit que s'amplifier...

Le grand art de Carol a été de savoir distiller progressivement la peur parmi les différents groupes de terroristes, qu'ils fussent inspirés par l'extrême droite ou par l'extrême gauche. Le jour où il s'aperçut, par exemple, que son propre frère le prince Nicholas – qu'il n'aimait pas mais en la loyauté duquel il avait cru – était complètement inféodé à la « Garde de Fer », qui avait fait le plan de le mettre sur le trône à sa place, il l'exila aussitôt. Mais comme l'opinion publique, à laquelle il tenait par-dessus tout pour maintenir sa popularité, s'était émue d'un tel geste, il l'expliqua en prétendant que Nicholas avait désobéi à la loi roumaine du mariage en épousant une bourgeoise divorcée, Mme Dumitrescu, au lieu d'épouser une princesse! On croit rêver quand on connaît les propres démêlés que connut Carol lui-même à l'époque de son premier mariage avec Zizi

Lambrino... Mais qui ne sait qu'il n'y a plus puritain qu'un viveur repenti ? Seulement Carol s'est-il jamais repenti ? A l'époque de son geste, antifamilial par excellence et peu fraternel, la présence de Mme Lupescu à ses côtés prouvait plutôt le contraire.

Comme l'avaient successivement fait son père Ferdinand avec Hélène Vacaresco et Carol lui-même avec la belle Magda, Nicholas partit avec sa femme pour Venise ou il acheta l'admirable palais, situé sur le Grand Canal, que la milliardaire américaine Barbara Hutton avait offert à son premier mari, Alexis Mdivani. Décidément, la cité des doges a été appelée à servir de cadre romantique aux amours contrariées des princes de Roumanie...

S'il se conduisit en aventurier, Carol ne peut cependant pas être accusé de n'avoir pas rempli son office de roi. Certains jours il lui arrivait de rester dans son cabinet de travail jusqu'à seize heures d'affilée ! Et il parvint même à imposer dans le palais royal un silence et une discipline inconnus jusqu'à ce jour en pareil lieu. Dès qu'on pénétrait dans le palais aux volets roses, on se rendait compte que l'atmosphère en était non seulement de travail, mais même d'austérité. On y découvrait parfois des règles, imposées par le protocole, qui frisaient le burlesque : dans n'importe quel bureau, ou service du palais, quand un secrétaire, un officier d'ordonnance ou même un simple valet recevait un appel téléphonique du souverain, il devait aussitôt se lever, claquer des talons et se mettre au garde-à-vous avec le récepteur à l'oreille. Au moment où le roi raccrochait, l'interlocuteur devait s'incliner et courber cérémonieusement la tête en direction de l'appareil... Charlie Chaplin a dû entendre parler de cette façon d'agir puisqu'il l'a utilisée dans son film *le Dictateur*, parodiant la vie d'Hitler. Mais, sur le plan de la parade et du décorum, Carol n'avait aucune leçon à recevoir du nouveau maître de l'Allemagne.

Il se préoccupait des plus petits détails qui pouvaient contribuer à accroître ce qu'il croyait être son propre rayonnement dans l'esprit des foules. Ce fut ainsi qu'il lui arriva de faire donner, par l'intermédiaire du ministre des Communications, de sévères instructions dans les bureaux de poste pour que son effigie, imprimée sur les timbres, ne fût jamais masquée par l'encre des tampons !

Interviewé un jour par un envoyé spécial du *New York Times*, il n'hésita pas à faire cette déclaration :

– *J'aime mon métier. Je ne suis pas l'un de ces rois qui ont honte de leur état de roi. Et pourtant, sachez qu'en tant qu'homme, j'aime le côté bourgeois et la tranquillité. Mais un roi doit avoir une double vie : l'une royale, l'autre personnelle, et selon les circonstances, il doit agir très conventionnellement ou très librement. Sauf lors des cérémonies officielles, je fais très peu attention à l'étiquette.*

Sur ce dernier point, il mentait : aucun souverain ne se préoccupa plus que lui de l'étiquette. Quant à « la double vie » qu'il préconisait, il sut la mener en véritable virtuose. Et précisément, à propos de sa vie privée avec Magda Lupescu, il ne craignit pas de dire à un autre journaliste :

– *J'ai le même droit au bonheur que mon laitier !*

Là il se trompait : les rois n'ont que des devoirs et rarement droit aux plaisirs des autres. S'il leur arrive de préférer ces plaisirs à leurs devoirs, ils n'ont plus qu'à abdiquer. Ce qu'on ne leur pardonne jamais, c'est de vouloir rester sur le trône en essayant de concilier les deux.

Jamais non plus un prince régnant n'a fait plus d'efforts pour soigner et entretenir sa propre publicité. A certains moments cette publicité frisa le ridicule. Quelques mois avant de perdre définitivement son trône, il fit publier en France, sous le nom de plume d'un auteur totalement inconnu, un ouvrage où l'on pouvait trouver des phrases dithyrambiques du genre de celle-ci, qui raconte l'une de ses cavalcades dans les rues de la capitale :

« *Enfin le roi Carol, à cheval, apparaît... Il est accompagné par un régiment d'escorte mais chacun peut admirer ce prince, beau comme un dieu descendu de l'Olympe, qui, dans un costume splendide, avec un casque où rayonne le soleil, s'avance, aisé, souriant, bienveillant et bon... C'est vraiment l'instant de la communion entre un souverain et son peuple... Une ovation sans fin le salue... Des corolles semblent tomber de l'azur, tant on jette à ses pieds de pétales de roses. Les hommes et les femmes crient leur amour et leur joie. Jamais l'émotion, dans le monde, ne connaîtra une minute plus pathétique et plus parfaite.* »

Et il y a des pages et des pages, des tonnes même de papier imprimé dans toutes les langues pour la propagande à l'étranger, de cette littérature « royalement inspirée »...

Le seul côté sympathique du caractère de Carol fut l'immense affection qu'il porta à son fils. Pendant toute la durée de son règne, il prit, chaque matin, son deuxième petit déjeuner avec le prince héritier. Le premier – fait de café noir et de galettes – avait déjà été absorbé dans son lit une heure plus tôt... Entre les deux repas, Carol consultait son emploi du temps et établissait son ordre du jour.

Le voïvode Michel devint rapidement un solide garçon, dont le père surveillait les moindres détails de l'éducation. Pendant le breakfast, Carol ne lui parlait qu'en anglais pour le contraindre à se familiariser de plus en plus avec cette langue indispensable.

Au lieu de donner, comme cela se passait le plus souvent dans les familles royales ou princières, des précepteurs à ce fils, Carol décida de créer, dans le palais même, une école où seraient réunis onze enfants roumains qui deviendraient ainsi les condisciples de leur futur roi. Ceux-ci furent choisis intentionnellement dans toutes les classes sociales du pays : ce fut ainsi que l'on trouvait, parmi ces évolier, un fils de commerçant, un fils d'avocat, un fils d'officier, un fils de professeur, un fils de mécanicien de locomotive, même un fils de Saxon allemand et un fils de Hongrois, représentant tous deux les minorités du pays.

Il faut reconnaître qu'ils ont été rares les rois ayant agi ainsi à l'égard du fils qui devait prendre leur succession sur le trône ! Le résultat pratique fut que, très vite, Michel se révéla un homme. La leçon de modestie que son père lui a imposée dès sa petite jeunesse a été salutaire pour lui faire comprendre, au contact quotidien de ces jeunes camarades d'origines aussi diverses, que le maniement des hommes et l'étude de leur comportement sont un art subtil que les rois doivent connaître à fond...

Dans cette école très spéciale du palais, qui ne ressemblait à aucune autre, toutes les matières inscrites au programme des lycées d'État étaient enseignées. Mais Carol y fit ajouter une partie pratique, très importante, réservée aux sports, aux excursions dirigées, aux visites d'usines et à des exercices de préparation militaire qui se déroulaient sur les lieux mêmes où avaient eu lieu les combats les plus acharnés de la Grande Guerre. Tout était expliqué et commenté soit par un professeur, soit par un ingénieur, soit par un officier breveté. Carol fit aussi installer au palais un atelier de mécanique où son fils put s'initier, sous la direction d'ouvriers qualifiés, à tous les secrets des moteurs et des machines. Ce fut certainement dans cet atelier que Michel acquit le goût du « bricolage » manuel qu'il a toujours conservé et qui lui a permis, dans son exil de Versoix, non seulement de démonter et de remonter le moteur de sa voiture, mais aussi de construire – avec l'aide de son épouse Anne – le fameux poste stéréophonique grâce auquel il peut écouter, certains soirs, les nostalgiques mélodies tziganes de son enfance...

Le père attentif que fut Carol II a été l'objet de tant de critiques, aussi bien de son vivant qu'après sa mort, qu'il paraît équitable de lui rendre également justice pour les remarquables efforts qu'il fit dans le but de favoriser l'épanouissement des lettres, des arts et des sciences dans son pays. Il sut se pencher avec sollicitude, presque avec amour et certainement avec une grande intelligence, sur le développement général de la culture intellectuelle en Roumanie. Ne l'oublions pas, comme tous ceux qui sont naturellement épris de grandeur et de beauté, Carol II était artiste, beaucoup plus que Carol Ier et que Ferdinand Ier. Il tenait, sans aucun doute, ce don de la sensibilité de sa mère, la reine Marie. Dans ce domaine au moins, la morgue des Hohenzollern a été balayée en lui par l'élégance innée des Cobourg.

Nous savons déjà que Carol Ier, avant de mourir, avait créé à Bucarest une magnifique fondation culturelle. Mais au lendemain de la sanglante guerre de 1916-1918, son successeur Ferdinand Ier voulut concrétiser la reconnaissance que le pays devait à Jassy, qui fut la ville de toutes les unions. Un prince n'est pas seulement le roi de sa capitale, il est aussi celui de tout le royaume. Et Jassy a joué un rôle primordial dans la construction de la « Grande Roumanie ». Déjà, en 1859, avant la venue au pouvoir de Carol Ier, quand les deux principautés de Moldavie et de Valachie résolurent de s'unir sous un seul prince régnant, ce fut à Jassy que la décision fut prise.

Mais cette ville, éloignée des grandes voies de communication qui traversent l'Europe centrale en direction du Moyen-Orient et du Bosphore, trop rapprochée aussi de la dangereuse frontière russe, ne put retrouver son importance que quand le gouvernement du roi Ferdinand vint s'y réfugier pour poursuivre la lutte désespérée contre l'envahisseur austro-allemand, qui avait réussi à occuper les deux tiers du territoire et la capitale officielle, Bucarest.

Ce fut pourquoi Ferdinand Ier décida de créer à Jassy la Fondation royale Ferdinand Ier dont l'acte de constitution fut ainsi libellé :

« *A l'occasion du soixante-sixième anniversaire de Sa Majesté le roi Ferdinand, est créé un Institut culturel civil et militaire, personne juridique de droit public, portant le nom de* FONDATION ROYALE FERDINAND IER, *qui sera administré conformément à un statut à établir. La moitié de la somme dont l'Institut sera doté servira par parts égales à l'encouragement et à l'éducation culturelle de la jeunesse, ainsi qu'aux recherches consacrées à la Roumanie, dans le domaine des sciences physiques et naturelles; la seconde moitié alimentera des secours culturels aux familles des militaires défunts ou invalides.* »

Mais comme Ferdinand Ier est mort un an après la création de cette Institution et que la régence, qui lui succéda, se montra incapable d'en mener à bien la réalisation, ce fut Carol II qui prit à cœur d'exécuter fidèlement le programme établi par son père. Il ne ménagea ni ses efforts ni ses propres deniers pour le succès de l'entreprise.

Dès que Jassy eut enfin « sa » fondation, Carol II estima que Cluj, la première ville qui l'avait accueilli triomphalement quand il avait atterri sur son aérodrome militaire dans l'appareil du capitaine Cristesco, devait aussi être à l'honneur, sinon on pourrait l'accuser de favoriser la Moldavie aux dépens de la Transylvanie...

Aussi y créa-t-il, dès l'année qui suivit son retour, en 1931, une troisième fondation. Aujourd'hui encore, quand les Transylvains montrent aux étrangers cet Institut de haut enseignement, ils sont remplis de fierté et d'orgueil... Pendant des siècles, ils n'avaient pas possédé une seule grande école et il leur avait fallu un rude entêtement pour maintenir, malgré les invasions, leur civilisation latine à l'abri de l'influence orientale qui essaya maintes fois de les submerger. En agissant ainsi, Carol se conduisit en très grand roi : il prouvait qu'il n'ignorait pas que la soumission absolue de la Transylvanie aux idées latines avait été l'une des principales causes qui provoquèrent l'attitude nettement nationaliste de la politique roumaine, qui avait fini par aboutir à l'union de tous les Roumains.

Il n'est pas possible de clore ces lignes, consacrées à l'appui très sûr et à l'intérêt constant que Carol II a toujours porté aux choses et aux réalisations de l'esprit, sans rappeler, à tous ceux qui ont parlé ou qui parleront encore de lui dans leurs écrits, qu'il a également créé en 1933, à Bucarest, la Fondation Carol II, principalement destinée à soutenir la littérature et les beaux-arts. Pour peu que l'on veuille bien prendre la peine de lire le discours qu'il prononça en 1936 en français, au cours de la « Journée du Livre » organisée dans la capitale, on reste étonné, et même agréablement surpris, de la justesse de vue dont il a su faire preuve à l'égard des écrivains :

– *Le livre,* a-t-il dit notamment, *est cet admirable moteur de vie, ce guide sûr vers les réalisations qui, de l'enfance jusqu'à la vieillesse, est l'incomparable ami de l'homme. Depuis le petit enfant, qui ne fait que le parcourir, en déchirant bien souvent les feuillets et en ne s'intéressant qu'aux images, en passant par l'adolescent, qui s'enivre au rythme de la poésie, jusqu'à l'adulte qui lit pour réconforter son âme, nous retrouvons le cours de toute la vie...*

Puis, passant aux déclarations pratiques, il ajouta :

– *Aujourd'hui commence l'activité de cette Fondation Carol II sur laquelle les écrivains roumains pourront compter puisqu'ils y trouveront à tout instant un appui. Et je désire que tout le monde sache que je serai toujours présent, en pensée, à cette Fondation. Nous avons tous le devoir de diffuser le livre. Je puis vous annoncer que la Fondation Carol II organisera la publication de deux collections de grande vulgarisation destinées à répandre dans toutes les classes de la population, et à des prix abordables, les connaissances dont elle a besoin. J'ai nommé intentionnellement la première de ces collections « Énergie » : les livres qui y paraîtront mettront à la portée, non seulement de la jeunesse, mais aussi des adultes, la glorification du travail, de l'énergie et de la persévérance. La seconde sera la « Collection encyclopédique » qui mettra à la portée de tous un faisceau de connaissances indispensables.*

Si Carol II avait agi, dans toutes les branches de son activité royale, avec autant de discernement et surtout avec autant de loyauté que dans le domaine culturel, il n'aurait eu droit qu'à des éloges... Et s'il fut un souverain qui ne se montra nullement paresseux, ce fut lui ! Son activité étonnait son entourage qui se demandait comment il pouvait s'occuper personnellement de tant de problèmes différents à la fois. Sa puissance de travail, alliée à une réelle facilité d'assimilation immédiate, lui permettait d'avoir des journées bien remplies.

Levé tôt, il tenait à voir lui-même tous les documents importants, et les audiences qu'il accordait se succédaient selon une ordonnance très stricte. Aussi surprenant que cela puisse paraître quand on connaît son attirance pour le doux sexe, il ne reçut jamais une femme au palais pendant ses heures de travail ! De méchantes langues prétendaient que c'était Mme Lupescu qui avait inspiré cette règle...

Comme il s'est trouvé mieux placé que quiconque pour apprendre, à ses propres dépens, pendant son orageuse jeunesse, toute la sournoiserie de la politique roumaine, il a opté – dès son accession au trône – pour une ligne de conduite formelle : ne faire confiance à personne ! Tous ses ministres et tous les chefs de l'armée furent perpétuellement espionnés par un réseau d'agents secrets qui était considéré comme étant le plus raffiné, et le plus dangereux, de toute l'Europe centrale. Même sa tendre égérie, la troublante « Bibi », se trouva plusieurs fois sous surveillance quand son amant nourrissait quelques doutes, sinon à l'égard de sa fidélité, du moins sur sa loyauté. Tout le monde, sans exception, était épié. Les prisons regorgeaient de prisonniers politiques, mais ceci n'était pas nouveau dans les Balkans et n'a fait qu'augmenter encore en Roumanie depuis que la monarchie y a été abolie. Et malgré ce régime de police à outrance, Carol II se prit pour un très grand monarque. Un jour où il venait de donner l'ordre qu'on libérât un prisonnier, à la suite d'une requête présentée par une jolie femme, il dit avec le plus grand sérieux à l'un de ses conseillers :

– Je me sens tout à fait comme Saint Louis rendant la justice sous son arbre...

Ce que l'on a pu dire sur Carol, dont l'aventure avec Mme Lupescu a fait passer à l'arrière-plan les autres activités de sa vie privée, c'est qu'il fut un passionné et même un excellent technicien de l'agriculture. Et bien qu'il n'eût jamais eu l'aplomb, comme Mussolini, de se faire photographier au volant d'un tracteur, il était beaucoup plus expert que le « Duce ». Et comme sa tendre amie avait réussi à lui inculquer les lois du commerce, il ouvrit à Bucarest – et peut-être est-ce là le comble pour un souverain ! – une épicerie-boucherie-charcuterie-laiterie où il n'avait aucune honte à vendre les produits de la ferme privée qu'il dirigeait lui-même ! Il va sans dire qu'une telle exploitation lui aliéna pour toujours l'amitié des commerçants de l'alimentation.

Pour répondre à leurs attaques, Carol ne craignit pas d'affirmer qu'il n'agissait ainsi que pour contraindre les intermédiaires et les boutiquiers à baisser leurs prix. Après tout, il a fait là œuvre de précurseur, créant la boutique témoin que les ministres de la Ve République française se feront, plus d'un demi-siècle plus tard, un devoir d'encourager...

Si Ferdinand fut un passionné de botanique, son fils connut admirablement la terre et eut une bonne psychologie du paysan roumain. En parcourant les hameaux et les villages de son État, il avait remarqué que les principes d'hygiène les plus élémentaires y étaient complètement ignorés. Aussi décida-t-il d'utiliser les élèves de la fondation qui portait son nom pour créer des « équipes d'étudiants » destinées à collaborer au relèvement sanitaire, moral, intellectuel et économique des campagnes.

Ces équipes, qui n'étaient que 12 en 1934, montèrent à 47 en 1936, puis à 154 et enfin à 479 quinze mois plus tard. Désormais tous les diplômés d'Écoles supérieures et de Facultés devaient, pendant une durée de six mois, faire partie d'une équipe sociale. Des écoles d'un nouveau genre furent également créées pour l'instruction et l'éducation des paysans adultes : chaque village eut droit à un foyer culturel. Ferdinand Ier avait sauvé la Roumanie, au lendemain de 1918, par sa fameuse réforme agraire qui imposa le partage des terres. Carol II voulut apprendre aux paysans, devenus propriétaires, à exploiter ces terres d'une façon rationnelle ; l'effort entrepris par le père fut magnifiquement poursuivi par le fils qui aimait contrôler lui-même les résultats obtenus, continuant à ne se fier ni à ses subalternes ni aux rapports qu'ils rédigeaient. Affectionnant les visites-surprises dans n'importe quelle région du royaume, il conduisait lui-même sa petite Ford – cette voiture qu'il utilisait aussi pour aller dîner chez « Bibi » Lupescu – en se faisant seulement accompagner d'un aide de camp. Et il surgissait toujours quand on l'attendait le moins : méthode qui était déjà chère à son père Ferdinand. Enfin quand il lui arrivait d'aller chasser, préférant le gros gibier qui abonde dans les Carpates, il partait dans la seule compagnie de son fils sous le pseudonyme de comte Verancea...

Mais il ne partait pas toujours avec Michel, ni avec Magda Lupescu, ni même avec un aide de camp... Il chassait dans tous les domaines. Et, si extraordinaire que cela puisse paraître, ses innombrables escapades contribuaient à encore augmenter l'affection que lui portaient ses sujets. La Roumanie, située au carrefour des Balkans, est avant tout un pays tzigane où règnent les femmes, le vin et l'amour... Les Roumains n'étaient nullement offensés, ils étaient même plutôt flattés, d'avoir un roi qui avait du tempérament... Le petit peuple l'avait surnommé le « Parisien des Balkans » : sous-entendu assez flatteur pour les Balkans, mais pas tellement pour Paris !

Si Bucarest, qui était une ville un peu pourrie comme toutes les capitales de vieille civilisation, a fini, sinon par s'habituer, du moins par tolérer la présence de Magda Lupescu, les paysans – toujours plus religieux et ayant des principes plus rigoureux que les habitants des villes – n'auraient pas été tellement choqués par la liaison de leur roi si la favorite avait bien voulu rester tout à fait tranquille et ne pas se mêler de la politique du pays ! Cette femme faisant de la politique exaspérait un peuple qui, soixante années plus tôt, était encore sous la domination des Turcs, possesseurs de harems et grands maîtres de l'obéissance féminine. Et comme Lupescu était « juive », la haine se décuplait. Aussi ne fallut-il pas moins de huit années pour que Carol parvînt à donner à son peuple l'illusion qu'il n'avait jamais été dans ses intentions de donner à sa maîtresse le moindre rôle officiel. Mais, en réalité, ce ne fut vraiment qu'une illusion.

Les efforts méritoires de Carol pour rénover et surtout pour intensifier l'agriculture roumaine finirent par porter leurs fruits. Les récoltes de 1936 et 1937 furent particulièrement bonnes. Et il n'y eut pas que l'agriculture à prospérer : la production de pétrole brut – ce fameux pétrole roumain pour lequel tant de nations voisines, et plus spécialement l'Allemagne, avaient des yeux de convoitise – atteignit en 1936 son chiffre record : 8 703 497 tonnes. Enfin l'industrie textile et la grosse métallurgie étaient aussi en plein développement.

En faisant appel à des techniciens et à des capitaux tchèques, de grandes usines d'armement, qui avaient manqué jusqu'alors au pays, furent créées. Depuis 1934 la balance du commerce extérieur fit apparaître un large solde actif : les exportations furent de 50 % supérieures aux importations. Les budgets ordinaires de 1935-1936 et 1936-1937 se soldèrent par des excédents de recettes.

Ce qui permit de bien payer les fonctionnaires qui se montrèrent satisfaits. La Banque Nationale – équivalente à notre Banque de France – ouvrit de larges crédits aux entreprises privées. Sous le règne de ce Carol, que tout le monde a critiqué après son départ et dont la popularité a décliné très vite, le pays a quand même retrouvé une certaine douceur de vivre : c'était l'euphorie, presque la pléthore... Le premier et le plus grand bénéficiaire de cette prospérité retrouvée fut le roi lui-même qui profita d'avoir des devises en excédent pour transférer à son nom, dans de solides banques étrangères, des centaines de millions de *lei*. Il pensait de plus en plus à assurer définitivement son avenir financier, et sa maîtresse surveillait de très près tous les transferts. Mais cette exportation massive de capitaux n'empêcha pas Carol de devenir également l'un des plus gros capitalistes à l'intérieur même du pays. Il est d'ailleurs assez curieux de constater qu'en règle générale les rois de cette dernière époque dorée, qui précéda la Seconde Guerre mondiale, se révélèrent tous de remarquables hommes d'affaires... Sans parler de la fortune de la couronne d'Angleterre qui a toujours été bien gérée, celle de la couronne de Hollande a centuplé sous l'habile gestion du prince Bernhard de Lippe et celle des rois d'Italie a continué à très bien se porter... Il n'y avait donc aucune raison pour qu'il n'en fût pas de même avec la fortune des Hohenzollern-Sigmaringen qui avaient la chance de régner sur un pays dont les richesses du sol et du sous-sol étaient pratiquement inépuisables.

Carol, toujours conseillé par sa fée rousse, finit par imposer aux sociétés de son royaume l'excellente habitude de lui offrir gracieusement un copieux paquet d'actions chaque fois que l'une de ces sociétés procédait à une augmentation de capital.

Son principal complice « en affaires » fut Malaxa qui avait pris, dans sa vie de prince régnant, la place qu'occupait le banquier Jonesco quand il n'était encore que prince exilé. Le roi arriva à posséder exactement un tiers du capital de toutes les sociétés dirigées par Malaxa qui construisaient des locomotives, des wagons et des tubes d'acier servant de pipe-lines pour l'industrie pétrolière. En remerciement du cadeau de ce tiers, Carol fermait les yeux sur les marchés passés au détriment de l'État. Qu'importait après tout que le pays subît de lourdes différences puisque lui, Carol, s'enrichissait : « Moi d'abord »... Ce fut ainsi que les tubes fabriqués par les usines Malaxa coûtèrent 40 % plus cher que ceux qui étaient importés jusqu'alors. Un rapport très précis, mais non divulgué dans le public, de la Banque Nationale a prouvé qu'une commande d'armements, dont le prix de revient était de 182 millions de *lei* avait été facturée à l'État pour 1 600 millions ! Et toutes les affaires où le roi avait des intérêts étaient gérées selon les mêmes méthodes dont le moins qu'on puisse dire est qu'elles frisaient la super-escroquerie.

L'un des coups les plus habiles de Carol fut l'entière mainmise, sans qu'il eût à décaisser un *leu*, sur le plus important groupe de sucreries du pays dont il devint à une vitesse record l'unique propriétaire... Ayant appris que le groupe roumain qui possédait les trois sucreries de Bucovine se trouvait dans l'obligation de régler sans délai des dettes importantes contractées auprès d'un établissement de crédit autrichien, il fit savoir par voie détournée aux propriétaires des sucreries que la Banque Nationale ne leur céderait pas de devises pour régler l'opération de remboursement à la Banque de Vienne. Mais comme lui, le roi, pouvait obtenir des devises à volonté, il fit racheter à bas prix pour son compte les trois sucreries en se faisant avancer les fonds nécessaires pour cet achat par le Crédit Industriel qui n'était, en réalité, qu'une émanation de la Banque Nationale. Les bénéfices de la première année d'exploitation lui permirent de rembourser le Crédit Industriel et le tour fut joué : il était le patron.

Toutes les « opérations financières » de Carol furent fructueuses pour lui et désastreuses pour son pays qui était encore assez prospère à cette époque pour ne pas être ruiné trop vite. Quand la ruine viendra, il y aura longtemps que Carol aura franchi la frontière pour se mettre à l'abri...

Le 18 juillet 1938 fut pour le pays une journée de deuil national : la reine mère Marie venait de mourir. Elle avait donc survécu onze années à son époux Ferdinand. On la savait condamnée depuis plus de deux ans mais elle-même ignorait presque jusqu'à la fin la gravité de son mal et sut conserver son extraordinaire énergie.

Le 17 février elle était partie pour Merano mais, son état empirant, elle avait dû entrer dans une clinique de Dresde pour s'y faire soigner. Se sentant perdue cette fois, elle exigea d'être ramenée en Roumanie, son pays, le seul endroit où elle pouvait mourir.

Le voyage de retour en automobile fut pour elle un véritable calvaire et pour ceux qui l'accompagnèrent – dame d'honneur, infirmière et chauffeur – une prodigieuse leçon de courage surhumain. Il fallut interrompre le voyage à Cernautsi par crainte de voir la vieille souveraine expirer avant son arrivée à Sinaia. Et il semble bien – mais la discrétion de sa petite escorte ne le révéla jamais – qu'elle mourut au cours de la dernière étape en voiture et que ce fut une reine morte qui entra pour la dernière fois dans ce palais de Sinaia qu'elle avait tant aimé et où elle avait tellement brillé. La nouvelle de sa mort fut annoncée une heure à peine après que son corps eut retrouvé sa chambre de Sinaia.

La Roumanie fut frappée d'une stupeur douloureuse : la vieille reine était, de loin, celle que le pays aimait le plus parmi tous les membres de la famille royale. On oubliait ses folies et les fautes que son ambition lui avait fait commettre. Même dans les dernières années de sa vie, chaque fois qu'elle s'était montrée en public, la foule – qui ne se trompe pas tellement sur la véritable qualité de ceux qu'elle acclame – lui avait réservé de folles ovations. Il n'en était, hélas! plus ainsi pour son fils Carol! La reine Marie symbolisait le courage et la résistance de la Roumanie pendant les tragiques épreuves de la guerre 1916-1918 : elle était restée et restera toujours, dans l'âme populaire, la « grande reine de la guerre ».

C'était une femme fantastique qui disparaissait : l'un de ces « monstres sacrés » d'une couronne, que l'on pouvait comparer, toutes proportions gardées, étant donné l'importance du pays sur l'échiquier de la politique mondiale – à une Élisabeth d'Autriche, à une Catherine de Russie et même à sa propre grand-mère, l'illustre reine Victoria. Quand elle mourut, chaque Roumain ressentit l'étrange impression que la flamme et la spiritualité mystique du pays s'étaient éteintes avec elle. Marie de Roumanie fut la grande âme du pays.

On a dit que c'était son favori, le beau prince Stirbey, qui lui aurait suggéré de donner à la couronne roumaine une puissance telle qu'aucun pays d'Europe centrale n'aurait pu rivaliser avec elle. Il faut reconnaître que Marie ne manqua pas d'ambitions pour ses cinq enfants vivants...

L'aîné des garçons, Carol, était destiné tout naturellement à être l'héritier du trône. Aussi sa mère caressa-t-elle pour lui, peu de temps avant qu'il n'eût avec Zizi Lambrino la fâcheuse aventure qui contrecarra la volonté maternelle, le projet de le marier avec la princesse Olga, fille aînée du tsar. Une rencontre fut donc prévue, d'un commun accord entre les deux cours, sur un yacht en mer Noire. Mais au lieu de s'intéresser à Olga, le jeune Carol, prouvant en cela qu'il n'aimait pas qu'on lui imposât telle ou telle femme et qu'il préférait choisir lui-même, passa tout le temps de l'entrevue à faire une cour effrénée à la plus jeune sœur d'Olga, la princesse Tatiana. Furieux, le tsar interrompit brutalement la réception donnée sur le yacht en confiant à l'un de ses ministres :

– La Roumanie ! Ne prononcez plus jamais le nom de ce pays devant moi ! Ce n'est ni un État ni une nation, mais une profession !

Finalement la reine mère obligea Carol à épouser la princesse Hélène de Grèce, qu'elle détestait cependant... La raison d'État ne doit-elle pas, chez une reine, toujours passer avant la raison du cœur ?

La fille aînée, Élisabeth, fut mariée en 1921 au prince Georges de Grèce. Elle faillit être reine de Grèce, mais une révolution survint qui fit tomber provisoirement la monarchie dans ce pays. Quand Georges devint enfin roi de Grèce, il était divorcé d'Élisabeth...

La reine Marie réussit à marier l'année suivante sa deuxième fille, Maria, avec le roi Alexandre Ier de Yougoslavie. Si le prince Nicholas fit un mariage morganatique, qui déplut souverainement à sa mère – et pourtant Nicholas fut de loin son fils préféré! – en revanche, la troisième et dernière de ses filles, celle qu'elle chérissait plus que ses autres enfants réunis, la princesse Ileana, d'abord fiancée au prince de Hohberg, épousa finalement en 1931 l'archiduc Antoine de Habsbourg. C'était pour la reine mère une sorte d'apothéose. Elle devenait pratiquement « la belle-mère de toute l'Europe centrale ».

Malheureusement aucune de ces unions forcées ne fut heureuse, à l'exception de celle de la reine de Yougoslavie, dont l'époux fut cependant tragiquement assassiné à Marseille ainsi que le grand ministre Louis Barthou qui était venu l'accueillir à son arrivée pour une visite officielle à la France.

N'ayant pas fait elle-même un mariage d'inclination, puisqu'on l'avait contrainte à épouser Ferdinand Ier, la reine Marie a toujours pensé que l'amour devait être banni des unions destinées à assurer la succession d'un trône ou la pérennité d'une dynastie. Si elle se montra sans pitié pour les mariages officiels de ses enfants, elle sut néanmoins admettre qu'ils eussent des liaisons... Et, si incroyable que cela puisse paraître, elle préféra toujours secrètement la favorite Lupescu à la princesse Hélène. Il est vrai qu'à l'époque où Carol rencontra la belle Magda, sa mère avait, depuis longtemps, trouvé quelques consolations affectives auprès du beau Stirbey... A chacun « sa favorite », à chacune « son favori »... Et comme le roi Ferdinand vivait encore à l'époque de cette liaison à peine cachée par son épouse, on peut dire que la naissance de la dernière fille, Ileana, fut des plus mystérieuses : on appelait, en secret, cette charmante enfant « Mlle Stirbey »...

Mais comment pourrait-on reprocher à la grande reine d'avoir fait preuve de certaines faiblesses à l'égard d'un homme – qui lui fut tout dévoué et qui sut se montrer jusqu'au bout l'un des plus fidèles serviteurs de la couronne de Roumanie, comme nous le verrons au moment du deuxième règne de Michel – quand on sait qu'elle fut très malheureuse, malgré ses apparences de femme à laquelle la vie semblait n'avoir rien refusé.

A dix-sept ans on l'avait mariée à un prince qui n'avait rien, mais absolument rien de l'époux brillant qui aurait convenu à une princesse comme elle. Certes, si Ferdinand sut se montrer aussi « loyal » à son égard qu'envers son peuple, il tint plutôt lieu de repoussoir physique dans les apparitions publiques du couple royal. Mais ceci ne doit pas être pris dans un sens péjoratif : Ferdinand fut un très grand roi, le plus grand qu'ait connu la Roumanie, pour ses qualités morales. Malheureusement son apparence extérieure était désastreuse. Et sa compagne qui le dominait de sa haute taille – éprise de tout ce qui était beau, et spécialement de la beauté ou de l'allure mâle – en souffrit cruellement. Un autre drame fut pour elle de voir s'écouler les plus belles années de sa jeunesse à l'ombre de la cour ennuyeuse de « l'oncle » Carol Ier et d'être contrainte de subir, sans avoir le droit de se révolter, l'autorité malveillante de l'épouse de Carol Ier, la reine Élisabeth, qui jouait à l'égard de sa nièce le rôle de fausse belle-mère... Cette Élisabeth qui, sous son pseudonyme de Carmen Sylva avait voué une haine mortelle à la princesse Marie qui avait osé – crime de lèse-majesté – se commettre, elle aussi, à écrire des œuvres poétiques ! La rivalité d'auteurs est la pire de toutes : elle connaît des raffinements de sournoiserie qu'ignorent même les plus ambitieuses des princesses.

Marie, qui, dès sa majorité, avait toutes les qualités qui font une reine, ne put monter sur le trône qu'à l'âge de quarante ans, et dans quelles conditions ! L'Europe était déjà à feu et à sang, obligeant la Roumanie à entrer, elle aussi, dans la fournaise deux années plus tard. Puis ce fut la défaite et la retraite héroïque dans le réduit de Jassy. A peine la victoire de 1918 fut-elle arrivée qu'il fallut payer les frais de la guerre ruineuse et faire face à d'affolantes difficultés économiques. Au moment où celles-ci commençaient enfin à s'aplanir, le roi Ferdinand mourait et son épouse se voyait reléguée au second plan par une régence où ne se trouvaient que des personnages assez médiocres, qu'elle essaya vainement de supplanter. Ce fut l'époque où, exaspérée de ne plus avoir la moindre influence politique, elle commença à se lancer dans des aventures publicitaires qui lui firent du tort et ne rehaussèrent guère le prestige de la dynastie.

Évincée par Carol, dès que celui-ci prit le pouvoir, une nouvelle fois – comme à l'époque où elle n'était encore que l'épouse d'un prince héritier – sa vie va s'écouler, inutile, parmi ses collections de porcelaine de Copenhague ou dans ses jardins de Baltchik. Mais ni les porcelaines, aussi belles soient-elles, ni les jardins les plus fournis ne pouvaient satisfaire les appétits et les ambitions d'une princesse née qui avait toujours rêvé de faire de la Roumanie le plus vaste empire d'Europe centrale et de voir cet empire à ses pieds...

Les échecs des différents mariages de ses enfants n'avaient pas été pour atténuer sa tristesse. Dans l'émouvante proclamation adressée « à son pays et à son peuple », qu'elle avait exigée que l'on joignît à son testament et qui ne fut rendue publique qu'après sa mort, elle exprimait sa grande amertume, disant même : *Il fut un temps où vous m'avez reniée!* Elle faisait allusion à l'époque, honnie par elle, de la régence.

Ses funérailles solennelles furent célébrées six jours après son décès, le 24 juillet, en présence d'une foule immense. Toute la capitale, selon le désir formel exprimé dans le testament de la défunte, était pavoisée de fleurs et de tentures mauves.

– Je ne veux pas que mon départ soit teinté de la tristesse lugubre du noir; le mauve sera déjà bien suffisant...

Ces fleurs innombrables durent constituer pour le dernier voyage de la reine Marie le décor final dont elle avait toujours rêvé... Si son mari s'était montré un passionné de botanique et de plantes, elle avait chéri plus que tout le monde les coloris des fleurs.

– Elles sont ma dernière et unique consolation dans ma solitude, avait-elle coutume de dire.

Alors qu'elle était déjà très malade à Merano, elle reçut, dans la chambre où elle était allongée, des mains d'une petite fille les premiers lis du dernier printemps de sa vie. Pouvant à peine parler, elle pressa contre son visage les fleurs dont la fraîcheur fit passer dans son regard un éclair, comme si d'innombrables visions de beauté et d'apaisement s'éveillaient dans ses souvenirs.

Les six chevaux blancs, attelés à la prolonge d'artillerie portant son cercueil recouvert du drapeau national, furent le suprême hommage qui n'est réservé, dans tous les pays du monde, qu'aux souverains, aux chefs d'État, aux grands capitaines, aux poètes nationaux ou aux héros. La reine Marie avait été un peu tout cela : grande reine, conductrice de foules, femme de lettres, héroïne de guerre. La prolonge d'artillerie était suivie par le régiment de cavalerie qu'elle avait commandé pendant la guerre et dont elle était toujours restée « colonelle d'honneur ». N'était-ce pas également juste de faire escorter par des cavaliers celle qui avait écrit :

« *En selle, je me sentais délivrée de toute chaîne. Je ne faisais qu'un avec le sol que foulaient les sabots de mon cheval, avec les arbres, l'espace, les champs, les moissons... C'est à cheval que j'ai appris à aimer la terre roumaine, que j'ai senti battre son cœur... Je pouvais sans entrave atteindre ses beautés, ses aspects divers, apprendre à les connaître d'abord avec mes yeux et plus tard avec mon âme, à toute heure, par tous les temps, au soleil comme au clair de lune, malgré le vent, la pluie, la poussière ou la neige. A travers ses grandes plaines et ses montagnes sauvages, j'ai pris possession de mon pays d'adoption. C'est quand j'étais à cheval que la Roumanie venait à moi pour me permettre de la découvrir...* »

Le roi Carol conduisait le deuil, marchant immédiatement derrière la prolonge d'artillerie et ayant à sa droite, mais un peu en arrière, le prince héritier Michel. Puis venaient les représentants envoyés par tous les pays qui avaient connu et aimé la reine Marie, dont la disparition fut considérée comme étant une perte dépassant de loin les frontières de la Roumanie.

Le duc de Kent, le régent de Yougoslavie, le duc d'Albe pour le général Franco, le prince Cyril de Bulgarie, Rustu Aras au nom du gouvernement turc, le général Mittelhauser et une importante délégation d'officiers ayant combattu en 1916-1918, sur le front roumain, représentant la France, beaucoup d'autres accompagnèrent la reine jusqu'à sa dernière demeure. Tous les pays avaient voulu participer au grand deuil, tous à l'exception d'un, cependant, dont l'absence de représentants – même son ministre plénipotentiaire accrédité auprès du gouvernement roumain ne s'était pas déplacé! – fut vivement remarquée : la Hongrie... Le pays des Magyars ne pardonnait pas à la reine Marie d'avoir obtenu, après la victoire de 1918, que les minorités hongroises des territoires frontaliers situés entre la Hongrie et la Roumanie aient été rattachées à ce dernier pays.

Parmi les membres de la famille royale, il en fut un qui suivit le cortège à titre civil et sans porter le moindre uniforme : M. Brana... Sous ce pseudonyme parfaitement banal se cachait le prince Nicholas, autorisé par son frère Carol à revenir, pour quarante-huit heures seulement, de son exil à seule fin d'assister aux obsèques de sa mère. Il est vrai qu'en 1937 – ne faisant en cela qu'imiter son aîné qui, ensuite, n'avait eu aucun scrupule à revenir sur sa parole – le prince Nicholas avait renoncé à ses droits à la suite du mariage morganatique qu'il avait contracté avec une roturière, elle-même divorcée d'un M. Saveanu. Le nom de Brana lui avait été inspiré par le nom du château de Bran, dans les Carpates, qui appartenait à la reine Marie et où l'amoureuse de la Beauté avait réussi à faire pousser et à acclimater de merveilleuses fleurs...

On se demande quand même avec stupeur comment le roi Carol osa donner à tous les journaux qui relatèrent la cérémonie funèbre l'ordre de ne citer la présence de son frère Nicholas que par cette phrase ambiguë, *le deuxième fils de la reine Marie* et interdire que, dans le programme donnant l'ordonnance du convoi et qui fut remis aux invités, le prince Nicholas fût appelé autrement que « Monsieur Brana ». La noble reine Marie, qui n'avait pas approuvé le mariage de son second fils mais qui avait conservé jusqu'à sa mort une tendresse toute particulière pour lui, n'a jamais dû pardonner à Carol d'avoir fait preuve d'une telle mesquinerie à l'égard de son cadet. Il y a des moments, même dans la vie des rois, où il faut savoir faire preuve de magnanimité et de clémence et où l'inimitié de deux frères doit cesser : la mort d'une mère est l'un de ces moments-là.

La politique étrangère de Carol fut aussi imprécise que sa politique intérieure : si le principe de la douche écossaise, qui lui permettait de casser ses propres ministères les uns après les autres et de dresser les classes de la société les unes contre les autres pour se maintenir au pouvoir lui réussit relativement bien en Roumanie même, il n'en fut pas ainsi quand il eut affaire aux pays étrangers. Si les gouvernements nazi de Berlin et fasciste de Rome le regardaient agir avec une certaine sympathie, cela ne voulait pas dire qu'ils approuvaient son hostilité à l'égard de la « Garde de Fer ».

Quant à l'U.R.S.S., suivant en cela l'éternelle politique des tsars, elle s'affirmait de plus en plus l'ennemie déclarée de sa voisine roumaine. Le jour où Carol confia le pouvoir – pouvoir assez fantoche, il faut le dire, puisqu'en réalité c'était lui seul, conseillé par sa maîtresse, qui tirait toutes les ficelles – à Goga, un national-chrétien, le ministre plénipotentiaire de l'Union soviétique à Bucarest fut rappelé immédiatement à Moscou. Un simple secrétaire resta à la légation pour « expédier les affaires courantes ».

Presque simultanément commencèrent, à la radio russe de Kiev, les appels à la révolte adressés aux Bessarabiens où il leur était dit que le gouvernement de l'U.R.S.S. n'avait jamais reconnu la frontière du Dniestr et que les puissantes armées soviétiques envahiraient la Bessarabie le jour même où les « chemises vertes » de la « Garde de Fer » prendraient le pouvoir à Bucarest.

Paris et Londres s'inquiétèrent et adressèrent en janvier 1938, par l'intermédiaire de leurs ambassadeurs respectifs, une note très énergique au gouvernement roumain pour lui rappeler les engagements pris par lui en décembre 1919, au temps de Ferdinand Ier, concernant le régime des minorités. Quand le ministre des Affaires étrangères de Roumanie arriva à Genève pour assister au conseil de la Société des Nations, il y reçut – de la part des autres membres – un accueil des plus réservés. Tous savaient que, huit jours plus tôt, un ministre de Carol n'avait pas craint de dire dans une interview accordée au journal fasciste italien *Il Giornale d'Italia* :

– La Société des Nations est avant tout une société de juifs constituée pour dominer les nations. Je la tiens pour un mort qui n'aurait pas de sépulture.

Car, malgré les conseils de prudence donnés par sa maîtresse, Carol commence à s'en prendre aux minorités juives. Et c'est là de sa part une erreur fondamentale qui contribuera à préparer sa chute.

Le 10 février 1938, excédé de tous ses ministres successifs, il liquide Goga et confie la présidence du Conseil au patriarche Miron Cristea...

Voici donc revenu l'homme d'Église, qui avait déjà appartenu au pitoyable gouvernement de la régence ! C'était assez inquiétant ! Quand il était au pouvoir il n'avait rien fait de bon et s'était montré d'une telle faiblesse que le retour de Carol en avait été grandement facilité. Mais, en réalité, Carol agissait à bon escient : en confiant le poste suprême au patriarche, c'était lui, le roi, qui devenait en fait son propre Premier ministre ! Pratiquement la dictature royale était instaurée. En renforçant le pouvoir central, c'est-à-dire le sien, Carol crut mieux faire face aux graves dangers qui menaçaient le pays.

Il suffit de regarder une carte de l'Europe pour constater qu'une fois de plus la Roumanie se trouvait prise dans un étau entre le Reich, dont la puissance était devenue considérable sous l'impulsion d'Hitler, et l'Union soviétique. Ces deux colosses n'avaient alors qu'une idée-force en tête : annuler le statut européen établi par la paix de 1919. Ce qui ramènerait automatiquement la Roumanie à ses frontières d'avant-guerre : il n'y aurait plus de « Grande Roumanie ».

Et le malheur voulut que les puissances occidentales – la France et l'Angleterre – sur l'appui desquelles la Roumanie aurait dû normalement compter, en fonction des anciennes alliances, pour conserver l'intégrité de son territoire, semblaient être dans l'incapacité d'intervenir efficacement, n'ayant même pas les moyens suffisants de se défendre elles-mêmes !

Pour toutes ces raisons les Roumains acceptèrent à contrecœur la dictature qui leur fut imposée par leur roi. Mais ils eurent tort d'oublier qu'une dictature ne vaut que par la valeur de celui qui l'exerce.

L'une des toutes premières mesures prises par le « Gouvernement » du patriarche fut de réviser le statut des juifs. L'opération porta sur plus de 300 000 personnes ; on commença par éliminer progressivement les israélites du barreau, qui en comptait un fort pourcentage.

La presse fut jugulée par une censure très sévère : Carol lança même un quotidien officiel, *Romania*, dont le prix de vente était d'un tiers moins cher que celui des journaux indépendants qui se trouvèrent très vite en faillite. Tous les fonctionnaires durent obligatoirement s'abonner à *Romania*, dont la publicité fut fournie par les établissements d'État ainsi que par les entreprises privées qui cherchaient à se faire bien voir du pouvoir.

Puis survint, le 12 mars 1938, l'Anschluss ; la situation mondiale empirait. Après avoir réglé le sort de l'Autriche, Hitler s'était occupé de celui de la Tchécoslovaquie. A quand le tour de la Roumanie ? La folle illusion que le pays pourrait rester neutre s'évanouit... Depuis que le problème des minorités sudètes avait été imposé à l'opinion mondiale par Hitler, l'agitation augmentait parmi les Allemands de Transylvanie.

Enfin tout le monde, en Roumanie, sentait et savait plus ou moins que, par suite des négligences impardonnables du roi, qui ne s'était guère préoccupé que des 555 uniformes de parade différents, l'armée se trouvait dans un état d'impréparation effarant ! Ne racontait-on pas à Bucarest, ville légère comme Paris où l'on ne prenait jamais les choses très au sérieux, même quand il aurait été urgent de devenir sage, l'histoire d'un colonel de cavalerie qui était arrivé de Moldavie pour exposer au ministre des Forces armées la situation dramatique où le manque de fonds avait mis son régiment?

– J'ai dit à mes hommes : vivez sur le pays, pillez! Ils exécutent cet ordre avec une conscience toute militaire. J'ai dit à mes officiers : faites valoir vos charmes! Ils ne se débrouillent pas trop mal... Mais, monsieur le ministre, que faire de mes chevaux?

Les substantiels pourcentages, perçus par Carol dans les usines d'armement contrôlées par son complice Malaxa, ne compensaient pas le manque de matériel moderne. L'armement que la France avait promis de livrer, selon les accords signés en février 1936 au moment de la naissance du Front populaire, n'arrivait pas : c'était que la France elle-même était très en retard et qu'elle estimait que les besoins de sa propre armée primaient ceux de l'armée roumaine. Puisque Carol avait pris pour devise secrète « Moi d'abord », il était assez normal que les Français lui répliquassent : « Nous aussi »...

L'entrevue de Munich entre Hitler, Chamberlain, Mussolini et Daladier fit figure d'entracte... Un entracte qui fut très court pour tout le monde et particulièrement pour la Roumanie qui commença à regretter le rempart qu'aurait pu opposer une Tchécoslovaquie intacte à une éventuelle ruée allemande vers le sud-est. Et comment, maintenant que ce pays était démantelé, les usines Skoda pourraient-elles continuer à fournir l'armement prévu pour la Roumanie? Ces usines n'allaient-elles pas être condamnées à travailler exclusivement pour le IIIe Reich?

A Bucarest on savait aussi que les Hongrois et les Bulgares allaient vouloir imiter l'Allemagne. Munich avait été pour tous les peuples un exemple déplorable, et tentant! La Hongrie exigerait que sa voisine et ennemie lui rendît ses minorités, la Bulgarie avait des yeux de convoitise pour le quadrilatère de la Dobroudja. Avec l'U.R.S.S. qui réclamait de plus en plus fort la Bessarabie, ce serait peut-être le démembrement de la Roumanie à brève échéance?

Malgré sa tête qui savait généralement rester froide, Carol commença à s'affoler... Mais il sut encore faire preuve de maîtrise le jour où le chef du gouvernement polonais, Beck, vint lui rendre une visite non prévue, le 19 octobre 1938, à l'issue des grandes manœuvres de Galatsi. Beck, qui rêvait d'un conflit avec l'U.R.S.S. – et qui l'aura! – lui conseilla de réclamer, lui aussi, l'annexion des villages roumains qui se trouvaient sur la rive droite de la Tisza, en Russie subcarpatique. Carol éconduisit son visiteur.

Il faut croire que cette attitude ferme étonna Hitler car, pour la première fois depuis le commencement de son règne, Carol reçut, le 14 octobre 1938, jour anniversaire de sa naissance, un télégramme de félicitations et de vœux du Führer! Trois semaines plus tard, le port de Constanza accueillait le célèbre croiseur *Emden*: c'était la première fois, depuis 1914, qu'un navire de guerre allemand reparaissait dans les eaux territoriales roumaines. Tout cela indiquait qu'Hitler voulait s'entendre avec la Roumanie: ne serait-ce pas tellement plus sympathique si celle-ci consentait, amicalement, à lui livrer le pétrole dont il avait le plus grand besoin pour ravitailler ses *Panzerdivisions* et la colossale armada aérienne que Gœring avait préparée en secret...

Deux semaines passèrent, lourdes d'inquiétudes. Craignant que les alliés traditionnels de la Roumanie, l'Angleterre et la France, ne s'émeuvent de ces manifestations de sympathie germano-roumaines, Carol chercha, avec sa duplicité coutumière, à donner une fois de plus le change. Une année plus tôt, son cousin le roi d'Angleterre, George VI, l'avait invité à faire une visite officielle à Londres. Carol tenait beaucoup à répondre à cette invitation pour effacer le déplorable souvenir qu'avait laissé, dix années auparavant, le séjour qu'il avait fait dans ce pays, en compagnie de sa maîtresse, et qui s'était soldé par son expulsion.

Il partit donc pour Londres où il fut reçut dignement, mais pas dans l'enthousiasme. Il comprit qu'on se méfiait toujours de lui et que la confiance ne régnait plus à son égard. Au retour, il s'arrêta trois jours à Paris, où il sentira la même réserve. De là, il ira saluer le roi Léopold de Belgique à Bruxelles, où l'accueil sera plus chaleureux, avant de terminer son périple par Sigmaringen, le fief de ses ancêtres.

Étant en Allemagne, il lui était très difficile de paraître ignorer Hitler qui, d'ailleurs, cherchait à le rencontrer. L'entrevue eut lieu dans le nid d'aigle de Berchtesgaden, sur ce haut sommet des Alpes bavaroises où le Führer avait pris l'habitude de régler, à sa manière, le sort du monde.

Hitler se montra affable, charmeur même – il pouvait l'être quand il le voulait – mais ferme. Ce fut un ordre qu'il donna à son royal visiteur :

– Libérez immédiatemment Codreanu, que vous détenez en prison depuis des années, et confiez-lui le pouvoir. Ce ne sera qu'à ce prix que nous serons alliés et que la Roumanie ne subira pas le sort de l'Autriche et de la Tchécoslovaquie... N'oubliez jamais que vous êtes un prince d'origine germanique, un Hohenzollern, et la pire ennemie de la Roumanie a toujours été la Russie. Et comme il faudra bien qu'un jour ou l'autre l'abcès crève et que je règle un compte définitif avec le foyer du communisme, vous aurez le plus grand intérêt, à ce moment-là, à vous trouver à mes côtés... Je vous garantis que vous en profiterez!

Carol n'a jamais été un homme aimant qu'on lui donnât des ordres, surtout quand ceux-ci venaient de l'étranger. Il sut néanmoins conserver son flegme en laissant vaguement entendre qu'il aviserait... Mais en redescendant du perchoir, où l'avait accueilli le Führer, il était plus que rêveur...

La cristallisation de ce rêve se fit quarante-huit heures plus tard.

Pendant les quelques jours de l'absence de Carol, la situation intérieure de son pays s'était aggravée à la suite de différents attentats spectaculaires commis par les legionnaires de la « Garde de Fer », dont le « capitaine » était toujours en prison. Attentats qui avaient été, naturellement, dirigés contre les juifs : la vieille synagogue de Resbitsa avait été incendiée pendant un office religieux, le recteur israélite de Jassy avait été grièvement blessé, enfin une bombe avait été lancée dans un théâtre de Timisoara, où jouait une excellente troupe juive, et avait fait des dizaines de morts.

Comme toujours, Carol ne perd pas de temps : dans la nuit du 29 novembre, il fait supprimer Codreanu, les trois assassins de Ione Duca et les dix hommes qui ont tué Stebescu : les quatorze hommes sont exécutés selon un processus qui n'engage pas la responsabilité du roi...

Le 29, vers neuf heures du soir, arrive à la prison de Ramnicu-Sarat, où les légionnaires étaient prisonniers depuis des années, un ordre de les transférer d'urgence à Bucarest. On les fait monter à une heure du matin dans un camion escorté de motocyclistes armés et de deux automitrailleuses de cavalerie. Vers cinq heures du matin le camion est brusquement attaqué en plein brouillard, dans la forêt de Ploeslati, par une bande de légionnaires qui ont été informés du transfert et qui veulent en profiter pour délivrer leurs prisonniers. Ceux-ci, sans doute avertis par des complices, tentent de s'échapper du camion. Après une sommation réglementaire, les gardes de l'escorte les abattent tous sans se préoccuper des assaillants qui prennent la fuite avec une célérité pour le moins surprenante. Les quatorze corps furent inhumés, sans aucune cérémonie, dans le cimetière de la prison militaire de Iclava. Le tour était joué. Dans le laconique communiqué qui relata les faits le lendemain, le gouvernement déplorait que « des légionnaires » aient tenté de délivrer leurs camarades en s'attaquant à la force de police « qui n'avait fait que son devoir »... Mais nul n'a jamais pu prouver que les assaillants étaient véritablement des légionnaires. N'étaient-ce pas plutôt des hommes de main de Carol qui envoyait ainsi sa réponse à Hitler?

Fou de rage, le Führer estima que « cette répression était un défi à sa personne et au national-socialisme » et qu'il devait prendre des sanctions immédiates à l'égard de la Roumanie. Sanctions qui se traduisaient généralement chez lui par une invasion. Mais von Papen, rusé diplomate, lui déconseilla vivement d'adopter une telle attitude en lui faisant valoir qu'inéluctablement un jour assez prochain viendrait où la Roumanie se rangerait aux côtés de l'Allemagne dans la lutte future contre l'U.R.S.S. communiste. Ce en quoi von Papen se montrait excellent prophète.

L'assassinat du chef de la « Garde de Fer » et de ses principaux lieutenants n'était pas une solution adroite pour maintenir l'enthousiasme de la jeunesse qui y avait adhéré en masse. Cette jeunesse – que Carol, presque depuis le jour de son accession au pouvoir, n'avait cessé de galvaniser pour accroître chez elle sa propre popularité – il fallait la tenir, sinon elle se retournerait contre la couronne et se rallierait à un socialisme d'inspiration soviétique.

Dès 1934, Carol avait créé la *Straja Tsarii* ou « Garde de la Patrie », organisation scoute à l'échelle nationale à laquelle devaient appartenir tous les élèves des écoles, âgés de huit à dix-huit ans. Le propre fils de Carol, le prince héritier Michel, en faisait partie : ce qui permit au roi de venir y parader avec lui, vêtu d'un nouvel uniforme fait d'une chemisette, d'un short et d'un béret blanc posé crânement sur l'oreille. Tenue légère dans laquelle Carol adorait se faire photographier pour montrer aux foules que sa propre jeunesse avait quelque chose d'impérissable...

Mais cette « Garde de la Patrie », qui évoquait les formations paramilitaires de Rome et de Nuremberg, fit perdre un temps précieux à une jeunesse qui avait des études sérieuses à faire : finalement elle se solda par un échec et ne put jamais remplacer le puissant mouvement légionnaire pour adultes lancé par Codreanu. Il fallait recréer ce mouvement, mais en le canalisant et en l'assujettissant à la volonté du pouvoir, qui n'était autre que celle de Carol.

Aussi, celui-ci décida-t-il de remplacer la « Garde de Fer », dissoute, par le F.R.N. ou « Front de la Renaissance Nationale » qu'il créa le 15 décembre 1938, soit deux semaines après l'assassinat du « capitaine ». Carol sentait – puisqu'il était lui-même devenu dictateur – l'impérieuse nécessité d'avoir sous la main une force jeune entièrement contrôlée. Pour faire partie du F.R.N. il fallait être majeur. Les militaires en activité et les magistrats en furent cependant exclus. Toute autre organisation politique était interdite dans le pays : Carol venait de réaliser le parti unique à direction fasciste.

Le F.R.N. adopta le salut à la romaine qui s'accompagnait du mot « Santé ». L'uniforme se composait d'une tunique de couleur bleu marine, d'une chemise et d'une cravate blanches, d'un ceinturon, d'un brassard tricolore et d'une casquette plate.

La naissance de ce mouvement, tout ce qu'il y avait de plus officiel, n'améliora cependant pas la situation intérieure. Les fidèles de Codreanu tentèrent d'assassiner Carol le 6 janvier 1939 pendant la traditionnelle cérémonie religieuse de la bénédiction des eaux. Des précautions très sévères furent alors prises pour assurer sa protection : Carol ne dormait plus tranquille. Il avait commis l'erreur de croire qu'il pourrait compter éventuellement sur l'appui massif du F.R.N. mais, si ce parti unique avait rassemblé tout le monde parce qu'il permettait à ses membres d'être bien vus du pouvoir et de continuer à vivre, il n'était quand même pas issu d'un sursaut des classes brimées comme étaient nés le nazisme du peintre en bâtiment Hitler et le fascisme du petit instituteur révolté Benito Mussolini. Les dictateurs allemand et italien avaient réussi à drainer les foules populaires parce qu'eux-mêmes venaient du peuple. Au contraire le F.R.N. roumain n'était qu'une création factice due à une initiative royale : un mythe créé par un prince qui ne parvenait plus à susciter l'engouement des masses uniquement sur sa propre personne... Un prince qui avait un pressant besoin de s'entourer de renforts. C'est pourquoi, en fin de compte, le F.R.N. deviendra une faillite pour la monarchie ; très vite il sera « noyauté » par les anciens adeptes de Codreanu.

Le prélude à la fin de la « Grande Roumanie » fut la signature au Kremlin, le 23 août 1939, du pacte de non-agression entre Molotov et von Ribbentrop, les deux ministres des Affaires étrangères d'U.R.S.S. et d'Allemagne. Cela signifiait que si Hitler permettait à Staline d'envahir la Pologne, celui-ci avait donné son plein accord pour un démembrement complet de la Roumanie où chacun des deux compères se réserverait une bonne part du gâteau.

Dès que les *Panzerdivisions* allemandes entrèrent en Pologne, d'immenses colonnes de réfugiés affluèrent en Roumanie par les frontières communes de la Bucovine. Parmi ces centaines de milliers de fuyards se trouvaient non seulement des civils, mais des régiments entiers en déroute avec leurs officiers et le gouvernement polonais lui-même ! C'était l'effondrement et la débâcle totale ! L'or de la Banque de Pologne traversa en une nuit, sur camions, tout le territoire roumain en direction de Constanza, où il fut embarqué sur un croiseur anglais. Une fois de plus, les Anglais prouvaient qu'étant toujours bien renseignés ils savaient se montrer prêts à accueillir les bonnes espèces sonnantes. Cet or servira d'ailleurs de fond de garantie pour permettre au gouvernement polonais, exilé en Grande-Bretagne, de financer l'équipement de l'armée de la libération polonaise formée en France par le général Sikorski.

L'anéantissement de la Pologne, qui était cependant un pays ayant une dizaine de millions d'habitants de plus que la Roumanie, fit réfléchir le gouvernement de Bucarest. Les « légionnaires » comprirent que leur heure approchait à grands pas et recommencèrent à commettre des attentats spectaculaires tels que l'assassinat du président du Conseil Calinescu. Carol, à son tour, fit exécuter le soir même les assassins qui avaient eu la sottise de se glorifier de leur crime, mais il apprit en même temps que ceux-ci avaient été financés par le ministre plénipotentiaire de Franco à Bucarest. Et qui disait à cette époque-là « Franco » n'était pas loin de se retrouver bientôt face aux puissances de l'Axe. Croyant apaiser les esprits et surtout faire comprendre à la France et à l'Angleterre qu'il comptait toujours sur leur aide, Carol offrit la présidence du Conseil à Tatarescu, un vieux routier de la politique, que Paris et Londres avaient tort de croire toujours fidèle à l'alliance de la Roumanie avec les membres de l'Entente cordiale.

Carol profita de ce remaniement ministériel pour évincer Gavril Marinescu, qui avait réussi à rester préfet de police de Bucarest depuis 1930! Ce fut là, de la part du souverain, une véritable aberration : il se privait de l'un de ses serviteurs les plus zélés, doublé d'un homme qui était voué corps et âme à Mme Lupescu. Aussitôt après le départ de Marinescu, les grèves commencèrent. L'ordre intérieur fut troublé ; les réquisitions massives et désordonnées de denrées et de bestiaux pour l'armée, que l'on commençait à mobiliser, créèrent une perturbation considérable dans les campagnes. Le mécontentement général fut immédiatement exploité par les radios de la propagande russe et allemande.

Selon une tactique qui leur réussira un peu partout, les Allemands envoyèrent de plus en plus de techniciens en Roumanie, pour remplacer les Tchèques défaillants. En réalité, ces techniciens germaniques constituèrent une cohorte parfaitement organisée d'espions : la cinquième colonne s'implanta dans le pays.

Pendant ce temps, les succès militaires des Allemands en Norvège renforcèrent chez Carol la conviction que les Alliés seraient incapables, cette fois, de gagner la guerre. Et, pour faire déjà plaisir à ceux qu'il considérait comme devant être les futurs vainqueurs, il donna l'ordre de libérer tous les légionnaires progermaniques qui étaient encore détenus dans les prisons. Le coup de grâce à ses dernières hésitations, avant qu'il ne trahît l'alliance traditionnelle de la Roumanie avec la France et l'Angleterre, lui fut donné par l'invasion de la France, qui fut contrainte de déposer les armes. L'Angleterre, restée seule, ne pouvait rien faire pour la Roumanie et devait s'occuper avant tout de se sauver elle-même du désastre. Carol, vivement encouragé par Tatarescu, décida alors de jouer à fond la carte allemande. Et dès le 1er juin 1940, avant même que les hostilités n'aient cessé en France, il donna l'ordre formel à toutes les entreprises de pétrole situées sur le territoire roumain, y compris celles dont les capitaux étaient français ou anglais, de céder la plus grosse partie de leur production à l'Allemagne...

Le 26 juin, lendemain du jour où l'armée française a cessé de se battre contre l'Allemagne et l'Italie, le gouvernement roumain reçoit de l'U.R.S.S. un ultimatum exigeant, dans les cinq jours, l'évacuation totale de la Bessarabie et d'une partie de la Bucovine. La nuit même, Carol est contraint de réunir le conseil de la couronne auquel il annonce que, quelques jours plus tôt, le Führer lui a envoyé le baron von Killinger pour l'informer qu'il allait recevoir cet ultimatum de l'U.R.S.S. pour lequel lui, Hitler, avait déjà donné son plein accord. Comment la Roumanie – isolée, ayant perdu tout espoir d'un appui quelconque de ses anciens alliés, dotée d'une armée dont l'impréparation était effrayante – aurait-elle pu résister ? Il fallut céder.

La retraite des troupes roumaines, qui évacuaient la Bessarabie et la Bucovine septentrionale, se fit sous les huées triomphales de la population qui haïssait aussi bien Carol que tous ses ministres successifs et même Mme Lupescu en qui elle avait vu, depuis des années, la grande responsable des maux et des sévices que leur avaient fait subir les hommes de « Garde de Fer ».

Tataresku, qui a cependant eu le geste inutile de faire une déclaration officielle dans laquelle il proclamait que la Roumanie renonçait définitivement aux garanties franco-anglaises qui lui avaient été accordées au lendemain de Munich, ne sembla pas convenir à la politique d'Hitler qui exigea de Carol son renvoi. Le nouveau gouvernement, encore plus « fantôme » que le précédent, trouva habile de faire publier une proclamation dans laquelle il annonçait que *la Roumanie adhérait sans réserve et de son plein gré à l'ordre nouveau instauré par Adolf Hitler en Europe.* Et pour prouver immédiatement sa bonne volonté à l'égard du Führer, Carol s'attaqua aux juifs : les fonctionnaires et les professeurs israélites furent révoqués sans traitement, les enfants juifs furent exclus de la *Straja Tsarii*, les mariages entre roumains et juifs furent interdits... On peut se demander, avec une certaine curiosité, ce que pouvait penser, dire ou faire la belle Magda Lupescu pendant que toutes ces décisions étaient prises ? Eh bien, sachant qu'une fortune considérable les attendait, elle et son royal amant, depuis longtemps dans des pays neutres et sûrs, elle préparait discrètement le départ...

Une curée commencée doit se terminer, sinon la meute devient féroce. Après l'U.R.S.S., qui avait obtenu satisfaction sans avoir à tirer un seul coup de canon, la Hongrie réclama une partie de la Transylvanie et la Bulgarie revendiqua à nouveau le quadrilatère de la Dobroudja. Hitler et Mussolini leur donnèrent raison et le 30 août, à Vienne, von Ribbentrop et le gendre du « Duce », le comte Ciano – qui avaient été nommés « arbitres », ce qui frisait la dérision – contraignirent le représentant de la Roumanie, Manoilescu, à signer un accord selon lequel toute la Transylvanie septentrionale, à laquelle était ajoutée la région des Szeklers et la ville de Cluj, devenait hongroise... Cluj, la ville où le peuple roumain avait acclamé, sur l'aérodrome militaire, le retour miraculeux de « son prince chéri », ce Carol qui était tombé du ciel ! Quant à la Bulgarie, elle obtint le 7 septembre que fût rétablie, dans la riche Dobroudja, l'ancienne frontière de 1912... C'était le désastre complet : la « Grande Roumanie », rêvée par Carol Ier et réalisée grâce à la ténacité de Ferdinand Ier, n'existait plus. Et cela s'était passé, en quelques semaines, sous le règne de Carol II qui avait si souvent proclamé, à l'issue de ses brillantes parades militaires, qu'il « ne céderait pas un pouce du territoire sacré de la Patrie ». Les renonciations avaient toutes été faites sans que l'armée roumaine, même mal préparée, eût livré un seul baroud d'honneur ! La honte et l'indignation soulevèrent aussi bien l'homme de la rue que l'intellectuel et le paysan, qui avaient tant combattu en 1916-1918 pour sauver « leur » terre. C'en était fait de la popularité de « Carol le magnifique », Carol « le dictateur de pacotille », dont la haute silhouette arrogante allait s'effondrer brusquement comme celle du colosse aux pieds d'argile.

Dès le 2 septembre, des manifestations de masse commencèrent à Bucarest et la foule se rendit, hurlante, devant la statue de Michel le Brave pour marquer sa désapprobation devant la lâcheté du Hohenzollern qui avait tout abandonné. Le lendemain, dans la nuit, de forts groupes d'anciens légionnaires de Codreanu conspuèrent Carol devant le palais royal, dont les volets roses restèrent hermétiquement fermés.

Affolé, le roi se terra dans son palais silencieux. Cette fois il avait complètement perdu la tête, ne sachant plus à quel saint se vouer, ni à quel homme s'agripper pour tenter de sauver son prestige ! Car, pour lui, il n'y avait que cela d'important. Le reste, c'est-à-dire la mutilation du territoire national, lui importait peu s'il réussissait à s'échapper du cercle maléfique qui se refermait autour de son auguste personne. Il savait maintenant qu'après dix années – et il ne s'était sans doute même pas attendu qu'elle brillât aussi longtemps – « son » étoile avait tellement pâli qu'elle était sur le point de s'éteindre... Mais voilà qu'en un éclair une lueur d'espoir fou jaillit brusquement dans son cerveau : il restait un homme, un seul, le dernier, qui, dans les circonstances désespérées où se trouvait la monarchie, pouvait encore, sinon rétablir la situation, du moins sauver la façade pour permettre à Carol II de fuir vers la retraite douillette qu'il s'était préparée.

Cet homme miraculeux, c'était le général Ion Antonescu.

Quand la foule apprit qu'il venait d'être convoqué de toute urgence au Palais, elle cria dans les rues :

– C'est « notre » homme ! C'est lui que nous attendions !

Antonescu avait pour lui tout ce qui restait de Roumanie encore libre.

Au moment où Carol appelle Antonescu au secours, celui-ci a une cinquantaine bien sonnée. Il est roux et sa démarche, aux jambes légèrement arquées, révèle en lui l'officier de cavalerie. Sa popularité est immense dans toutes les classes de la société, sauf peut-être dans les milieux militaires où il ne compte pas que des amis. Qu'importe ! Puisqu'il faut un sauveur, ce sera lui...

Sa véritable célébrité a commencé le jour où l'on a appris qu'au temps où il était chef d'état-major général de l'armée il avait éconduit vertement, et sans tenir compte du pouvoir certain qu'elle exerçait sur le roi, Mme Lupescu qui était venue lui suggérer de passer pour l'armée des commandes très importantes à un fournisseur israélite de ses amis. Ce dernier, en échange, devait lui ristourner à elle et à Carol une forte commission... Le lendemain même de son refus, Antonescu fut rétrogradé sans aucune explication et muté au commandement d'une division dans une lointaine province. Outré, aigri, l'officier de cavalerie avait mené une violente campagne contre la favorite et, par voie de conséquence, contre le roi.

Celui-ci l'avait néanmoins rappelé au poste de ministre de la Guerre dans l'éphémère cabinet Goga, mais, dès qu'il le put, il se libéra de sa présence, que ne pouvait supporter Magda, en le réexpédiant commander un corps d'armée à la frontière russe en Bessarabie...

Plus Antonescu fut éloigné de la capitale par la volonté de Carol et plus sa popularité augmenta : elle s'auréolait de la légende attachée à ceux dont on a peur parce qu'ils ont la réputation d'avoir une poigne de fer. De la poigne du cavalier aux fidèles de la « Garde de Fer », il n'y avait qu'un pas, qui fut vite franchi par Antonescu : il commença à comploter avec les légionnaires sous l'égide bienveillante de l'ambassadeur d'Allemagne à Bucarest. Carol, qui était parfaitement au courant de ses agissements secrets, avait cru faire preuve d'une grande habileté en l'appelant pour lui confier la présidence du Conseil pendant la nuit dramatique où il s'était fait conspuer sous les fenêtres de son palais. Une fois de plus, mais ce sera la dernière de son règne, il jouait un double jeu : Antonescu faisait figure de héros national capable de défendre l'intégrité de ce qui restait du territoire, tout en étant bien vu d'Hitler. C'était donc l'homme idéal...

Acclamé par le peuple, qui piétinait depuis des heures devant les grilles fermées, Antonescu arriva au palais vers midi, le 4 septembre. A l'offre de Carol, il répondit qu'il lui fallait réfléchir : c'était lui, maintenant, qui faisait preuve d'habileté. Carol était de plus en plus inquiet : le temps passait, la foule continuait à hurler le nom de celui qu'elle croyait sincèrement devoir être son sauveur... Ce ne fut qu'à vingt et une heures qu'Antonescu revint au palais en déclarant au roi qu'il n'accepterait la présidence qu'à la condition expresse qu'on lui donnât les pleins pouvoirs. Carol hésitait. Mais la situation devenait critique pour lui : les masses populaires, encouragées par les agitateurs légionnaires, s'impatientaient. Elles se savaient soutenues par la presse non asservie au roi-dictateur et étaient toutes prêtes à passer à la violence, avec l'encouragement tacite d'une police qui ne bougerait pas. Carol dut céder, sinon c'en aurait été fait de sa personne.

Le 5 septembre, à l'aurore, la Roumanie apprenait qu'Antonescu était nommé *conducator*, c'est-à-dire « le dictateur », avec toutes les prérogatives que ce titre comportait. Un réel soulagement et un regain d'espoir revinrent dans le pays... Et l'on ne peut s'empêcher d'établir aujourd'hui un parallèle entre la nouvelle situation politique qui fut créée ce jour-là en Roumanie et celle qu'avait connue, quelques mois plus tôt, la France quand le président Lebrun avait fait appel au maréchal Pétain, le vainqueur de Verdun... Et l'on reste confondu devant les éternels renouvellements de l'Histoire !

Mais le *conducator*, qui se savait fort de l'appui des masses et de la faveur cachée des puissances de l'Axe, n'était pas encore satisfait... Conseillé par

Maniu, l'ennemi juré de Magda Lupescu qui vit enfin le moyen de débarrasser pour toujours le pays de l'emprise de cette femme et de la tyrannie arbitraire de son amant, il revint au palais le soir même – exactement à la même heure que la veille : vingt et une heures – pour annoncer à Carol qu'il exigeait son abdication immédiate. Une nouvelle fois, mais ce ne fut que pour la forme car il tenait avant tout à sauver sa peau et celle de sa compagne, Carol eut un simulacre d'hésitation qu'il s'arrangea pour faire durer pendant toute la nuit à seule fin de ne pas paraître – aux regards de ses derniers et rares admirateurs – avoir cédé trop vite. Ce répit lui permettait aussi d'obtenir quelques accommodements pour ne pas partir les mains vides. Il savait bien qu'il possédait tout l'argent qu'il avait déjà fait passer en Suisse, aux États-Unis, au Portugal, mais quand même... Il restait encore dans le somptueux palais, qu'il avait fait construire aux frais des contribuables, tant de belles et jolies choses qu'il voulait emporter... Conseillé par Magda, il se sentit brusquement l'âme d'un déménageur : il fallait sauver les meubles, le plus de meubles possible...

Enfin, le 6 septembre, à six heures du matin – si l'on veut se donner la peine de consulter, par simple curiosité, le prodigieux calendrier de l'Histoire, on s'aperçoit avec étonnement que le chiffre 6 a rarement été bénéfique pour les rois ou pour les chefs d'État ! – Carol apposa sa signature au bas d'un manifeste assez lamentable où il déclarait transmettre ses pouvoirs à son fils Michel. Le mot « abdication » n'y figure pas : sans doute n'a-t-il pas passé sous la plume de Carol ? Peut-être même qu'en signant ce jour-là, pour la deuxième fois de sa vie, une renonciation au pouvoir, le roi à la maîtresse sans scrupules – qui se souvenait, en bon Hohenzollern, que les accords peuvent toujours se transformer en « chiffons de papier » – conservait, dans le secret de ses pensées, l'idée qu'il pourrait revenir un jour en détrônant, pour la deuxième fois également, son fils chéri ?

Accompagné de Magda Lupescu et d'Ernest Urdeanu, grand favori de cette dernière – celui que les mauvaises langues avaient surnommé depuis longtemps : « le Stirbey du nouveau triangle royal » – Carol partit quarante-huit heures plus tard pour les derniers rivages occidentaux où il faisait encore bon vivre : ceux du Portugal... Le *conducator* poussa même la magnanimité jusqu'à lui prêter un « train spécial » dans lequel il reçut l'autorisation d'entasser tout ce qu'il considérait comme lui étant le plus précieux : l'argenterie du palais, des meubles rares qui plaisaient à Magda, quelques tableaux de maîtres, des tapis d'Orient... Aussi quand il déclarera beaucoup plus tard, en 1950, à un envoyé spécial du *Figaro :* « Je n'ai emporté que mes objets de première nécessité. J'ai tout perdu là-bas », on peut affirmer que ce fut là un mensonge de plus à son actif.

Il était arrivé, dix années plus tôt, sans argent et sans bagages, dans un petit avion français qui lui avait été prêté par une Américaine. Il est reparti de son pays les poches pleines et définitivement à l'abri du besoin. C'est une façon comme une autre de concevoir les avantages du pouvoir. Mais il était permis au noble et magnifique peuple roumain, qui avait su faire preuve d'un admirable attachement à la monarchie tant qu'elle avait su rester digne, de ne pas partager son avis. Après le départ de celui qui avait été tellement aimé, puis tellement détesté par sa seule faute, tous les yeux se tournèrent vers le jeune roi Michel Ier qui allait avoir dix-neuf ans le 25 octobre suivant. Il y avait, bien sûr, le *conducator* Antonescu auquel incomberait la charge délicate de conduire la barque sur une mer politique parsemée de récifs mortels, mais il restait encore sur le trône le petit-fils de Ferdinand « le Roi Loyal » et de la noble reine Marie. C'était immense pour un peuple latin, farouchement lié à un passé de traditions.

Seulement « régner », pour un jeune homme de dix-neuf ans, dans les effroyables conditions où il remontait sur le trône, c'était un véritable drame alors que, pour son père, ce n'avait été qu'une étonnante aventure qui s'était soldée finalement par de substantiels bénéfices personnels...

LA REINE SANS ÉPOUX

Michel Ier, qui monte sur le trône pour la seconde fois, aura dix-neuf ans le 25 octobre 1939. Son pays n'étant plus la « Grande » Roumanie mais une Roumanie rétrécie et ramenée, à peu de chose près, à ses frontières de 1914, on le considérait – chez les puissances de l'Axe, l'Allemagne et l'Italie – comme étant « le petit roi » d'une « petite Roumanie ». Cette appellation de « petit roi » aurait peut-être pu se justifier si l'on ne tenait compte alors que de l'extrême jeunesse du souverain, mais elle était fausse et presque injurieuse si l'on s'attachait à ses qualités qui étaient déjà très sûres.

Physiquement, le jeune homme n'avait plus l'apparence d'un adolescent mais celle d'un garçon vigoureux, au visage sain et clair, dont le regard droit et net regardait toujours ses interlocuteurs bien en face. Michel Ier parlait peu à cette époque : il n'a guère changé, depuis, dans ce domaine. Mais quand il ouvrait la bouche, ce n'était jamais pour dire des sottises : chacune de ses paroles, comme ses actes, avait d'abord été contrôlée par le filtre essentiel du bon sens. Ce n'était pas un génie qui accédait à nouveau à ce trône, qui s'était révélé comme étant l'un des plus difficiles du monde à conserver. Mais aucun des quatre souverains de Roumanie – à l'exception peut-être de Carol II qui eut le génie du mal et des intrigues – n'a eu véritablement de génie. Aucun ne mérita le titre envié de « roi génial ». Comme son arrière-grand-oncle, Carol Ier, et comme son grand-père, Ferdinand Ier, Michel saura faire preuve, dans les circonstances dramatiques où le pouvoir vient de lui être dévolu pour la seconde fois sans qu'il l'eût le moins du monde sollicité, d'un sang-froid et d'une trempe de caractère excessivement rares chez un être aussi jeune. Enfin, il avait et il aura toujours trois qualités primordiales chez un souverain : la bonté, la modestie, la franchise. Les deux premières, il les tient de son grand-père ; la troisième de son arrière-grand-oncle. De son père, il faut le reconnaître, il n'a pas pris grand-chose, même pas la fantaisie ! On l'a vu : Carol II n'en a pas manqué... Et c'est là sans doute le seul petit regret que l'on puisse formuler à l'égard de Michel : s'il avait su faire preuve d'une toute petite pointe de fantaisie, disons même de « jovialité » – malgré la tristesse des événements qui ont encerclé son deuxième règne – peut-être serait-il parvenu à mieux dominer ces événements ?

La toute première impression, qu'il laissait à ceux qui le voyaient pour la première fois, était d'être en proie à une immense mélancolie : impression qui n'a guère changé aujourd'hui dans sa retraite actuelle. Mais heureusement pour lui, il a maintenant, pour tempérer cette tristesse permanente, le sourire de son épouse Anne et la gaieté de ses quatre filles qui lui apportent un élément essentiel de la vie qu'il n'a hélas ! que peu connu pendant sa propre jeunesse solitaire : la chaleur humaine.

De 1930 à la fin de 1939, époque de la seconde abdication de son père, Michel n'a vu sa mère qu'en de très rares occasions. Si le drame de son enfance fut la mésentente complète de ses parents, le drame de sa jeunesse a été que, cherchant à trop bien faire – et cela, il paraît très difficile de le reprocher à un père – Carol II, qui savait que son propre règne d'aventurier ne durerait pas éternellement, a voulu apprendre trop tôt à son fils le métier de roi en l'obligeant à assister à d'interminables cérémonies officielles. Le professeur de lettres de Michel n'a-t-il pas eu cette remarque désabusée qui résumait toute la jeunesse de son élève :

– Le pauvre enfant! Comment pouvais-je lui reprocher de n'avoir pas fait sa version latine? Il venait de passer en revue un corps d'armée!

Quand Michel remonta sur le trône en septembre 1940, un mois avant de fêter son dix-neuvième anniversaire, il fut follement acclamé par la jeunesse roumaine qui voyait en lui le symbole de son propre avenir. Mais il resta grave, souriant à peine, déjà conscient de la lourde mission qui lui revenait et de la responsabilité qu'il allait avoir à assumer devant l'Histoire. Son visage parut même crispé par un pli d'amertume : sans doute revoyait-il, en un souvenir très proche qui serait toujours pour lui douloureux, le lamentable départ de son père? Ce père pour la vie duquel il avait craint le pire pendant les derniers moments passés avec lui dans le palais, dont les volets clos n'avaient pu tamiser les huées et les cris de la juste rancœur populaire... Ce père pour lequel il appréhendait tellement un assassinat, qui pouvait être commis à chaque instant par les hommes du *conducator*, qu'il n'hésita pas à monter lui-même, et seul, la garde, revolver au poing, devant la porte de la chambre où Carol essayait de prendre un peu de repos. Personne, il faut le dire aujourd'hui, n'aurait pu pénétrer dans la chambre du roi sans être passé d'abord sur le corps de son fils. Ce geste héroïque et obscur d'un jeune homme veillant dans le silence angoissant de la nuit d'un palais – où les intrigues se multipliaient – revêt une grandeur antique. « Père, gardez-vous à droite, père, gardez-vous à gauche ! » devait penser le futur « petit roi » pendant qu'il se dressait sanglé dans son uniforme blanc de sous-lieutenant, pour protéger le dernier sommeil en terre roumaine de l'homme qui était abandonné par tous... Ce fut cette nuit-là, sans que personne dans le pays ait même pu s'en douter, que « le petit roi » se révéla un très grand roi.

Dès que Carol eut quitté la Roumanie en compagnie de sa maîtresse, la princesse Hélène – qui avait cependant exigé et obtenu le divorce d'avec son époux – revint dans le pays pour, prétendait-elle, « aider son fils »... Une aide qui fit peut-être plus de tort que de bien pour assurer le prestige du jeune souverain. Si Michel a adoré son père, il a toujours aimé et repecté sa mère : il s'est montré à son égard un bon fils. Mais, pour bien comprendre la situation dans laquelle il se trouvait vis-à-vis de cette mère, trop exclusive, qui revenait veiller sur lui et le conseiller au moment où il remontait sur le trône, il paraît nécessaire de projeter quelques rais de lumière sur cette femme, dont la figure et la personnalité semblaient, jusqu'à présent, avoir été laissées volontairement à l'écart de ce récit.

La princesse Hélène de Grèce a été élevée dans une atmosphère très austère : celle de la cour royale d'Athènes. Sa mère, qui était la propre sœur du kaiser Guillaume II, était imbue de principes rigoureux : pour elle, comme pour tous les Hohenzollern de la branche aînée, des enfants ne pouvaient être élevés qu' « à la prussienne ».

Le mariage de Carol et d'Hélène avait été entièrement décidé par les deux reines mères, Marie de Roumanie et Sophie de Grèce, qui s'étaient bien gardées de demander aux futurs époux leur avis, « la raison d'État » primant tout. Les deux futures belles-mères ne tinrent compte ni de l'extrême diversité de caractère des jeunes gens, ni du passé déjà orageux de Carol, ni des sentiments très profonds qu'Hélène portait depuis longtemps déjà à un autre homme... Et ce fut pourquoi, finalement, tout se termina par un divorce dont les répercussions furent immenses sur la vie même de la Roumanie.

Quand la liaison avec Zizi Lambrino avait pris fin, Carol avait tenté de transformer la passion éteinte en une sorte d'amitié amoureuse. On s'en rend compte par la seule lecture de la lettre qu'il adressa à Zizi, son ancienne épouse répudiée par la cour, qui venait de lui écrire pour lui demander si les bruits sur ses fiançailles avec Hélène de Grèce étaient fondés. La réponse, empreinte d'égoïsme, fut :

« *Oui, ma chérie, j'ai trouvé quelqu'un qui peut me comprendre et qui, dans les théories sur la vie, a les mêmes idées que moi...* (Ce en quoi Carol se trompait complètement sur la véritable mentalité de la princesse Hélène !) *Elle a accepté d'être la consolatrice d'un cœur profondément blessé. J'aurais voulu attendre encore, laisser le temps estomper les choses, mais des circonstances indépendantes de notre volonté nous ont fait agir plus rapidement... Oui, c'est la vie !* »

Si Hélène de Grèce ne venait pas à cette union forcée avec un passé aussi tourmenté que celui de Carol, elle était quand même désespérée d'avoir été contrainte par sa mère, la reine Sophie, de renoncer définitivement à une idylle – dont l'innocence même cachait la sincérité – avec le commandant du régiment de la garde de la cour royale d'Athènes : le très beau colonel Mano. Car il est assez émouvant de penser que tous les hommes – qu'ils vinssent d'Allemagne, de Roumanie, de Grèce ou d'ailleurs – qui jouèrent un rôle dans le destin de la famille royale, aient été, à l'exception cependant de Ferdinand Ier qui devint très laid à la suite d'une grave maladie, d'une éclatante beauté... Carol Ier, le prince Stirbey, Carol II, le colonel Mano, Michel Ier furent beaux, ayant grande allure... Les femmes qui entrèrent dans leur vie furent, elles aussi, toutes belles à leur manière : Elisabeth, Hélène Vacaresco, la reine Marie, Zizi Lambrino, la Marcovici, la reine Hélène, Magda Lupescu, Anne de Bourbon, les quatre filles de Michel... Ce qui enrobe toute cette histoire vécue d'une certaine beauté physique. C'est ce qui lui apporte, peut-être aussi, sa vraie sensualité.

Pour Hélène, amoureuse d'un simple colonel, un mariage avec l'héritier du trône de Roumanie était une porte de sortie inespérée : les futurs souverains, en âge de prendre femme légale, étaient plutôt rares après la guerre de 1914-1918 ! Ils faisaient même prime sur le marché très secret des cours royales : on se les arrachait, surtout quand ils étaient beaux, comme c'était le cas pour le fougueux Carol.

De plus le mariage s'annonçait comme devant se transformer en une excellente opération financière pour la famille royale de Grèce qui était loin de posséder la fortune des rois de Roumanie : ce dernier pays était très riche alors que la Grèce ne l'était plus. La fortune propre à la dynastie roumaine était devenue considérable grâce à l'excellente administration et à l'esprit d'économie privée dont avait su faire preuve son fondateur Carol Ier pendant les quarante-huit années de son règne.

Et elles ne sont pas nombreuses les filles à marier – même dans les familles régnantes! – qui savent faire preuve d'assez de force d'âme pour résister à l'appât d'une situation plus que confortable où elles auront, par surcroît, la possibilité de voir les gens à leurs pieds. Le prince Carol n'était-il pas magnifique, malgré ses aventures? Et peut-être même à cause d'elles... Quelle est celle qui n'a pas rêvé de s'attacher pour toujours, par les liens du mariage, un « prince charmant » qui a fait battre tous les cœurs féminins et qui a volé de succès en succès?

Le calcul d'Hélène fut net, précis, hellénique... Chez Carol, emporté par son perpétuel enthousiasme l'incitant à croire que tout ce qui était nouveau en amour ne pouvait qu'être sublime, il y eut plus de sincérité. Très vite, beaucoup plus tôt que ne l'aurait souhaité sa mère, la reine Marie, qui connaissait bien son fils et qui n'aimait pas Hélène, il devint amoureux de celle que « la raison d'État » lui proposait pour épouse. Et Michel, issu de cette union organisée, vint au monde après sept mois de mariage...

Mais alors, pourquoi un tel couple s'est-il dissocié aussi rapidement? Le strict souci d'objectivité nous contraint à rejeter la faute initiale sur le comportement de la princesse Hélène et non pas sur celui de son volage époux. Dès qu'Hélène fut mère, elle estima – comme malheureusement beaucoup de femmes qui ont réussi à se faire épouser – qu'elle avait pleinement atteint son but en donnant à la couronne de Roumanie « son » héritier légal. Se croyant devenue le bastion, désormais imprenable, de la succession du trône, elle commença à se refuser à l'ardeur et au tempérament très viril de Carol. Car celui-ci sut lui rester totalement fidèle pendant la première année de mariage : ce qui, compte tenu de sa riche nature, paraît assez méritoire. Et les choses auraient pu durer longtemps ainsi, si Hélène, au lieu de se complaire dans sa situation d'épouse et de mère, avait su se montrer « la maîtresse » que réclamaient les sens inassouvis du prince aux yeux bleus.

Celui-ci, écœuré d'une telle froideur, commença à chercher quelques dérivatifs auprès de créatures sans grande importance. Mais voici que brusquement, parmi celles-ci, surgit une femme infiniment plus gracieuse que toutes les autres – une danseuse qui n'était peut-être pas habitée par un immense talent, mais dont le charme et la beauté étaient indéniables – Mireille Marcovici. De sa liaison avec Carol naquit un fils... Décidément, Carol semble avoir plutôt été un procréateur de fils : Mircea Lambrino, Michel de Roumanie, Mirel Marcovici... Ce dernier, cherchant sans doute à marcher sur les traces de son premier demi-frère Mircea qui intenta un procès pour faire légitimer ses droits à l'héritage de son père, et voulant peut-être également se créer une certaine publicité, n'a pas hésité à confier, voici quelques années, à la presse des lettres d'ordre strictement sentimental que Carol avait adressées à la belle danseuse... La seule impression nette émanant de cette correspondance, qui n'aurait jamais due être divulguée, est qu'une fois de plus, après l'échec complet de sa tentative de « loyauté maritale » à l'égard de son épouse Hélène, Carol se sentait envahi par un immense besoin d'évasion.

Après la première renonciation du prince Carol à ses prérogatives royales, et surtout après la mort du roi Ferdinand qui avait fait accepter par le Parlement la succession directe de son petit-fils Michel alors âgé seulement de cinq ans, la princesse Hélène, qui avait la charge d'élever l'Enfant-Roi, reçut le titre de Majesté : elle devenait la nouvelle reine mère... Ce qui donna pleine satisfaction à ses ambitions et à son orgueil-né : le départ de son époux avec Magda Lupescu offrait pour elle le double avantage de la débarrasser d'un homme dont elle ne pouvait plus depuis longtemps supporter la présence physique, et la possibilité de régner. Si cela n'avait tenu qu'à elle, elle aurait volontiers souhaité qu'une telle situation se prolongeât au moins jusqu'à la majorité de son fils... Malheureusement pour elle le retour inopiné de Carol trois années plus tard, en avion, vint anéantir son plus beau rêve.

Parlant d'Hélène, l'excellent journaliste roumain Seicaru a écrit :

« *En 1928, la princesse Hélène de Grèce avait divorcé d'avec le prince Carol. Ce fut elle-même qui exprima et exigea cette rupture légale du mariage. Apparemment cette action, qui ne lui avait pas été imposée, semblait être la réaction normale d'une épouse outragée par la conduite de son mari. Mais, dans la réalité, la véritable cause était tout autre et d'ordre purement sentimental... Hélène désirait ardemment se remarier avec le duc d'Aoste qu'elle avait connu en 1925. Mais le mariage avait été rendu impossible par l'opposition de l'Église de Rome qui interdisait tout mariage d'un catholique avec une femme divorcée. Après son retour en Roumanie, Carol, devenu enfin roi, essaya, par tous les moyens, de déterminer Hélène de Grèce à demander l'annulation du divorce qu'elle avait obtenu. Le désir sincère de Carol était de reconstituer le foyer détruit. Mais les innombrables démarches de Carol, dont les intentions étaient sincères, rencontrèrent l'intransigeance de la princesse Hélène qui espérait toujours recevoir, de la part du Vatican, l'autorisation de se marier avec le duc d'Aoste... La princesse qui, dès le début, n'avait éprouvé aucun sentiment d'amour envers Carol et qui ne désirait qu'une chose, s'installer en Italie, ne voulut pas céder. Dès lors la séparation entre les deux époux fut définitive.* »

Que la responsabilité de cette regrettable rupture incombe entièrement à la princesse Hélène, cela ne fait plus aucun doute aujourd'hui, mais où il semble que le journaliste se soit trompé, c'est quand il affirme que l'ex-épouse légale de Carol voulait devenir la femme du très brillant et très chevaleresque duc d'Aoste... Ce fut, en effet, la propre sœur d'Hélène, la princesse Irène, que celui-ci finit par épouser... A moins qu'ayant compris qu'il ne pourrait jamais être le mari de la belle Hélène, il n'ait décidé de rester quand même dans la famille en épousant sa sœur?

Et ce serait dommage de passer sous silence une aventure des plus rocambolesques dont la princesse Hélène fut l'héroïne assez ridicule par la seule faute de son ambition démesurée.

Alors qu'elle se trouvait en exil – volontaire, rappelons-le – en Italie après le retour de Carol, elle consentit à recevoir une délégation de plusieurs journalistes américains. Ce fut là, de sa part, une première erreur : elle ne connaissait pas les journalistes d'outre-Atlantique... Elle aurait cependant dû se souvenir qu'ils n'avaient pas épargné sa belle-mère, la reine Marie, quand celle-ci avait entrepris sa pitoyable tournée publicitaire aux États-Unis avant la mort du roi Ferdinand.

Les reporters américains sont terribles parce qu'ils sont sans pitié : pour eux une information, vraie ou fausse – à condition qu'elle soit sensationnelle et qu'elle crée un « choc » psychologique chez le lecteur – prime tout ! Avec la princesse Hélène ils s'en donnèrent à cœur joie en lui posant, selon leur habitude, les questions les plus saugrenues et les plus indiscrètes. Parmi celles-ci il en fut une à laquelle elle aurait mieux fait de ne pas répondre :

– *Pourquoi préférez-vous rester en exil au lieu d'être à Bucarest auprès de votre fils qui est actuellement prince héritier, mais qui est encore très jeune ?*

C'était la véritable chausse-trappe : ne désirant pas révéler les raisons amoureuses qui la retenaient sous le ciel d'Italie, mais ne voulant pas, non plus, passer aux yeux du monde anglo-saxon pour une mère qui a abandonné son fils unique, elle répondit alors qu'elle savait très bien que c'était faux, que le roi Carol ne lui permettait pas d'entrer en Roumanie et que, si elle tentait de s'y rendre quand même, elle serait arrêtée à la frontière...

La réponse était exactement celle qu'espéraient les reporters en mal de copie à sensation. Tous lui proposèrent aussitôt de l'accompagner si elle tentait l'aventure de forcer les consignes du roi, son ex-époux.

Prise au piège de son propre mensonge, Hélène fut contrainte d'accepter cette offre pour prouver sa bonne foi, sinon elle aurait complètement perdu la silhouette de femme-martyre qu'elle s'était composée depuis des années! Ce qu'elle ignorait, c'était que la police secrète de Carol la surveillait nuit et jour dans son exil et qu'il n'y avait pas un mot qu'elle ne dît ou pas un mouvement qu'elle ne fît qui n'était immédiatement transmis ou signalé à Bucarest.

Juste au moment du départ pour la Roumanie, elle montra aux journalistes, qui l'accompagnaient, un revolver qu'elle sortit de son sac et dont elle destinait les balles, déclara-t-elle, au premier officier roumain qui l'empêcherait de continuer sa route jusqu'à la capitale du pays. Devant une telle crânerie, les Américains furent remplis d'une admiration qui s'estompa vite dès que le train arriva à la gare-frontière de Jimbolia...

Pendant les derniers kilomètres du voyage, les reporters avaient préparé avec minutie, dans le train, leurs appareils et leurs caméras pour prendre sur le vif les clichés sensationnels qui illustreraient les articles! La princesse Hélène tirant à bout portant sur un officier de Carol, cela promettait un régal visuel sans pareil pour les lecteurs de l'Ohio ou du Texas!

Mais, hélas! la vision fut très éloignée de celle que la presse espérait! Dans la gare, magnifiquement pavoisée de drapeaux grecs et roumains, une compagnie d'honneur – en grand uniforme de parade – présentait les armes sur le quai pendant qu'une musique militaire jouait l'hymne national roumain... Et ce fut devant une Hélène blanche de rage et muette de saisissement que l'inspecteur chargé de la surveillance des voyages royaux s'avança pour lui dire, avec le plus profond respect, que le train royal se trouvait en gare, à sa disposition...

Ne pouvant plus reculer, la princesse Hélène dut s'y installer sous les regards moqueurs des reporters qui fixèrent sur la pellicule ce moment historique de son « retour triomphal » dans le pays de son époux et de son fils.

Quand le train royal arriva en gare de Bucarest, ce fut Juliu Maniu, alors président du Conseil, qui l'accueillit avec le sourire. Il avait accepté la double mission de calmer la fureur de la mère de l'héritier du trône et d'assurer la tranquillité du roi. Son sens inné de la bonne politique y parvint au bout de quelques jours... Et, le 1er novembre 1932, une convention – qui resta longtemps secrète – fut signée par la princesse Hélène elle-même, puis contresignée par le président du Conseil, après avoir reçu, le même jour, l'entière approbation du roi. En lisant les termes de cet accord aujourd'hui, on s'aperçoit que, contrairement à ce qu'a laissé entendre par la suite la princesse Hélène, Carol II s'est conduit en parfait gentleman à son égard, même en véritable homme du monde qui ne pouvait contraindre son ex-épouse à reprendre une vie conjugale dont elle ne voulait à aucun prix ! L'accord stipulait :

« *La convention suivante est intervenue, avec la Haute approbation de Sa Majesté le Roi, entre le gouvernement royal de Roumanie et Sa Majesté Hélène, dans le but de compléter l'accord du 17 février 1932 et de mettre fin aux différends existants ou futurs de n'importe quelle nature :*

Art. 1er. Sa Majesté Hélène pourra séjourner en Roumanie, mais toute arrivée en Roumanie et tout départ de Sa Majesté Hélène devront être portés en temps utile à la connaissance du gouvernement roumain et ne pourront avoir lieu qu'avec l'agrément préalable de Sa Majesté le Roi et avec le consentement du gouvernement roumain.

Art. 2. Pendant son séjour en Roumanie, Sa Majesté Hélène recevra la visite du Grand Voïvode Mihaï (Michel) *autant que possible en tenant compte des circonstances et des considérations d'études.*

Art. 3. Si Sa Majesté Hélène ne séjourne pas dans le pays six mois par an, elle aura le droit de recevoir la visite du Grand Voïvode Mihaï pendant deux mois en Suisse.

Si Sa Majesté Hélène désire que la visite du Grand Voïvode Mihaï ait lieu sur le territoire d'un autre pays étranger que la Suisse, Sa Majesté Hélène devra au préalable obtenir l'agrément de Sa Majesté le Roi et le consentement du gouvernement roumain pour le choix de ce pays.

Art. 4. La liste civile annuelle de Sa Majesté Hélène sera de 7 000 000 lei, payable directement par le ministère des Finances et libre de toute charge.

Art. 5. Sa Majesté Hélène a reçu, à la signature de la présente convention, 8 000 000 lei, représentant le reste du prix de vente du palais de Mamaïa, de sorte que le prix entier de vente de 26 000 000 lei a été complètement acquitté.

Art. 6. Sa Majesté Hélène ne contribuera à l'entretien du palais Visseleff, qui lui sera réservé pour résidence, que proportionnellement à la durée de son séjour en Roumanie. »

Ce fut la vente de ce palais de Mamaïa, grande station balnéaire située sur la mer Noire, qui permit à Hélène d'acquérir la magnifique « Villa Sparta », située à San Domenico de Viesole, au nord-est de Florence.

Nous connaissons mieux maintenant le véritable visage de celle qui revint s'installer auprès de Michel dès que celui-ci remonta sur le trône, et qui n'en repartira qu'avec lui quand il aura été mis dans l'obligation, lui aussi, d'abdiquer sous la pression des Soviets.

La première chose qu'exigea et obtint Hélène, au moment de son retour, fut de porter le titre de « reine » et non plus celui de « princesse » qui ne lui suffisait pas. Mais, à l'inverse de la précédente reine mère Marie, elle détestera les cérémonies officielles, sortira peu et restera calfeutrée dans le palais, recevant seulement quelques intimes. Ce sera pourquoi, la voyant rarement, le peuple roumain ne la connaîtra pas. Et quand on ne connaît pas les gens, il est difficile de les apprécier...

Henri Prost a eu, à l'égard de la reine Hélène, cette savoureuse définition :

– *Les sentiments qu'on aura pour elle rappellent ceux que, d'après le cardinal de Retz, on avait pour Anne d'Autriche : « On ne l'avait vue que persécutée, et la souffrance, aux personnes de ce rang, tient lieu d'une grande vertu. »*

A peine son fils fut-il sur le trône que le sempiternel phénomène du renversement d'opinion de la foule se produisit : ce peuple roumain, qui avait soutenu Antonescu parce qu'il représentait l'opposition au roi dictateur Carol II, commença à voir dans Michel le symbole de l'opposition que la nouvelle dictature allait faire naître rapidement.

Très vite, en effet on s'aperçut que la méfiance

dont certains militaires avaient toujours fait preuve à l'égard du général Antonescu semblait des plus justifiées : l'homme était un perpétuel aigri doublé d'un éternel insatisfait. Son orgueil le poussait à parler de lui-même à la troisième personne :

– *Le conducator pense que, le conducator dit que...*

Et comme beaucoup de militaires, qui ont cependant accédé aux plus hauts grades, il était totalement inculte dans une foule de domaines. Son âme n'était pas celle d'un véritable constructeur, mais plutôt celle d'un néfaste destructeur.

Finalement de nombreux Roumains en arrivaient à se demander s'il n'aurait pas mieux valu que Carol II restât en place, même avec tous ses défauts ! Lui au moins avait acquis une certaine « habitude du pouvoir » qu'ignorait complètement son remplaçant. Il y avait aussi le roi Michel, mais il ne gouvernait pas, ayant tout juste le droit de trôner... Après la remise des pleins pouvoirs à Antonescu, les prérogatives qu'on avait laissées au jeune roi étaient beaucoup moins étendues que celles d'un souverain britannique.

Le *conducator* commença par décider que la Roumanie était un « État national légionnaire » : cela signifiait que les légionnaires devenaient les véritables maîtres de l'État. En quelques heures, ils s'emparèrent de tous les postes clefs qui peuvent assurer la vie ou l'asphyxie d'un pays : la police, les préfectures, les mairies, les postes et télégraphes, les chemins de fer... Un décret précisa que le vert – couleur d'espérance ! – devenait la « couleur nationale », mais que les légionnaires seuls avaient le droit de l'utiliser pour leurs vêtements, leurs insignes ou leurs emblèmes : ce qui laissait augurer qu'eux seuls pouvaient conserver quelque espoir dans le glorieux destin du pays...

Une fois en place, les légionnaires prirent exemple sur le *conducator* pour assouvir leurs vengeances personnelles à l'égard de ceux – anciens ministres, officiers, magistrats, policiers – qui, durant les dix années du règne de Carol II, avaient lutté énergiquement contre leur mouvement. Dans ces persécutions, faites à coups de listes arbitraires, qui conduisirent d'anciens dignitaires en prison, au poteau d'exécution ou même au suicide, les juifs eurent naturellement droit à la vedette : ils furent chassés de partout et n'eurent plus le droit d'exercer aucune profession libérale. Ils étaient tout juste bons pour des camps de concentration.

Antonescu lui-même fut rapidement débordé par ses propres troupes. Un mois à peine après son accession au pouvoir il fut contraint, sous la pression légionnaire, d'abandonner son uniforme de général, qui lui donnait cependant un grand prestige aux yeux des foules, pour endosser lui aussi la fameuse chemise verte qui le transformait en caricature d'Hitler ou de Mussolini, les pionniers de la chemise brune et de la chemise noire.

Ce fut l'époque aussi où de nombreuses unités de l'armée allemande, entrées en Roumanie sous le prétexte d'instruire la nouvelle armée roumaine, s'y installèrent comme si elles devaient toujours y rester. Se sachant assurés de la protection du Reich, les légionnaires commirent à nouveau quelques très grands attentats politiques, qui demeurèrent impunis puisque le *conducator* n'était déjà plus le vrai maître du pays et que le jeune roi était presque condamné à rester cloîtré dans ses palais de Bucarest ou de Sinaia.

Pendant la nuit du 26 novembre, soixante-quatre détenus politiques furent massacrés, sans aucun jugement ou condamnation préalable, dans la prison militaire de Jilava : cette même prison, dont le cimetière contenait les corps du « capitaine » Codreanu, fondateur du mouvement légionnaire et de ses treize complices qui y avaient été enterrés le 30 novembre 1938 après avoir été fusillés par la police de Carol II. La vengeance des légionnaires, le 26 novembre, fut atroce. Parmi les victimes se trouvèrent l'homme qui avait protégé Carol pendant toute la durée de son règne, l'ancien préfet de police Gavril Marinescu, et le général Argeseanu. Le lendemain, l'un des plus grands historiens de Roumanie, Nicolas Iorga, est enlevé à sa villa de Sinaia, puis fusillé dans une forêt. Parmi ses assassins, l'un d'eux, qui, la veille, avait reconnu avoir abattu lui-même dix-sept prisonniers sans défense de Jilava, n'avait que vingt et un ans ! La fanatisation des jeunesses hitlériennes et fascistes s'était implantée dans le cœur d'une jeunesse roumaine qui suivait cependant les offices religieux avec le plus grand recueillement...

Quand le petit peuple de Bucarest verra passer, le 30 novembre, dans les principales artères de la capitale, le long cortège qui accompagna les dépouilles – exhumées du cimetière de Jilava – du « capitaine » Codreanu et de ses complices-tueurs, il sera saisi d'épouvante : le *conducator* Antonescu, en chemise verte, conduisit le deuil national aux côtés des envoyés spéciaux d'Hitler et de Mussolini. Par ce geste il s'associa aux honneurs rendus aux assassins de Ione Duca et du grand Nicolas Iorga... Ce fut ce jour-là que commencèrent l'anarchie et la sourde révolte des véritables patriotes roumains. Celles-ci prirent une telle ampleur qu'Hitler lui-même s'inquiéta et convoqua à Berchtesgaden le *conducator* avec lequel il eut une longue et mystérieuse conférence le 14 janvier 1941...

Les Allemands jouent un jeu très habile : ils se posent en défenseurs de l'ordre intérieur et promènent leurs unités blindées dans le pays pour que cessent les luttes entre légionnaires et non-légionnaires. Après avoir fomenté et encouragé le développement du mouvement légionnaire, ils le brisaient en contraignant la plupart de ses chefs, à l'exception du *conducator* qui jouissait encore d'un certain prestige, à s'enfuir à l'étranger. Ils appliquèrent exactement la même politique que Carol II.

La population, qui ne pouvait pas jusqu'ici supporter la présence des troupes allemandes sur ce qui restait du territoire national, commença à trouver qu'après tout celle-ci n'était pas tellement redoutable, puisqu'elle venait de débarrasser le pays des excès légionnaires.

Antonescu tenta bien de résister un peu à la mainmise de l'Allemagne sur la Roumanie, seulement on se rendit vite compte que le véritable maître occulte du pays n'était plus le *conducator*, mais le baron von Killinger, l'homme dont Hitler s'était déjà servi pour asservir la Slovaquie. Un calme relatif sembla pourtant revenir pendant quelques mois...

Le 22 juin 1941, le monde entier apprit, non sans une certaine stupeur, que l'Allemagne et la Roumanie déclaraient la guerre à l'Union soviétique et que leurs troupes avaient franchi le Prut. C'était là l'aboutissement de la longue et mystérieuse entrevue du 14 janvier entre Hitler et le *conducator*.

Ce dernier, sans avoir consulté aucun de ses ministres et encore moins le roi Michel, venait d'engager la Roumanie dans la Deuxième Guerre mondiale. Mais on doit reconnaître, à sa décharge, que cette décision fut approuvée par la grande majorité des Roumains, qui se réjouissaient de voir leur armée arrachée à son inertie pour laver enfin dans le sang l'humiliation qu'elle avait subie de la part des Russes quand elle avait été contrainte d'évacuer en cinq jours et sans combattre la Bessarabie et la Bucovine.

Un mois après le début de cette nouvelle campagne, la Roumanie avait réoccupé et récupéré tous les territoires abandonnés en 1940. Ce fut le triomphe pour le *conducator* qui, imitant une fois de plus Carol II, se nomma lui-même maréchal... Mais lui, au moins, ce n'était pas à la suite de simples manœuvres en temps de paix.

Puisque cette guerre avait si bien commencé, pourquoi s'arrêter sur le chemin de la gloire ? Et ce ne fut pas sans inquiétude que les sages du pays apprirent que les troupes roumaines avaient largement dépassé les anciennes frontières de la « Grande Roumanie » et visaient Odessa, qui n'avait jamais été, dans l'Histoire, une ville faisant partie de la Moldavie ! La conquête amena la création par le *conducator* d'une nouvelle province, la Transnitrie, dont Odessa devint la capitale... Pourquoi se serait-il gêné ? Les Russes ne l'avaient-ils pas mérité ? Ce à quoi personne ne pensait dans le pays, transporté d'orgueil et d'allégresse, ce serait qu'un jour viendrait, beaucoup plus proche qu'on ne pourrait le croire, où l'U.R.S.S., repartie à l'attaque, ferait payer des larmes de sang à la Roumanie. Pour le moment, c'était l'euphorie : de la riche Transnitrie roulèrent vers Bucarest, qui commençait à cruellement souffrir des restrictions, des wagons de sucre, de blé, de bétail...

Avec la fin de 1942 les revers commencèrent : les Russes qui s'étaient d'abord laissés surprendre par l'attaque-éclair des *panzerdivisions* d'Hitler s'étaient ressaisis. Ils passèrent à la contre-attaque et ce fut pour leurs envahisseurs le désastre sans précédent de Stalingrad où plusieurs divisions roumaines, les meilleures et les mieux entraînées grâce à leurs instructeurs allemands, furent anéanties. La retraite commença... Une terrible retraite, beaucoup plus effroyable que celle qu'avait connue en 1917 et décrite dans des pages inoubliables la reine Marie, quand elle s'était réfugiée avec le roi Ferdinand dans le réduit de Jassy.

C'est le moment où « l'Opposition Unie » – qui se composait des trois vieux partis politiques du pays : le parti national paysan, dont Maniu était toujours resté le chef incontesté ; le parti libéral de Bratianu et le parti socialiste de Petrescu – commence à s'opposer timidement à la dangereuse politique germanophile du *conducator*. C'est l'heure aussi où celui que l'on considérait de plus en plus comme n'étant qu'un « petit roi » relève la tête... Il donne son approbation secrète aux chefs de « l'Opposition Unie » qui se mettent en rapport avec les Alliés. Un poste de radio clandestin, que les services de détection allemands rechercheront vainement pendant des mois dans le pays, va assurer désormais une liaison presque permanente avec Le Caire, bastion des forces alliées.

Les choses allant de plus en plus mal dans le camp des puissances de l'Axe, Michel se rend compte de l'urgence qu'il y a pour son malheureux pays à reprendre des relations directes avec le camp adverse et il décide d'envoyer au Caire deux émissaires. Si le choix de Constantin Visoïanu – ancien élève de Titulesco, ex-membre de la délégation roumaine à la S.D.N., ancien ambassadeur à La Haye et à Varsovie, devenu directeur d'un journal indépendant – paraît justifié, celui de l'autre émissaire est, pour le moins, curieux : il ne s'agit rien moins que du prince Stirbey, qui fut le « conseiller intime » de la défunte reine Marie. Comme quoi, en Roumanie comme ailleurs, en politique, on prend toujours les mêmes et on recommence... Il faut croire aussi que Michel avait conservé un bon souvenir de ce noble seigneur, descendant direct des rois valaques, qu'il avait vu – pendant sa petite enfance – entourer de prévenances et de soins attentifs sa grand-mère la reine Marie : ceci jusqu'au jour où le beau prince avait dû s'enfuir avec précipitation de Roumanie pour éviter les foudres de Carol II, qui ne pardonnait pas à sa mère une telle liaison amoureuse.

Malgré la terrible erreur qu'il a faite en associant le destin militaire de la Roumanie à celui des puissances de l'Axe, le *conducator* Antonescu a conservé quelque prestige aux yeux de Michel qui estime qu'on doit le mettre au courant des négociations qui se préparent secrètement avec les Alliés. Antonescu possède une certaine loyauté.

– Nous pouvons avoir confiance en lui, affirme l'un des chefs de « l'Opposition Unie », Maniu.

Après avoir écouté avec une réelle bienveillance le plan des conspirateurs, le *conducator* leur déclara :

– Personnellement, je ne suis pas d'accord avec vous et je pense que nous devons continuer notre lutte contre la Russie à côté de l'Allemagne qui ne peut pas perdre cette guerre. Mais je ne veux pas non plus être l'homme qui empêche l'opposition de faire sa politique. On ne gouverne pas sans avoir, en face de soi, une opposition. Je ne fais donc aucune objection au départ de vos émissaires pour Le Caire... Mais, dans l'intérêt même de notre pays, je suis contre le choix que vous avez fait de Constantin Visoïanu : c'est un trop grand admirateur de l'U.R.S.S. avec laquelle nous sommes en guerre et qui restera toujours notre pire ennemie.

Le prince Stirbey part donc seul et arrive au Caire le 1er avril 1944. C'est un homme actif, encore en pleine vigueur, qui parvient à se faire recevoir presque aussitôt par les trois ambassadeurs d'U.R.S.S., des États-Unis et de Grande-Bretagne. Ceux-ci agissent vite et lui répondent en lui présentant un projet d'armistice entre la Roumanie et les Alliés, dont il ont rédigé le texte en commun. Et, quarante-huit heures plus tard, le ministre des Affaires étrangères d'U.R.S.S., le tout-puissant Molotov, fait une déclaration publique où il dit :

– L'U.R.S.S. prend l'engagement de ne pas se mêler des affaires intérieures roumaines (*sic*). Elle n'essayera pas de changer le régime politique et économique du pays. Elle n'annexera pas une seule partie du territoire roumain.

C'était inespéré et presque trop beau ! La déclaration est approuvée par le Parlement britannique et le Département d'État américain.

Le roi reçoit un mois plus tard, par une voie très détournée qu'il ne nous appartient pas de révéler, le texte de la convention d'armistice proposé par les Alliés, que lui a transmis le prince Stirbey. Les conditions de cet armistice sont dures, même trop dures : ce fut là une nouvelle erreur des pays occidentaux à l'égard de la Roumanie qui n'avait déjà que trop souffert de l'abandon où ils l'avaient laissée pendant quatre années.

Les Alliés exigeaient que la Bessarabie – cet orgueil légitime de la conquête roumaine – et la Bucovine du Nord soient immédiatement restituées à la Russie : n'était-ce pas obliger l'armée roumaine, qui avait donné une fois encore des preuves de sa combativité pendant la rude campagne contre l'U.R.S.S., à faire une nouvelle retraite honteuse pour l'honneur et la fierté patriotiques? Les puissances occidentales voulaient également l'entrée en guerre immédiate de la Roumanie contre l'Allemagne, dont elle était encore officiellement l'alliée : ce qui impliquait de graves complications intérieures puisque de nombreuses unités allemandes étaient cantonnées sur le territoire du pays. Enfin, troisième exigence – sans doute la plus lourde pour un pays à demi ruiné par son effort de guerre – la Roumanie devait payer trois cents millions de dollars à son ennemie héréditaire : l'U.R.S.S... A ce sujet, il est assez savoureux de constater que la Russie, n'ayant qu'une confiance plutôt limitée dans sa propre monnaie, ait exigé que le paiement de la dette de guerre fût effectué dans cette monnaie-étalon que représentait alors le dollar...

Michel – qui se révèle de jour en jour, malgré sa jeunesse, un beaucoup plus grand roi qu'on ne le supposait – trouve, avec raison, que de telles conditions sont exorbitantes. C'est presque à se demander si les Alliés ne cherchent pas la ruine totale et l'effondrement de la pauvre Roumanie! Et, se rendant compte que l'élégance du prince Stirbey ne vaudra jamais la subtilité d'un diplomate de carrière, il fait partir en secret, malgré l'avis défavorable du *conducator*, Constantin Visoïanu, homme remarquablement habile. Celui-ci a raconté lui-même son étonnant voyage, plusieurs années plus tard :

– *Je partis de Bucarest la nuit, en voiture. Les routes étaient mauvaises, obscures, encombrées par les troupes. Nous traversions des villes bombardées désertées par leurs habitants. C'était sinistre. J'avais un faux laissez-passer de courtier du ministère des Affaires étrangères* – ce qui paraît être une référence des plus minces! – *et je craignais à chaque instant d'être arrêté par les troupes allemandes.*

« La nuit suivante, nous atteignîmes la frontière roumano-bulgare à Georgiu, sur le Danube, que je traversai en barque à un endroit désert. Après quelques kilomètres à pied, j'arrivai à une gare où je pris le train et je gagnai ensuite Sofia, puis Constantinople, capitale d'un pays qui avait réussi le miracle de rester neutre. De là, un avion du service régulier m'amena au Caire où je rejoignis Stirbey le 10 mai. Dès le lendemain nous reprîmes ensemble les négociations avec les trois ambassadeurs alliés. »

S'il portait sur lui l'accord militaire, paraphé d'avance par le roi Michel, et qui acceptait la fin immédiate de la guerre contre l'U.R.S.S. ainsi que l'entrée dans le conflit des troupes roumaines aux côtés de celles des Alliés, Visoïanu se fit le plus persuasif possible pour expliquer à ses trois interlocuteurs – qui se montraient très sceptiques envers « les bonnes intentions » de la Roumanie – que son jeune roi réclamait de toute urgence une aide aérienne pour soutenir l'action que ses forces terrestres encore disponibles allaient avoir à mener contre les troupes allemandes. Les dernières escadrilles de l'armée roumaine avaient été pratiquement anéanties dans la lutte désastreuse contre la Russie, la seule aviation restant encore sur le territoire roumain était allemande. Pour permettre à l'aviation alliée de la détruire, Michel avait confié à son émissaire des plans de tous les aérodromes.

Le brillant diplomate a encore expliqué dans ses confidences tardives :

– *Au lieu de déclarer immédiatement la guerre à Hitler, le roi Michel préférait lancer d'abord un ultimatum aux Allemands pour leur ordonner de quitter le pays dans les vingt-quatre heures : ce qui lui aurait permis de réorganiser son armée, avec le concours des généraux qui haïssaient le* conducator *germanophile, pour attaquer les objectifs diamétralement opposés qui allaient lui être assignés.*

Et il a ajouté :

– *Quant à la contribution de guerre à la Russie, je demandai aux ambassadeurs que la somme en fût fixée non pas tout de suite, mais seulement à la conférence de la paix. Nous allions collaborer militairement, ce qui impliquait de lourds sacrifices... N'était-il pas logique d'en tenir compte le jour où nous payerions la note finale?*

« *Enfin, je demandai surtout que la partie de la Roumanie, où se trouveraient le roi et le gouvernement, ne fût jamais occupée par les Russes, et que l'on nous donnât la garantie qu'à la fin des hostilités les troupes soviétiques évacueraient le pays.* »

Aucun des trois ambassadeurs ne s'engagea réellement au nom de son pays : l'extrême prudence semblait être de règle dans le camp allié... Cette Roumanie, pays latin, n'avait-elle pas déjà prouvé, depuis trois quarts de siècle, qu'elle était capable de faire preuve de beaucoup de duplicité dans le renversement de ses alliances ? Et même s'il se comportait avec plus de dignité que son père, ce jeune roi Michel était encore un Hohenzollern ! Avec des Hohenzollern, il faut savoir se montrer méfiant...

Deux jours passèrent avant que les ambassadeurs des États-Unis et de Grande-Bretagne ne convoquassent les envoyés roumains pour leur annoncer, avec le sourire, que les requêtes du roi Michel étaient agréées par leurs gouvernements respectifs.

Seule – et c'était de loin la plus importante – la réponse de l'ambassadeur d'U.R.S.S. n'arrivait pas... L'attente se prolongea pendant trois mois ! Le roi s'impatientait, continuant à subir la présence honnie des troupes allemandes et celle du *conducator* qui s'enfonçait de plus en plus dans son aberration germanophile. Ce fut alors que, désespérés et jouant le tout pour le tout, le prince Stirbey et Visoïanu prirent d'eux-mêmes une décision qui modifia radicalement le destin de leur pays. Ont-ils eu tort, ont-ils eu raison ? N'est-on pas aussi en droit de leur reprocher d'avoir outrepassé leur rôle d'émissaires ? Même aujourd'hui, il paraît assez difficile de répondre à une telle question. Ce qu'il y a de certain, c'est qu'ils n'ont quand même agi qu'avec leur cœur de patriotes, pour le meilleur ou pour le pire, en prenant tous les risques pour arracher leur pays à l'étau mortel qui se resserrait sur lui. Cette fois, il fallait choisir : ou c'était l'Allemagne d'Hitler avec le *conducator* Antonescu, ou ce seraient les Alliés avec le roi Michel et tous les dangers que comportait pour la Roumanie un semblant d'alliance avec l'ennemi russe...

– *Stirbey et moi, nous avons eu,* avouait Visoïanu, *le sentiment très net que l'U.R.S.S. ne voulait pas d'armistice. Elle voulait entrer chez nous en vainqueur, les armes à la main. Notre débat de conscience fut très grave, mais finalement nous envoyâmes au roi Michel un télégramme chiffré dans lequel nous lui demandions de cesser les opérations militaires contre les Russes sans attendre la réponse soviétique.*

Le télégramme arriva à Bucarest le 18 août 1944. Michel en comprit parfaitement tout le sens : l'U.R.S.S. n'ayant pas donné de réponse affirmative, on pouvait craindre le pire... Mais il estima, à son tour, qu'il fallait jouer le grand jeu.

Cinq jours plus tard il fit venir, sous un motif bénin, le *conducator* maréchal Antonescu au palais – ce palais de toutes les intrigues, de toutes les surprises, de toutes les traîtrises aussi – auquel il posa, avec sa grande franchise, une seule question :

– Quelle est la situation militaire?

Le *conducator* répondit, non moins franchement :

– Désastreuse! Nous ne pouvons plus résister, mais ce qui est plus grave : les Allemands non plus!

– Donc il faut signer un armistice?

– Peut-être... Seulement, dans ce cas, je dois en référer à Hitler...

Le sang des Hohenzollern-Sigmaringen et de tous les Hohenzollern, même ceux de Prusse – ces fiers seigneurs, débordant d'orgueil et de morgue, qui n'auraient jamais admis à la tête du Grand Reich la présence de l'ancien peintre en bâtiment Adolf Hitler – ne dut faire qu'un tour dans les veines du dernier des leurs qui régnait encore... Décidément, cet Antonescu était un homme fini pour la Roumanie puisqu'il n'agissait plus qu'en valet de l'occupant. Il fallait sinon l'abattre, étant donné ses anciens états de service, du moins l'empêcher de nuire au pays. Michel le fit arrêter séance tenante par les officiers de sa maison militaire qui se tenaient prêts à toute éventualité dans une petite pièce voisine de celle où le roi était en tête-à-tête avec le *conducator*.

Quelques heures plus tard une proclamation royale, lue à la radio, annonça la fin des hostilités contre l'U.R.S.S. et ordonna aux troupes roumaines de cesser le combat. Michel avait également convoqué le général d'aviation Gerstenberg, commandant en chef des troupes allemandes se trouvant en Roumanie. Il lui remit un ultimatum écrit et signé par lui selon lequel la totalité des troupes allemandes devraient avoir évacué le territoire dans les vingt-quatre heures.

Après avoir lu l'ultimatum, Gerstenberg claqua des talons, salua militairement et se retira sans dire un mot. Deux nouvelles heures passèrent... L'aviation allemande avait pris l'air, mais ce n'était pas pour se retirer : elle bombardait Bucarest sur ordre du Führer... Bombardement qui fut terrible. Les aviateurs allemands, volant à basse altitude et rasant les toits des maisons, s'en donnèrent à cœur joie, lançant des bombes incendiaires et mitraillant les rues d'une ville qui n'avait aucune défense antiaérienne. Dans ce pilonnage systématique de chaque quartier, qui dura trois jours, le palais royal aux volets roses fut spécialement visé et ce ne fut que par miracle que le roi, qui ne l'avait pas quitté un seul instant, ne fut pas tué. De toute façon, il avait conservé un calme absolu.

Dès la première nuit, les services allemands plièrent bagage avec une extrême célérité qui tourna presque à la fuite. Seuls restèrent à Bucarest quelques membres du personnel civil de la légation, qui se groupèrent autour de l'ambassadeur von Killinger. Aucun d'eux ne put partir. Le 2 septembre, von Killinger se suicida avec sa secrétaire particulière qui semble avoir été également sa maîtresse. Pour l'Allemagne d'Hitler tout était consommé en Roumanie grâce à la volonté et à l'énergie de celui que l'on avait surnommé par dérision, dans les chancelleries du Reich, « le petit roi »...

Le bombardement de la capitale cessa le 27 au matin dès que les bombardiers américains intervinrent. Ceux-ci, ayant les plans des emplacements exacts de tous les aérodromes et camps allemands que leur avait fait remettre Michel par Visoïanu, écrasèrent ce qui restait de la *Luftwaffe* dans le pays.

Le roi constitua en hâte un nouveau gouvernement fait d'officiers supérieurs et présidé par le général Sanatescu. Quatre civils, ministres d'État, furent cependant adjoints à cette junte militaire : les chefs des trois grands partis politiques qui avaient fait naître « l'Opposition Unie », Juliu Maniu, Bratianu et Petrescu. Le quatrième civil, uniquement désigné pour faire plaisir aux Russes, Patrascanu, était communiste. Ceci malgré le fait que, dans toute la Roumanie, il n'y avait pas alors – de l'aveu même de la militante rouge Anna Pauker – huit cents communistes pour vingt et un millions d'habitants !

Le 28 août, les premières troupes soviétiques firent leur entrée à Bucarest, assurant, si l'on peut dire, « la relève » des troupes allemandes enfuies ou anéanties. Les Russes furent reçus avec des fleurs et des faisceaux de drapeaux où les couleurs nationales roumaines alternaient avec le drapeau rouge... On fraternisait... Mais la joie fut de très courte durée! Cette armée russe ne connaissait pas les mêmes disciplines que l'armée allemande : elle devait d'abord vivre entièrement sur le pays où elle se trouvait. Et elle ne s'en priva pas, pillant les fermes, les magasins, les maisons privées, abattant des troupeaux entiers de bétail, volant toutes les automobiles et, parmi celles-ci, en tout premier celle du nouveau président du Conseil!

Très inquiet sur la tournure que prenait cette « occupation amie », qui se révélait pire que l'occupation ennemie, le roi donna l'ordre au prince Stirbey et à Visoïanu, qui étaient toujours au Caire, de se rendre le plus rapidement possible à Moscou pour y signer une convention d'armistice définitive. Celle-ci ne fut ratifiée que le 12 septembre, mais les deux représentants de la Roumanie étaient déjà arrivés dans la capitale russe à la fin d'août en même temps qu'une délégation venue directement de Bucarest et présidée par Patrascanu, l'unique ministre communiste du nouveau gouvernement.

Dans ses souvenirs, Visoïanu raconte qu'après une longue semaine d'attente lui et ses compatriotes furent enfin convoqués au Kremlin le 8 septembre pour commencer les négociations d'un armistice qui devait être l'un des plus dramatiques qu'ait jamais eu à accepter la Roumanie.

Molotov, Vychinski et deux généraux russes

auxquels s'étaient joints les ambassadeurs des États-Unis et de Grande-Bretagne accueillirent les plénipotentiaires roumains dans une immense salle. Sans que personne n'ait prononcé un seul mot, on tendit aux Roumains un texte qu'ils devaient signer : le même, sans aucune modification, que celui qui leur avait déjà été présenté au Caire. C'était à croire que les demandes d'aménagements, formulées par le roi Michel et transmises par son deuxième messager Visoïanu, n'avaient même pas été prises en considération.

Ce dernier tenta bien d'attirer l'attention des Alliés sur cette lacune, mais chaque fois qu'il demandait, en faveur de son malheureux pays, la moindre modification de l'un des articles du traité, le terrible Molotov – qui, en tant que ministre des Affaires étrangères de l'U.R.S.S. présidait la commission alliée – disait invariablement, d'une voix monocorde et impassible :

– *Passons maintenant à l'article suivant...*

C'était une façon de comprendre les choses comme le vieux Caton : *delenda est Carthago !* Molotov, et sans doute à travers lui Staline, voulait l'agonie de la Roumanie, ce pays trop latin abhorré de tous les Slaves.

– *Tout de même*, confia Visoïanu qui fit ce jour-là preuve d'un très grand courage, *j'insistai sur un point. Je voulais que l'on ajoutât au texte : « A la fin des hostilités les troupes alliés quitteront le territoire roumain.* »

Ce à quoi Molotov répondit, sans se départir de son flegme :

– *C'est évident ! Pourquoi voulez-vous ajouter un article qui est évident ?*

– *Justement, puisque cela est évident, il vaut mieux le mettre!*

– *Mais non,* répliqua Molotov, *cela va sans dire...*

– *Cela va sans dire, mais cela ira encore mieux en le disant, affirmait Talleyrand.*

– *Je remercie M. Visoïanu,* conclut Molotov, *pour sa remarquable citation historique. Mais je répète qu'il n'est pas nécessaire de mettre cet article. Il est bien évident qu'à la fin des hostilités les troupes soviétiques quitteront le territoire roumain!*

Elles ne l'ont quitté que de longues années après que cet armistice eut été signé le 12 septembre 1944...

Cette étonnante joute oratoire, échangée entre le ministre des Affaires étrangères de la toute-puissante U.R.S.S. triomphante et un subtil diplomate roumain qui luttait désespérément pour sauver ce qui pouvait encore être sauvé de l'indépendance de son pays mutilé, eut un côté épique. Elle a été rapportée, avec une grande exactitude, par Léon Gruart dans un remarquable article publié en 1962 dans un magazine sous un titre qui, à lui seul, constitue tout un programme : *Comment le Royaume de Roumanie est devenue une démocratie populaire...*

Mais qu'était devenu, pendant que se poursuivaient ces laborieuses négociations, le maréchal Antonescu, ce *conducator* d'une jeunesse fanatisée qui avait été conduite à la mort devant les ruines de Stalingrad? Après avoir été arrêté, sur ordre du roi Michel, dans la même salle de ce palais où, quatre années plus tôt, il avait exigé la démission du propre père de Michel, Carol II, l'ancien officier de cavalerie avait été incarcéré pendant quelques jours à Bucarest, puis remis aux Russes qui avaient exigé ce prisonnier de choix. Craignant que la justice roumaine et surtout la clémence du roi ne fissent preuve de trop d'indulgence à son égard, ils emmenèrent le *conducator* en Russie. Mais quand ils eurent la certitude que l'ex-dictateur serait jugé avec beaucoup plus de sévérité dans son propre pays qu'en U.R.S.S., ils le ramenèrent pour le livrer au « tribunal du peuple roumain ».

Deux années s'étaient écoulées depuis que Michel avait fait arrêter Antonescu et les choses avaient bien changé en Roumanie où le parti communiste était devenu maître absolu de la situation politique, malgré la présence symbolique du jeune roi. Bons psychologues, les Russes savaient que la haine populaire d'un peuple se déchaîne avec d'autant plus de violence que celui qui doit être jugé a occupé un poste éminent. Il fallait que le *conducator* payât pour tout : pour les crimes des légionnaires dont il avait endossé la chemise verte honnie, pour la défaite de l'armée à Stalingrad, pour toute la honte qui avait recouvert le pays depuis des années...

Les débats de son procès – qui était, au fond, celui de toute dictature de droite, y compris celle qu'avait exercée avant lui Carol II – commencèrent le 4 mai 1946. Comme il n'y eut que quelques journalistes, tous d'obédience communiste, autorisés à suivre ces débats, la relation des faits fut loin d'être impartiale ou simplement objective.

Les avocats avaient été commis d'office : ce qui voulait dire que devant un pareil tribunal, composé en grande majorité de communistes, ils devaient savoir se montrer modérés et prudents dans leurs propos. Sinon ce serait bientôt leur tour d'être jugés par ce même « tribunal du peuple ». La plupart des témoins cités par la défense se récusèrent.

On a pu tout penser et tout dire sur la façon dont le *conducator* a dirigé la politique roumaine pendant les quatre années où il resta au pouvoir, mais nul ne peut l'accuser d'avoir été un lâche. Il a été jusqu'au bout de ses convictions : pour lui l'Allemagne ne pouvait pas perdre la guerre... Il s'est trompé, comme beaucoup de gens et même comme des hommes de grande valeur dans d'autres pays. Au cours de « son » procès, qu'il savait perdu d'avance, il sut faire preuve d'un courage qui interdit aujourd'hui de salir sa mémoire. La simple justice nous oblige à citer la dernière déclaration qu'il fit avant que le verdict ne fût rendu, et que la presse roumaine d'alors prit le plus grand soin de ne pas publier, ce qui est indigne d'une presse, quelle que soit son appartenance politique.

– *J'ai été en 1940*, dit d'une voix nette et assurée le *conducator* Antonescu, *l'expression des protestations de tout le pays contre les abus de Carol II. J'ai pu commettre des erreurs politiques, j'en prends la responsabilité. Lorsqu'en automne 1940 j'ai conclu une alliance avec l'Allemagne, celle-ci était l'alliée de la Russie. J'ai perdu la partie; si je l'avais gagnée, j'aurais aujourd'hui ma statue dans toutes les villes de Roumanie... Je demande à être condamné à mort et je refuse d'avance toute mesure de grâce, ainsi mourrai-je sur le sol de ma patrie, tandis que, vous autres, vous n'êtes même pas sûrs de vous y trouver encore le jour où vous serez pendus!*

Le 17 mai, le maréchal Antonescu, ex-*conducator*, est condamné à mort. Ce qui met le jeune roi dans une situation particulièrement délicate : si cet homme n'avait pas été là au moment où Carol s'enfuyait piteusement, Michel lui-même ne serait pas remonté sur le trône... Aussi voudrait-il bien commuer la sentence de mort en détention à vie. Mais les agitateurs communistes provoquent des grèves massives et des protestations dans le pays, répandant partout des pétitions où tout le monde doit signer pour exiger le châtiment des « nazis de Roumanie ». Et pourtant, malgré cette campagne orchestrée, la grande majorité de l'opinion était prête à se rallier à la décision du roi s'il penchait pour la clémence. L'armée elle-même, qui n'aimait cependant pas Antonescu, sut se montrer digne. Malheureusement il y eut le clan de ceux qui hurlaient plus fort... Le roi finit par céder. Le *conducator*, qui avait été acclamé comme étant « le sauveur de la patrie » quatre années plus tôt, fut fusillé à l'aube du 1er juin 1946 dans cette même prison de Jilava où il avait laissé massacrer en 1940, par les jeunes légionnaires ivres de sang, des hommes tels que Gavril Marinescu ou le général Argeseanu. Mais il est certain que si le roi Michel avait fait un seul geste, il aurait pu lui éviter le poteau d'exécution. Et nous ne pensons pas que cette mort ait apporté le moindre regain de prestige à la couronne.

Michel tint scrupuleusement les engagements qu'il avait pris à l'égard des Alliés. Quatorze divisions roumaines – tout ce qui restait d'une armée qui, une fois de plus, avait beaucoup souffert – furent engagées en première ligne, à côté des divisions russes, non seulement pour finir de chasser les Allemands du pays, mais aussi pour « libérer » la

Hongrie et la Tchécoslovaquie. Les pertes roumaines furent considérables : dans plusieurs secteurs du nouveau front, la plupart des blessés moururent par manque de soins. Les Russes, dont l'organisation sanitaire était alors déplorable, avaient fait main basse sur toutes les ambulances roumaines, estimant que « leurs » blessés devaient être soignés avant ceux d'un peuple qu'ils ne traitaient guère en nouvel allié, mais plutôt en vaincu.

Il ne fallut pas attendre plus de six semaines avant que l'U.R.S.S. ne commençât à accuser le gouvernement roumain de « saboter la convention d'armistice ».

– *Nous n'avons aucune confiance dans votre gouvernement de militaires,* déclarèrent-ils au roi. *Composez un gouvernement politique...*

Et comme ils occupaient le pays, ce conseil prenait l'allure d'un ordre.

Cherchant à éviter le pire et espérant toujours qu'à l'issue des hostilités les concessions faites en temps de guerre pourraient contribuer à améliorer le sort de son peuple, Michel constitua le 4 novembre un nouveau gouvernement, dont le président était toujours le général Sanatescu, mais d'où les autres officiers avaient été renvoyés pour être remplacés par des représentants de tous les partis du pays.

Visoïanu, qui avait encore à cette époque une certaine audience auprès des Russes parce qu'il avait été l'un des deux négociateurs envoyés au Caire et peut-être aussi parce qu'il avait su résister au redoutable Molotov, fut nommé ministre des Affaires étrangères dans la nouvelle équipe ministérielle : ce qui lui donna la lourde responsabilité d'assurer la parfaite exécution des conventions d'armistice. Ce qui lui permit aussi de juger comment les « nouveaux Alliés » interprétaient à leur manière ces conventions... Il a raconté qu'un jour les Soviets lui demandèrent la livraison immédiate d'un million de pains !

– *Avez-vous un million de soldats en Roumanie?* répondit le ministre roumain à l'officier russe auquel incombait la réquisition.

– *Non.*

– *Alors? Combien en avez-vous?*

– *C'est un secret militaire...*

Les Russes n'obtinrent pas leur million de pains.

– *Une autre fois,* narra encore le diplomate, *mon collègue des Finances m'avertit que l'armée russe réclamait plusieurs centaines de millions de lei « pour acheter des choses » que les Russes voulaient acquérir avec notre argent. Ma surprise fut grande en parcourant cette liste : il y était question de dizaines de milliers de tailleurs pour dames, de dizaines de milliers de chemises de soie et aussi... d'œufs de faisan !*

Le lendemain de cet incident, par un hasard providentiel, Vychinski était à Bucarest. Il alla le voir et lui demanda innocemment :

– *Depuis quand les soldats russes portent-ils des chemises de soie et mangent-ils des œufs de faisan?*

Il me regarda, mi-étonné, mi-amusé, se demandant où je voulais en venir. Je lui montrai la liste des « choses ». Alors, pour la première fois de sa vie peut-être, Vychinski a rougi !

Une nouvelle crise ministérielle éclata. Le général Sanatescu fut remplacé le 5 décembre 1944 par un autre général : Radescu, ancien cavalier comme l'ex-*conducator*, était un homme à poigne qui s'était dressé contre les Allemands. Malheureusement cet excellent officier, qui paraissait cependant avoir été nommé par le roi avec l'approbation des Russes, ne parvint à rien. L'anarchie s'accrut encore à l'intérieur du pays. Sans avoir reçu aucune autorisation du gouvernement, les paysans ne se gênèrent pas pour morceler et pour s'attribuer les terres des grands propriétaires, s'inspirant en cela des règles communistes qui ne tarderont pas, comme en U.R.S.S., à mener l'agriculture à la catastrophe : la trop grande multiplication des petites exploitations agricoles est la plus folle erreur pour obtenir un véritable rendement de la terre. Pendant ce temps, les troupes russes continuaient leurs pillages systématiques.

Après deux mois de vains efforts, au cours desquels le général Radescu tenta de réprimer les abus, il fut convoqué au palais par le roi qui l'informa être dans l'obligation de se séparer de lui à la suite d'une intervention personnelle de Vychinski, le vice-ministre des Affaires étrangères d'U.R.S.S., qui exigeait que le pouvoir fût confié à Petru Groza, déjà président du « Front des Laboureurs ». Sachant que ses jours étaient maintenant comptés, Radescu se mit sous la protection des Alliés occidentaux en se réfugiant à la légation d'Angleterre.

La discussion entre le roi et Vychinski avait été des plus orageuses... Visoïanu, qui avait réussi à conserver le portefeuille des Affaires étrangères dans le ministère Radescu, fut l'un des rares témoins à y avoir assisté. Mais, avant cette entrevue qui eut lieu au palais royal, Visoïanu avait d'abord été convoqué au siège du parti communiste roumain, où on lui expliqua, non sans ménagements, que l'U.R.S.S. était décidée à imposer au pays un gouvernement à majorité communiste. Mais elle tenait essentiellement à ce que lui-même restât dans ce nouveau gouvernement. Il était évident que sa seule présence pouvait apporter un certain apaisement aux craintes justifiées que commençaient à formuler Londres et Washington sur l'avenir de la Roumanie! Visoïanu refusa de s'associer à une telle manœuvre. Deux jours plus tard, l'ambassadeur d'U.R.S.S. l'informa que Vychinski, arrivé en avion de Moscou, voulait être reçu aussitôt par le roi. Avec son flegme habituel, le ministre roumain répondit qu'il n'avait jamais été dans les habitudes d'un roi de Roumanie, et encore moins dans celles de Michel Ier, de recevoir qui que ce fût « immédiatement »... Mais il donna cependant au souverain le conseil d'accueillir sans trop tarder l'envoyé de Moscou. Dès qu'il fut en présence du roi, Vychinski attaqua avec sa hargne coutumière :

– *La situation n'est pas bonne en Roumanie. Il y a des désordres dans le pays. Des actions de sabotage ont été entreprises contre les troupes soviétiques. Nous demandons donc le changement immédiat du gouvernement actuel, que nous tenons pour responsable de cette situation.*

– *Pourquoi changer encore le gouvernement?* répondit Michel en feignant l'étonnement. *Ce gouvernement ne peut être tenu responsable de quelques faits isolés et, par surcroît, il est le plus démocratique qui soit puisque tous les partis y sont représentés!*

– *Non!* cria avec insolence Vychinski en frappant du poing sur la table.

On n'en était pas encore à un Khrouchtchev se servant de sa chaussure pour taper sur une table en présence du président Eisenhower, mais enfin on s'en rapprochait : ce fut une sorte de prélude diplomatique...

Le lendemain Vychinski revint au palais où Michel, conciliant, suggéra :

– *Nous pouvons faire des élections, si vous le désirez?*

– *Non et non! Il me faut « immédiatement » un gouvernement plus démocratique!*

Ce ne fut qu'après une troisième audience, encore plus violente, que Michel dut répondre qu'il aviserait... Sachant très bien qu'un gouvernement Groza serait la première étape positive vers la chute de la monarchie, il cherchait à temporiser : cette tactique avait si souvent réussi à son père, Carol II, qu'il espérait pouvoir en bénéficier lui aussi. Mais les agitateurs communistes, qui s'impatientaient, firent savoir à Michel que s'il ne donnait pas le pouvoir à Groza avant le 6 mars à midi, une manifestation monstre aurait lieu devant le palais, au cours de laquelle ce serait la populace elle-même qui conférerait l'investiture à Groza. Michel dut s'incliner : le 2 mars, à dix-huit heures, Groza et son équipe – faite de gens venus d'un peu partout et d'un solide renfort de trois ministres communistes – prêtèrent serment. Un de plus...

On retrouvait même, dans ce cabinet, Tatarescu au poste de vice-président du Conseil et de ministre des Affaires étrangères... Tatarescu, l'homme qui avait trahi la cause des Alliés occidentaux et qui avait été le premier à conseiller à Carol II de jouer la carte allemande... Maniu et Bratianu, les leaders des deux grandes formations de patriotes, furent naturellement évincés d'un tel gouvernement, également par ordre des Russes.

Qui est Petru Groza? D'abord un viveur qui est enchanté de se trouver au pouvoir pour satisfaire ses appétits insatiables. Sa popularité est venue de ce qu'il a eu la chance – le mot n'est pas exagéré – d'être arrêté, pendant la guerre, par ordre du *conducator*. Mais il bénéficia toujours d'un régime de faveur au cours d'un emprisonnement de quelques mois. Il avait une fortune personnelle, qui lui aurait permis de rester tranquille. Mais elle ne lui suffisait pas : il lui fallait les honneurs, même si ceux-ci lui étaient conférés grâce à l'appui de l'ennemie héréditaire de son pays : la Russie.

Le plus dangereux des ministres communistes de ce gouvernement, celui aussi sur lequel les Soviets comptaient le plus pour parvenir à leurs fins, était un ancien ouvrier typographe, Teohari Georgescu. Après avoir été condamné en 1941 aux travaux forcés, cet homme intelligent avait été détenu au pénitencier de Daftana, brusquement détruit pendant une nuit par un tremblement de terre. Georgescu était l'un des rares forçats qui avaient réussi à sortir indemnes du cataclysme.

Satisfaits de ce nouveau ministère – qui n'a cependant été reconnu que par eux et non par les Anglais et les Américains – les Russes font quelques concessions, dont la plus importante est que la Transylvanie septentrionale soit libérée de l'administration militaire soviétique et replacée sous le contrôle du gouvernement roumain. C'est l'époque aussi où le maréchal Tolboukine vient spécialement de Moscou pour décorer le roi de « l'ordre soviétique de la

Victoire » : ceci au nom de Staline lui-même qui veut ainsi, selon la déclaration de son envoyé, « *rendre hommage à l'acte historique du 23 août 1944 par lequel le roi Mihaï Ier a changé radicalement les alliances de la Roumanie* ». Il est permis de se questionner aujourd'hui pour se demander si, dans son exil actuel, Michel est toujours fier d'avoir reçu une distinction aussi rare ?

Malgré tout, au moment de cet événement, les relations entre le roi et les Soviets paraissaient s'être nettement améliorées. Et l'on était presque en droit d'espérer que ce ne pourrait être qu'un bien pour l'avenir du pays...

La « soviétisation » s'était accélérée en grande partie grâce à l'action menée par la redoutable Anna Pauker, qui se fit aider par les prisonniers roumains rentrés de Russie, où on les avait endoctrinés, pour atteindre et convertir les milieux ouvriers. Mais quelle femme était exactement cette Anna Pauker, qui fit tant parler d'elle et que l'on n'a pas hésité à comparer à la « Pasionaria » de la guerre civile espagnole ? La comparaison est peu flatteuse pour la Roumanie sur le plan intellectuel : Anna était infiniment plus intelligente, et donc plus dangereuse, que la révolutionnaire espagnole qui se montra surtout apte à ameuter les foules, grâce à une voix tour à tour tonitruante ou larmoyante, dans de vastes meetings.

Quand le nom d'Anna Pauker s'impose sur la scène politique, elle a déjà cinquante-trois ans : elle n'a donc rien, mais plus rien, de l'innocente ! Nous sommes en 1947. D'où vient-elle ? Qu'a-t-elle fait avant ? Son nom de jeune fille était Rabinovitch. Son père, boucher de Bessarabie, avait réussi à trouver un modeste emploi dans une synagogue de Bucarest, mais c'était déjà pour lui une montée dans la hiérarchie des valeurs israélites. Très jeune, Anna adhéra avec flamme aux idées communistes et fonda, dès 1920, le parti communiste roumain qui, pendant de longues années, ne parvint à recruter que quelques centaines de membres.

Emprisonnée à Bucarest en 1941, sur l'ordre du *conducator*, elle fut échangée contre un Roumain légionnaire, c'est-à-dire un anticommuniste acharné, qui était détenu dans une prison de Moscou. Arrivée dans le pays qui l'avait fait libérer, Anna Pauker demanda à devenir citoyenne soviétique : faveur très rarement octroyée par l'U.R.S.S., qui lui fut cependant accordée. Sa principale occupation, pendant son long séjour en Russie, fut de « communiser » par tous les moyens les innombrables prisonniers roumains faits à Stalingrad.

De Russie, elle fut envoyée par l'Internationale communiste – dont elle était l'un des plus sûrs éléments – en Suisse. La véritable raison de ce voyage n'a jamais été bien éclaircie, mais il est avéré qu'Anna en profita pour se faire épouser par un certain Pauker, qui était le neveu des propriétaires de deux grands journaux de Bucarest. Ce mariage ne dura pas très longtemps et Anna se retrouva veuve. On a même dit – parce que tout a été dit, de vrai et de faux, sur une telle femme – que ce serait Anna elle-même qui aurait fait condamner pour « trotskisme » son mari, dont elle ne pouvait plus supporter la présence, et qu'elle l'aurait fait déporter par ses amis russes en Sibérie où il serait mort.

Quand elle revint d'U.R.S.S. en 1944, sous la

protection de l'armée rouge triomphante, elle avait le grade de colonel! Elle ne détestait pas, d'ailleurs, porter l'uniforme.

L'entrée de cette femme dans le gouvernement Groza, remanié en 1947 pour permettre de donner trois des portefeuilles essentiels à trois autres communistes, était l'indice que la monarchie n'en avait plus pour très longtemps... Néanmoins Anna Pauker sembla manifester une apparente sympathie à l'égard du jeune roi tant que dura l'idylle de ce dernier avec la richissime grecque Dodo Chrissolegos dont Anna avait précisément fait la connaissance en Suisse... Mais, dès le jour où Michel – ayant rencontré à Londres, aux fêtes du couronnement de la reine Elisabeth, la gentille Anne de Bourbon – décida d'en faire son épouse, le charme entre Anna et lui fut rompu. La belle Grecque étant éliminée, « la pétroleuse » estima qu'elle n'aurait plus aucune action sur les décisions royales... Pour elle, ce fut une grande déception... Peut-être même avait-elle caressé le rêve secret de devenir, à son tour, « l'égérie » du règne constitutionnel de Michel Ier comme Magda Lupescu avait réussi à être celle du règne dictatorial de Carol ?

L'une et l'autre de ces femmes étaient d'origine à peu près similaire : la première était la fille d'un chiffonnier de Bessarabie, la seconde celle d'un boucher de Bessarabie... Il est presque effarant, et en tout cas étrange, de penser qu'à deux reprises différentes le destin de la Roumanie, le seul pays latin d'Europe centrale, s'est joué parce que deux juives, remarquablement intelligentes, avaient décidé de prendre une emprise sur le roi... La première, Magda, s'attaqua au père, réussit presque, mais ne parvint quand même pas à devenir reine... La seconde, Anna, qui fut loin d'avoir le charme physique de la première, trouva plus habile d'essayer d'agir sur le cœur du fils par personne interposée... Pour elle, ce fut la faillite complète parce que la charmante silhouette d'une princesse française, Anne, se dressa dans la triste existence de Michel.

Pendant que celui-ci essayait désespérément de gagner du temps face aux exigences de plus en plus grandes des Soviets qui étaient décidés à faire de la Roumanie un pays satellite, ressemblant à tous ceux qui se trouvent aujourd'hui de l'autre côté du rideau de fer, Visoïanu conjurait les gouvernements américain et britannique d'aider son jeune roi à sauver l'indépendance roumaine. Mais la réponse de Washington fut lapidaire :

– *Nous ne pouvons rien faire. La conférence de Yalta ne s'applique pas à la Roumanie qui se trouve dans la « zone militaire » soviétique...*

Cela voulait dire que la monarchie roumaine n'intéressait plus les anciens Alliés... Seule la France, qui avait déjà aidé Ferdinand Ier à faire « la Grande Roumanie » au lendemain de 1918, aurait sans doute agi si elle l'avait pu ! La France qui savait que sa culture avait été largement répandue, depuis soixante-quinze années, chez sa sœur latine du Danube. La France qui n'ignorait pas que sa langue, rendue jusqu'alors obligatoire dans toutes les écoles de Roumanie, commençait à y être remplacée progressivement par la langue russe... Malheureusement la France n'avait pas été conviée au « festin de Yalta ».

Si l'on veut se donner la peine de relire, dans les *Mémoires* de Winston Churchill, les lignes qu'il y a consacrées au problème roumain, on trouve cet aveu :

« Ce fut le soir même où j'exposais à la Chambre des Communes les résultats de nos travaux de Yalta que, pour la première fois, les Russes violèrent nos accords dans la lettre et dans l'esprit, en Roumanie. Je fus profondément troublé par ces nouvelles qui, nous n'allions pas tarder à le constater, nous donnaient un avant-goût de ce qui nous attendait... Et nous nous trouvions gênés pour protester du fait qu'Eden et moi, au cours de notre voyage à Moscou, en octobre, nous avions reconnu une voix prépondérante à la Russie en Roumanie et en Bulgarie. »

Le rôle du roi Michel, qui peut paraître assez ambigu dans toutes ces tractations, fut cependant celui d'un jeune prince qui lutta jusqu'au bout pour sauver le prestige de sa couronne : et, en agissant ainsi, il assurait la sauvegarde de son pays. Plusieurs fois, il menaça de donner sa démission dont, en vérité, les Russes ne voulaient pas tout de suite, se réservant de le contraindre à démissionner le jour où ils estimeraient que le fruit serait mûr et que la Roumanie se rallierait d'elle-même au camp communiste.

Quand le président Truman fit, le 18 août 1945, sa déclaration, restée célèbre, sur « l'instauration de régimes largement démocratiques dans tous les pays satellites », Michel bondit sur l'occasion pour exiger de Groza sa démission. Celui-ci, de plus en plus sûr de l'appui des Soviets, lui rit au nez. Ce fut à dater de ce jour que le roi se refusa à signer le moindre décret : de plus en plus, il fut contraint de s'enfermer dans son palais aux volets roses.

Ce fut le moment que choisit Carol II pour faire

reparler de lui... Et on se demande vraiment s'il ne s'est pas conduit alors en monstre à l'égard de son fils ! Déjà, quand Antonescu avait entraîné la Roumanie aux côtés des puissances de l'Axe dans la guerre contre l'U.R.S.S., Carol – qui s'était installé avec sa maîtresse au Mexique où il était bien tranquille et suffisamment loin de la guerre européenne – avait fait savoir à l'ambassadeur de Russie à Mexico qu'il était diamétralement opposé à la politique du *conducator*... Pour Carol, c'était une façon assez peu élégante de pendre ses précautions pour l'avenir. La possibilité de son retour éventuel, avec le plein accord de l'U.R.S.S., n'était donc pas à écarter. Et peut-être même qu'une Magda Lupescu, si son royal amant avait pu récupérer son trône, aurait fini par s'entendre avec une Anna Pauker ? La similitude de goûts et d'aspirations entre les deux femmes n'était-elle pas surprenante ? Toutes deux voulaient régenter le pouvoir, chacune à leur manière : la première en utilisant des méthodes « capitalistes », la seconde en se servant de « l'idéal communiste ». Le résultat final ne pouvait être que le même : l'asservissement de tout un peuple à une dictature d'extrême droite ou d'extrême gauche.

Mais Carol était prudent : il ne revint pas.

Que pouvait faire le jeune roi Michel, écrasé par une charge trop lourde, pris « en sandwich » entre l'implacable volonté de la puissante U.R.S.S. et les réticences perpétuelles des U.S.A., tiraillé dans un inextricable imbroglio familial avec un père qui ne demandait pas mieux que de le détrôner une deuxième fois et deux tantes, sœurs de Carol II, la princesse Elisabeth de Grèce et l'archiduchesse Ileana de Habsbourg, qui « flirtaient » dangereusement avec le parti communiste uniquement dans l'espoir de sauver leur fortune... Il ne restait alors au roi qu'une seule alliée : sa mère, la reine Hélène qui tremblait pour la vie de son enfant... Que pouvait faire Michel ?

Et les insultes, plus ou moins officielles, se multipliaient à son égard. Parmi celles-ci il en fut une qui dépassa les limites de la mesquinerie. Le 8 novembre, jour de la Saint-Michel, volontairement le gouvernement Groza supprima les manifestations affectueuses qui avaient entouré, jusqu'à ce jour, cette fête. Tous ceux – parmi cette cohorte, restée fidèle à la jeunesse du roi, il y avait surtout des étudiants – qui voulurent acclamer leur souverain trouvèrent les grilles du palais fermées et gardées par un fort contingent de police. On comprit ce jour-là que le roi n'était plus qu'un prisonnier en sursis... Les communistes fomentèrent une bagarre qui fit des morts dans les deux camps : celui qui voulait l'abolition de la monarchie et celui qui lui était encore resté fidèle. C'était l'anarchie.

Il y eut quand même un homme de grand mérite qui essaya de lutter aux côtés du roi : Maniu, le président du parti national. Groza finit par le faire arrêter. La plus grave accusation relevée contre Maniu fut d'avoir eu « des contacts criminels » avec les légations des États-Unis et de Grande-Bretagne, les anciens alliés officiels de l'U.R.S.S... Le procès Maniu commença le 29 octobre 1947 devant un conseil de guerre. L'homme, qui avait soixante-quatorze ans et qui, toute sa vie durant, avait œuvré pour l'indépendance de son pays, celui qui avait organisé l'« Opposition Unie » pour résister aux Allemands et à Antonescu, fut condamné aux travaux forcés à perpétuité. La prédiction faite par le *conducator* dans sa dernière déclaration avant de mourir se révélait véridique.

Après la disparition de Maniu de l'échiquier politique, plus personne ne se fit d'illusions : la fin de la monarchie, dont l'agonie avait été prolongée grâce à l'entêtement et au courage d'un tout jeune roi, était proche.

Le 30 décembre, alors que Michel s'en revenait des fêtes du couronnement à Londres, un appel téléphonique troubla en pleine nuit le silence du palais de Sinaïa où ce qui restait de la famille royale en Roumanie était venu séjourner pour les fêtes traditionnelles de fin d'année. C'était le président du Conseil, le communiste Groza, qui demandait à parler au roi en personne. Celui-ci a raconté lui-même comment les choses se passèrent. Et ses propres paroles prennent, avec le temps, une résonance douloureuse :

« *Le président du Conseil demanda à me voir d'urgence, sans préciser l'objet de l'entretien. Il se refusait à venir lui-même à Sinaia et je dus accepter d'aller à Bucarest. Rendez-vous fut pris pour le lendemain à midi à la villa de ma tante, la princesse Elisabeth. Cette villa est située loin de toute habitation. Je me rendis au rendez-vous avec la reine mère...* »

Qu'il nous soit permis ici de faire une parenthèse : une mère, qu'elle soit reine ou femme du peuple, possède un instinct infaillible. Elle sent très bien, en vertu de ce don de divination mystérieux que seules possèdent celles qui ont donné la vie, quand la chair de sa chair est en danger de mort. La mort fut toute proche, ce jour-là, de Michel.

« *A peine arrivés,* continua à raconter le roi, *la*

villa fut cernée par des détachements de police et de troupes. Les téléphones furent coupés. Groza était là, avec Gheorghiu-Dej, et il alla droit au but : « nous sommes venus pour le divorce ! » déclara-t-il en me présentant à la signature le texte d'une proclamation signifiant mon abdication. Je m'efforçai de gagner du temps en réclamant la réunion du Conseil de la Couronne. « Si votre abdication n'est pas intervenue avant 14 heures, me dit Groza, vous prendrez la responsabilité d'un bain de sang. »

Michel dut signer.

« Le petit roi », qui avait su faire montre en 1944, face à Hitler, du cran dont il était capable, ne signa que parce qu'il se sentit seul, absolument seul, abandonné de tous et spécialement de ces Alliés qui avaient sauvé son grand-père Ferdinand après le désastre de 1917 et qui se nommaient la France et l'Angleterre...

Le lendemain même du départ de Michel pour l'exil qui eut lieu le 3 janvier 1948, les statues de Carol Ier, le fondateur du « Royaume de Roumanie », et de Ferdinand Ier, le réalisateur de la « Grande Roumanie », étaient détruites dans tout le pays. Carol II avait la chance de n'avoir pas une seule statue de lui... Les ouvrages relatant les quatre-vingts dernières années de l'histoire du pays furent pilonnés et les manuels scolaires ne continrent plus, à l'usage des générations à venir, que des récits de glorieuses grèves ouvrières, de révoltes paysannes et de complots destinés à abattre la tyrannie... Tout ce qu'avaient fait les rois de Roumanie, pour transformer les anciennes provinces de la Moldavie et de la Valachie en un noble pays uni, était passé sous silence. C'était comme si ces monarques n'avaient même pas existé... Le roi est mort? Vive la République populaire roumaine! Celle-ci naquit le 13 avril 1948 et se trouve encore en place aujourd'hui. Mais durera-t-elle aussi longtemps que l'étonnante dynastie des Hohenzollern-Sigmaringen?

LES REINES SANS ESPOIR

Quand les violons tziganes ont exhalé leurs dernières plaintes, dans l'appareil stéréophonique que Michel a construit de ses mains à Versoix, le roi détrôné sait qu'il a entendu défiler, sur fond sonore, tout un passé d'audaces vertigineuses et de réussites provisoires, de grandeur et de décadence, d'élégance morale et de calculs sordides... Pour lui, calfeutré actuellement dans sa modeste demeure, le grand rêve des Hohenzollern-Sigmaringen s'est interrompu : ce qui ne veut pas dire qu'il soit totalement brisé. Certes ce rêve épique de domination a été ponctué de cauchemars terrifiants qui furent, tour à tour : la campagne des Balkans contre la Turquie, l'épidémie de choléra, la retraite devant l'invasion austro-allemande en 1916, la renonciation au trône de Carol II, le retour de ce « père prodigue », ses folies, sa mégalomanie, son abdication navrante, sa fuite honteuse, l'ambition du *conducator*, les crimes des légionnaires à chemise verte, la mainmise d'Hitler sur la chaleureuse Roumanie, l'effondrement du nazisme et de la « Garde de Fer », l'écrasement de Bucarest et du palais royal sous les bombes allemandes, l'arrivée des hordes soviétiques, l'abdication imposée au fils sept années après qu'elle eut déjà été exigée du père.

Tout cela n'avait pas été gai, ni prometteur

d'espoir pour l'avenir! Heureusement, il y avait eu quelques entractes – des entractes? plutôt de courtes pauses – pendant lesquels le dernier des Hohenzollern ayant régné avait eu la possibilité de se ressaisir... Entractes qui avaient pris pour lui la physionomie bienfaisante de quelques précepteurs éclairés; de jeunes camarades d'étude groupés dans l'école spéciale du palais royal; d'une maman qu'un fils ne pouvait retrouver qu'avec amour après des mois de séparation et qu'il respecta doublement parce qu'il fut son unique enfant; d'une jeune fille enfin qu'il avait entrevue sous les brouillards de la Tamise au cours de cérémonies trop officielles et dont il rêva aussitôt de faire sa compagne... De toutes ces haltes apaisantes, il ne reste plus aujourd'hui que la douceur de celle qui est devenue l'épouse.

Le drame, le grand et le seul authentique drame actuel de Michel, c'est de ne pas avoir d'héritier mâle alors que l'un de ses demi-frères – qui, de par la Constitution roumaine, n'a aucun droit à la succession au trône – en a un. Mais cette même loi de succession à un trône, actuellement arraché par une démocratie populaire à ceux qui l'ont créé, interdit, s'inspirant sans doute de la loi salique des rois de France, à une princesse royale de monter sur ce trône. Le drame que connut le fondateur de la dynastie, Carol Ier, se renouvellera-t-il si, un jour, Michel Ier était appelé une troisième fois à régner par la volonté d'un peuple qui a conservé une impérissable nostalgie de la grandeur passée? Michel n'a pas de fils mais quatre filles, adorables et intelligentes, qui l'entourent de leur affection. Cependant ce ne sont que des filles!

Les féministes proclameront à cor et à cri que ce

n'est pas là une objection déterminante et qu'il y a longtemps que l'Angleterre et la Hollande ont résolu ce genre de problème. Leurs souveraines – qu'elles se prénomment Victoria, Wilhelmine, Elisabeth ou Juliana – ne se sont pas tirées tellement mal de cette difficile aventure que constitue le maniement d'un royaume... Seulement la Roumanie, comme la France et l'Italie, est une nation d'essence latine où l'on continue à conserver une immense méfiance à l'égard des femmes qui veulent régenter le pouvoir. Et il faut reconnaître que le peuple roumain a été placé aux premières loges pour constater que ni une reine Marie, quelles qu'aient été son allure et sa splendeur, ni une Magda Lupescu ou une Anna Pauker n'ont apporté le bonheur de vivre à un peuple insouciant, mais charmant, qui ne demandait qu'à être heureux.

Alors, comment se présentent, au moment où nous finissons d'écrire ces lignes, le présent et l'avenir pour celui qui possède encore tous les droits légaux pour régner ? Le présent est compliqué parce que – par la seule faute de son père, Carol II, qui, au fur et à mesure que s'est déroulé le fil de ce récit, s'est révélé comme en étant l'une des plus surprenantes vedettes – Michel Ier ne peut pas oublier qu'il a deux demi-frères : Mircea Lambrino et Mirel Marcovici... L'avenir est sombre : la République populaire semble avoir trouvé récemment de nouveaux dirigeants qui évoluent, imitant en cela les « Patrons » de l'U.R.S.S., pour amener progressivement leur pays vers des conceptions moins totalitaires que celles d'un régime d'extrême gauche ou d'extrême droite. Et les républiques, qui s'inspirent d'un juste équilibre, durent généralement assez longtemps... La nouvelle Roumanie, calquant sa politique sur celle d'un grand nombre de pays situés de l'autre côté du « rideau de fer », commence à revenir vers sa vraie destinée. Les gouvernements imposent, mais, en fin de compte, ce sont les peuples qui disposent d'eux-mêmes. Tout passe, tout casse... Et spécialement les dictatures, qu'elles soient d'un côté du rideau de fer ou de l'autre.

Carol II est mort dans sa somptueuse villa de l'Estoril, au Portugal, le 4 avril 1953. Et il semble que l'une des plus grandes erreurs de son fils Michel fut de ne s'être pas rendu à ses obsèques... Il est vrai que Michel a eu quelques raisons pour agir ainsi... D'abord, en abdiquant en sa faveur en 1940, Carol II lui avait joué le plus mauvais tour qu'un père ait pu faire à son enfant : un père, digne de ce nom, ne laisse pas un fils, qui n'était même pas majeur, tout seul face à face avec des problèmes que le meilleur des chefs d'État ou l'homme politique le plus averti aurait eu un mal infini à résoudre ! Michel fit tout ce qu'il put... Ensuite, pendant que Michel se débattait dans de monstrueuses difficultés, son père, qui avait su cependant se montrer un excellent père tant qu'il ne s'était agi que de parfaire l'éducation de ce fils qui devait lui succéder, parut se désintéresser complètement du sort que le drame roumain réservait à son enfant pendant que lui-même continuait à mener la *dolce vita*, ceci aussi bien au Mexique qu'au Brésil et partout où la Seconde Guerre mondiale ne faisait pas sentir ses effets dévastateurs... Enfin Michel savait qu'il y aurait à l'enterrement de son père, conduisant le deuil pour l'élément féminin, Magda la veuve, devenue elle aussi, grâce à un mariage tardif, princesse de Hohenzollern. Et cela, Michel ne pouvait décemment le tolérer! La seule pensée que lui, un authentique Hohenzollern, accompagnerait un autre roi de Roumanie jusqu'à sa dernière demeure en compagnie de la fille du chiffonnier Wolf-Lupescu, dut lui paraître insupportable...

Contrairement à ce qui a été dit, la reine mère Hélène ne s'opposa nullement à ce que son fils assistât aux obsèques de son père. Elle lui fit simplement savoir que s'il accomplissait ce geste – qui, après tout, n'était qu'un acte de piété filiale – elle ne le reverrait pas... Et un bon fils a du mal à se faire à l'idée qu'il ne pourra plus revoir le visage de sa mère. Quant à son épouse, Anne, elle aurait tenté l'impossible pour essayer d'arranger les choses... Mais que pouvait-elle faire, n'ayant jamais eu de contact direct avec son beau-père?

A peine la tombe de Carol II se fut-elle refermée qu'une question, l'éternelle question qui surgit dans n'importe quel milieu social lorsqu'il s'agit d'une succession, se posa : où étaient les milliards laissés un peu partout, dans le monde capitaliste qui répartit encore des dividendes, par le roi défunt? Le problème était à la fois d'importance et ardu... Important par la valeur de l'enjeu que l'on disait considérable, mais sur lequel nul ne pouvait donner la moindre précision... Ardu parce que Michel ne se trouvait pas seul dans cette fabuleuse course au trésor.

Quand Carol, revenant du Brésil, s'installa au Portugal, il y apporta avec lui cent dix caisses contenant des Rembrandt, des Rubens, des Greco, ainsi que d'innombrables objets d'art ou de collection. Lorsqu'il mourut, la princesse de Hohenzollern (ex-

Lupescu) qui ne voulait décidément plus qu'on l'appelât Magda mais « Héléna » comme la précédente épouse légale de Carol II, s'entoura de précautions pour lutter contre les huissiers portugais, mandatés de Suisse par Michel pour prendre les mesures conservatoires qui s'imposaient, comme cela se passe à l'ouverture de n'importe quelle succession. L'accueil que la deuxième et très récente « princesse Héléna » réserva aux huissiers se traduisit en ces mots qu'elle leur fit transmettre par l'un de ses serviteurs :

– *Je suis chez moi dans cette maison qui m'appartient avec tout ce qui s'y trouve. Vous n'avez aucun droit d'y pénétrer.*

Légalement la dame avait raison. Et ceci depuis 1947, époque où elle était tombée gravement malade dans un palace de Copacabana, la plage élégante de Rio de Janeiro. On ne savait pas très bien de quoi elle se mourait – tous les médecins, appelés en consultation, affirmèrent qu'elle était en danger de mort – et c'était pourquoi son amant la veillait avec une extrême sollicitude. Dire qu'il était alors désespéré à l'idée de perdre cette maîtresse, jadis adorée, serait peut-être exagéré : Carol donnait plutôt l'impression d'être un homme déjà ennuyé à l'idée qu'il serait bientôt dans l'obligation de remplir certaines formalités fastidieuses de dernière heure.

Alors qu'il s'apprêtait à recevoir le dernier souffle de l'ex-bien-aimée, celle-ci, dont la pâleur naturelle était devenue encore beaucoup plus grande sur son lit de misère, entrouvrit ses beaux yeux de tigresse blessée et murmura dans un avant-dernier souffle :

– *Épouse-moi enfin !*

Cette grâce, qu'il lui avait toujours refusée jusqu'alors, ne lui était-elle pas due après tant d'années de vicissitudes communes? Et a-t-on le droit de refuser à une moribonde une dernière joie? Pour une fois Carol sut se montrer humain : le mariage fut célébré le soir même dans la chambre de celle-qui-n'avait-plus-que-quelques-heures-à-vivre... Après tout, Carol pensait ne pas risquer grand-chose : il apportait à Magda-Héléna la merveilleuse illusion de tout lui donner au moment précis où il s'apprêtait courageusement à la perdre... Et comme elle n'avait pas le moindre héritier, il n'y avait aucune inquiétude à se faire pour une éventuelle captation d'héritage.

A la question, qui parut en soi très banale, de l'officier d'état civil qui demandait à ceux qui allaient être unis s'ils acceptaient le régime matrimonial en usage au Brésil, Carol et Magda répondirent l'un et l'autre, lui d'une voix émue, elle d'une voix blanche :

– *Oui...*

Ce fut alors qu'un extraordinaire phénomène se produisit. Si Carol et Mme Lupescu avaient été des dévots, on n'aurait pas hésité à prononcer le mot « miracle »... Toujours fut-il que, quelques jours plus tard, Magda, plus belle que jamais, était ressuscitée. Ce que c'est, tout de même, que le pouvoir d'un tout petit « oui » sur une amoureuse...

Ce qu'elle savait très bien, la mâtine – elle prenait toujours soin de se renseigner avant d'agir – c'était que le régime matrimonial officiel au Brésil est celui de la communauté de biens : autrement dit, toute la fortune bancaire de Carol, tous ses meubles rares et ses somptueux immeubles, lui appartiendraient désormais par moitié. Un seul petit inconvénient se dressait cependant pour l'intrigante : comme elle avait accepté, elle aussi, la communauté, elle perdrait la moitié des propriétés qui avaient été achetées à son nom, par son amant, avant le mariage. Mais qu'était-ce en comparaison de l'immense fortune de l'ex-roi! Dans la vie, même la femme la plus avisée doit savoir consentir quelques sacrifices.

Désormais Michel serait donc condamné, après la mort de son père, à ne réclamer que la moitié de l'héritage : mais cela en valait encore la peine. Les huissiers portugais n'avaient été réquisitionnés par ses soins que pour établir de justes estimations.

Malheureusement, dans sa paisible retraite de Versoix, Michel n'avait pas prévu que même ce droit à la moitié de l'héritage lui serait contesté! Son demi-frère, qui était d'ailleurs son aîné, Mircea Lambrino, fils de la première épouse morganatique de Carol, s'adressa immédiatement après le décès de leur père commun, au tribunal de Mortagne... Mais pourquoi diable était-il allé chercher justice dans cette charmante localité de l'Orne? Tout simplement parce qu'il voulait faire annuler la vente que venait de faire « la veuve Hohenzollern, née Wolf-Lupescu », du château de Bellême dans l'Orne et qui lui avait rapporté, disait-on, la coquette somme de quatre-vingt millions de 1953.

Pour obtenir gain de cause devant un tribunal, maître Floriot, qui avait accepté d'assurer la défense de celui qui ne pouvait encore que se faire appeler « M. Lambrino », dut faire valoir que Mircea était bien le fils légitime du défunt Carol II. Il n'eut aucun mal à triompher. Les dates parlaient pour Mircea qui était né le 8 janvier 1920, soit moins de trois cents jours après l'arrêt prononcé par la cour de Bucarest, qui avait ordonné l'annulation du mariage « pour vice de clandestinité ». Arrêt qui ne devint définitif que le 29 mars 1919. Il n'y avait donc plus de discussion possible : un enfant issu d'un mariage putatif – qui peut être annulé pour vice de forme – reste légitime si sa naissance légale s'est faite dans les délais admis par la loi. Et cet enfant, même s'il ne porte pas le nom de son père, conserve tous ses droits à la succession de ce dernier.

L'intérêt du jugement demandé au tribunal de Mortagne était donc primordial, mais les résultats pratiques pour le demandeur furent très relatifs : le château de Bellême était une propriété « personnelle » de Mme Lupescu, à qui son royal amant l'avait offert en cadeau. Mircea Lambrino, ainsi d'ailleurs que son demi-frère Michel, ne pouvaient prétendre toucher leur part sur la vente que pour une moitié depuis que la belle maîtresse s'était fait épouser *in extremis* par celui qu'elle avait bien l'intention de voir enterré avant elle : ce qui se produisit sept années plus tard.

Fort de son premier succès, à la suite du jugement de Mortagne, « Monsieur » Lambrino décida de ne pas s'arrêter en si bon chemin. Et comment pourrait-on le lui reprocher?

Ce bel homme, qui ressemble d'une façon assez étonnante à son père – infiniment plus que ne lui ressemble l'héritier du trône, Michel – engagea un nouveau procès en 1955 devant le tribunal de Lisbonne qui le déclara, sans contestation possible « *fils légitime de l'ex-roi Carol II et cohéritier avec son demi-frère Michel* ». Les choses se gâtaient singulièrement pour celui-ci qui réagit en faisant appel devant la cour de Paris. Mais celle-ci confirma, le 16 décembre 1959, la décision des juges portugais. Il ne restait plus à Michel qu'à se pourvoir en Cassation : ce qu'il fit. La cour suprême rejeta ce pourvoi le 9 janvier 1963. Ce jour-là, le prince Mircea-Carol de Hohenzollern est né juridiquement à quarante-deux ans.

Lui-même, suivant l'exemple donné par son père – et prouvant en cela qu'il était bien décidé à lui ressembler, non seulement en apparence physique, mais aussi sur le plan moral – avait connu jusqu'à ce jour une existence d'autant plus tourmentée qu'elle avait été assez difficile.

Sa chance fut de rencontrer à Paris une jeune Américaine très entêtée, Jeanne Williams, qui l'encouragea à intenter la longue action en justice en lui apportant les moyens financiers de soutenir les frais du procès. Celui-ci finit par aboutir à la reconnaissance des droits d'héritier civil de Mircea mais aucunement de ses droits d'héritier de la couronne.

Mircea, qui avait exercé différents métiers pour pouvoir vivre très modestement, a souvenance de n'avoir rencontré son père qu'une seule fois à Paris quand celui-ci était en exil. Mircea n'était encore qu'un tout petit enfant. La rencontre se passa à l'hôtel Régina. Ensuite – sa mère, Zizi Lambrino, ayant cru nécessaire d'engager un procès contre Carol II pour obtenir de lui une pension décente – celui-ci ne donna plus signe de vie et son fils ne le revit jamais.

Zizi n'avait cependant pas quitté la Roumanie pour la France sans avoir reçu des assurances financières. Quand l'arrêt de la cour de Bucarest lui avait interdit de porter le titre de princesse de Hohenzollern-Sigmaringen, elle avait reçu une compensation : la banque d'État de Roumanie lui allouait à vie les intérêts à 5 % d'un capital de 2 200 000 francs-or de 1919... Et elle continua à toucher cette rente à Paris jusqu'au jour où les troupes soviétiques entrèrent à Bucarest. Après ce fut fini.

Pour l'aider à garder le petit appartement qu'elle possédait à Passy, et où elle conservait religieusement des lettres enflammées de Carol – datant de l'époque où, tout en étant marié à la princesse Hélène de Grèce pour « raison d'État », il était toujours resté amoureux d'elle et de beaucoup d'autres jolies femmes – son fils se fit peintre et dessinateur. Sa carte de visite portait alors la mention : *Mircea Lambrino, artiste peintre, rue Chanez, Paris 16e*. Ce fut l'époque où il fit connaissance d'une jeune fille, née de père russe blanc et de mère française, Hélène Nagavitzine, qu'il épousa. Le jeune couple s'installa d'abord à l'hôtel, puis à Bougival où naquit en 1948 un fils, baptisé Paul Lambrino. Les grandes difficultés financières commencèrent : ce n'était pas son métier d'artiste peintre qui permettait à Mircea de boucler le modeste budget familial. Sa jeune femme, qui était belle, essaya de l'aider : elle posa pour des photographes de magazines féminins, fit le « mannequin volant », devint « cover girl ». Mais, chaque soir, il lui fallait reprendre le triste train de banlieue qu'elle finit par détester autant que le logement de Bougival.

Sa chance à elle fut de rencontrer Tani Popesco, la fille de l'illustre comédienne Elvire Popesco, qui lui conseilla, ayant entendu sa voix, de tenter une carrière de cantatrice... Et elle devint effectivement une cantatrice renommée sous le pseudonyme de Lena Pastor. On lui fit même chanter, consécration suprême, un soir de 14 juillet, la *Marseillaise* au casino de Deauville. Lena Pastor est entrée à l'Opéra de Paris, dont elle est devenue l'une des plus belles voix de soprano léger. Mais avec les succès d'une épouse qui connaissait la gloire des planches et le désespoir d'un époux qui continuait à végéter dans une existence de peintre médiocre, les amours s'émoussèrent... La flamme s'éteignit : ce fut la séparation, puis le divorce.

Les bagarres que se livrèrent Mircea et son ex-épouse pour avoir chacun la possession de leur fils, le petit Paul, défrayèrent longtemps les chroniques des journaux parisiens. C'était à se demander si le fils aîné de Carol II ne cherchait pas à revivre les démêlés que son père avait eus avec son épouse légale, Hélène de Grèce, pour conserver auprès de lui son second fils, Michel...

Quand il se sépara de la cantatrice, Mircea, qui avait abandonné sa profession de peintre pour le métier de « relieur d'art », rencontra l'Américaine Jeanne Williams... Tout a été dit sur cette jolie femme très brune, portant un lourd chignon en forme de catogan. La seule chose qui soit certainement vraie, c'est qu'elle possède une volonté à toute épreuve à laquelle Mircea doit d'être devenu officiellement un Hohenzollern. Il est vrai que pour une jeune Américaine, romanesque et ambitieuse, c'est bien tentant de s'entendre appeler « madame la princesse » ou « altesse », même si le nom dont elle s'est parée a été honni par les foules du monde entier : « *S. A. la princesse Jeanne de Hohenzollern, née Williams* »...

Il est même fantastique de penser combien ce titre de « princesse de Hohenzollern » a attiré et fasciné des femmes aussi éloignées de naissance qu'une Magda Lupescu et une girl venue d'U.S.A... Et le comble, c'est que toutes deux ont aujourd'hui le droit absolu de le porter! Mais ces deux « princesses tardives » sont-elles réellement si différentes? Une féroce ambition commune n'est-elle pas le véritable moteur de leur étonnante réussite princière?

On a dit que Miss Thelina Jeanne Williams, née à Nashville, était une milliardaire du Tennessee... Il ne semble pas, depuis qu'elle a épousé Mircea, qu'elle lui ait permis de mener une existence de milliardaire! Actuellement régisseur d'un domaine agricole en Angleterre, ce fut à lui qu'arrivèrent récemment quelques démêlés avec Scotland Yard, qui recherchait dans cette propriété l'un des chefs du gang ayant réussi le vol du train postal Glasgow-Londres... Une autre version de la situation exacte de la belle Américaine est qu'elle-même n'aurait pas de fortune, mais qu'elle serait la nièce de Woodland Kahler qui, lui, serait un authentique milliardaire. Alors, de l'oncle à la nièce, un arrangement est toujours possible. Mais si la nouvelle princesse de Hohenzollern ne compte que sur un héritage légal de cet oncle, l'avenir risque d'être plus problématique, surtout quand on sait comment les choses se passent en pareil cas aux États-Unis.

On a raconté aussi que Jeanne Williams était journaliste. Elle-même n'a pas craint de se présenter sous l'étiquette de « femme de lettres ». Pour appuyer la véracité d'une telle profession, elle a annoncé avec fracas à différents reporters au moment du mariage civil qui fut célébré à Saint-

Maur-sur-le-Loir, en Eure-et-Loir, qu'elle voulait écrire des contes de fées pour enfants et que *son meilleur public actuel était son époux Mircea qui l'écoutait avec ravissement.* Mais ces œuvres poétiques ne seront pour Jeanne que des coups d'essai ; la grande œuvre de sa vie sera – c'est elle-même qui l'a déclaré – de devenir « la mémorialiste » de la vie de Mircea, son bien-aimé... Et la nouvelle Shéhérazade made in U.S.A. a même précisé que cet ouvrage commencerait ainsi : *Le prince et moi avons déjà vécu des milliers d'années, et tout vu de nos propres yeux...* Après tout, personne n'est contre ! Le seul point restant obscur est de savoir si cette existence de fils légitimé sur le tard sera parsemée d'autant d'aventures que le fut celle de son père. De toute façon, on peut être assuré que la brune Jeanne saura faire entourer la publication d'un tel livre de tout l'éclat nécessaire. Car, à défaut d'authentiques qualités d'écrivain ou de journaliste, qui pourront encore se révéler avec le temps, elle a déjà su faire preuve d'indéniables talents d'agent de publicité.

La chasse aux milliards laissés par Carol II est donc ouverte aussi bien pour Michel que pour Mircea. Mais on peut dire que, jusqu'à présent, les chasseurs sont plutôt rentrés bredouilles... Leur père avait tellement bien préparé son deuxième départ de Roumanie et découvert de si bonnes cachettes pour sa fortune que celle-ci est restée pratiquement introuvable, à l'exception de quelques domaines immobiliers – tels que le château de Bellême, celui de Fabron près de Nice et la villa de l'Estoril aux portes de Lisbonne – tous donnés en propre et de son vivant par l'ex-roi à Magda Lupescu.

Il est certain que Carol II avait ouvert aux États-Unis des comptes considérables que le gouvernement américain fit saisir pendant la guerre comme appartenant à un souverain ennemi. Une fois qu'il fut en exil, et parce qu'il avait désavoué publiquement la politique menée par le *conducator* Antonescu, Carol II obtint qu'une partie de ses comptes fussent débloqués pour lui et pour son fils Michel qui, à son tour, venait d'abdiquer. Mais que sont devenus ces avoirs ? Mystère... Carol avait également acquis d'immenses domaines au Mexique et au Brésil, mais aucun des achats ne fut fait directement sous son nom : il se servit de prête-noms pour des raisons fiscales... La difficulté est donc de repérer ces domaines, dont le nom du véritable propriétaire a été camouflé, et surtout de retrouver trace de l'argent s'ils ont été vendus après la mort du souverain.

Carol n'avait pas omis, comme tous ceux qui veulent se constituer un solide « matelas financier » pour leurs vieux jours, de déposer de l'or en Suisse... Seulement le jeu perpétuel des comptes joints, que l'exilé ne s'est pas privé de mener, a pu épuiser cette réserve. Et qui ne connaît la discrétion des banques suisses qui préfèrent mourir, asphyxiées par l'or qui les submerge et dont elles ne savent plus que faire, plutôt que de se séparer du métal précieux !

Le roi Michel a officiellement accepté la succession de son père bien qu'aucun notaire ne l'ait avisé qu'elle était ouverte... Et il a engagé un procès contre sa belle-mère devant le tribunal de Lisbonne. Son demi-frère Mircea en est au même stade : un jour ou l'autre ils devraient être fatalement amenés, dans leur propre intérêt mutuel, à faire alliance contre la veuve de Carol II plutôt que de se livrer une lutte fratricide d'où rien de bon ne pourra sortir. Et on peut penser que le roi Michel – qui est un gentleman-né et dont la droiture de cœur est légendaire – ne demanderait pas mieux que de se montrer grand seigneur à l'égard de son demi-frère morganatique.

Il est possible aussi que tous ces procès, dont le but final est la possession du fameux héritage, aient été intentés – aussi bien par Mircea que par Michel – en pure perte... Des hommes, qui se disent bien informés, affirment aujourd'hui que l'immense fortune laissée par Carol II n'est qu'une pure chimère. Ils prétendent même que l'ex-roi Carol II serait mort pauvre et que, s'il a fini par épouser sa dernière maîtresse au Brésil, ce ne fut que pour qu'elle pût subvenir à ses besoins... Ceci nous paraît assez douteux. Parce que Magda Lupescu ne paraît guère être sortie appauvrie par son mariage princier.

Les tenants de cette thèse, pour le moins hardie, apportent comme preuve que le roi Michel est obligé de gagner sa vie et que sa tante Ileana, ex-archiduchesse de Habsbourg, remariée aux États-Unis, vit de sa plume : ce qui est exact. Il est même surprenant de constater combien « la plume » a joué un rôle important dans l'existence de celles dont le destin a été lié, de loin ou de près, à celui des princes de la dynastie roumaine : Elisabeth, alias Carmen Sylva, fut une poétesse ; Hélène Vacaresco, un talent ; Marie de Roumanie, une médiocre romancière : la princesse Bibesco, un grand écrivain ; la princesse Ileana, une excellente journaliste ; la princesse Jeanne Williams de Hohenzollern, une polémiste en puissance... Pour que cette brochette de « femmes de lettres » fût complète, il faudrait que Magda Lupescu ait eu le courage de s'asseoir, elle aussi, devant son écritoire. A quand ses « Mémoires » ? Avec les temps difficiles que le monde traverse actuellement, ils pourraient apparaître un jour ou l'autre dans les vitrines des libraires. Peut-être même les avait-elle terminés depuis longtemps avec l'intention de ne les laisser publier qu'à titre posthume ? Ce qui lui permettrait de percevoir, maintenant qu'elle n'est plus de ce monde, encore quelques « petits bénéfices » appréciables, sous forme de droits d'auteur, qui prouveraient que, même de sa tombe, elle continue à considérer, en digne fille de son père le Bessarabien, que les affaires resteront toujours les affaires... Car il ne faut pas se leurrer : de tels Mémoires risqueraient de trouver audience auprès d'un certain public ! Même s'ils n'étaient pas passionnants, ils ne pourraient manquer d'être passionnés... Ah ! si Mme de Pompadour avait seulement eu la bonne idée d'écrire les siens !

Quant au couple de Mircea et Jeanne de Hohenzollern, il leur restera toujours la ressource, si l'on ne trouve vraiment pas d'héritage palpable de feu Carol II, de louer – grâce aux remarquables dons publicitaires de la charmante épouse – leur titre et leur blason à des entreprises commerciales américaines. C'est un usage qui se pratique beaucoup outre-Atlantique. Ils ne feront que suivre en cela l'exemple qui a été déjà donné à la famille par l'illustre reine Marie elle-même pendant sa mémorable randonnée à travers les États-Unis.

Il serait injuste, après avoir apporté ces précisions sur le premier demi-frère du roi Michel de ne pas consacrer quelques lignes à son second demi-frère, Mirel Marcovici, qui fut également le demi-frère de la belle Lana Marconi, cinquième et dernière épouse de Sacha Guitry. Car si, lui aussi, est le fils authentique – comme Mircea Lambrino – de Carol II, sa sœur Lana, née d'une autre liaison de sa mère, n'est nullement, comme on a voulu le faire croire, la fille de l'ex-roi de Roumanie.

Si l'on a beaucoup moins parlé de Mireille Marcovici, la maman de Mirel, c'est parce que cette très belle femme a su se montrer d'une réelle discrétion à l'égard d'une longue aventure qui la fit cruellement souffrir. Sa liaison avec Carol a sans doute été la plus sincère de toutes celles qu'ait vécues ce prince aux mille et une facettes amoureuses : la femme, dont le nom a été le moins prononcé, fut probablement celle qu'il aima le plus et qui joua, dans sa vie agitée, le rôle le plus honnête.

Il est assez troublant de penser que si Carol II mourut au Portugal un vendredi saint, onze jours seulement avant le décès de Zizi Lambrino à Paris, Mireille Marcovici rendit son dernier soupir, également à Paris, deux jours après Pâques et un an, jour pour jour, après la mort de Zizi Lambrino... Elle n'était pas très âgée, cinquante-six ans et encore charmante : cardiaque, elle fut terrassée, pendant son sommeil, par une syncope. Son fils Mirel fut à ses côtés pendant ses derniers moments, comme Mircea Lambrino avait été, dans les mêmes circonstances, auprès de sa mère. Il y a vraiment, dans la vie ou dans la mort de gens d'une même famille, de surprenantes coïncidences.

Le jour où Mirel raconta la fin de cette maman avec laquelle il avait toujours vécu, à un journaliste venu l'interwiever, il eut ces paroles :

– *Non, ma mère n'a pas eu la triste fin de Zizi Lambrino, malade pendant des mois et des mois, abandonnée de presque tout le monde et partie pour la dernière demeure dans le corbillard des pauvres. Dieu merci ! j'étais là ! Dieu merci encore, elle ne s'est pas vue mourir...*

Ce qu'il n'a pu savoir, ce gentil fils, c'est que le jour même où sa mère était inhumée dans un cimetière parisien, l'auteur de ces lignes avait déjeuné avec l'un de ses éditeurs aujourd'hui disparu, terrassé lui aussi par une crise cardiaque, Raoul Raviola, dit Raoul Solar... Et quand il vit arriver ce dernier, vêtu d'un complet et d'une cravate noirs, il ne put s'empêcher de lui demander s'il venait d'avoir un décès dans sa famille. La réponse fut :

– Non. Mais j'arrive du cimetière où je viens de représenter Sacha Guitry à l'enterrement de sa belle-mère...

C'était la stricte vérité. Sacha, déjà souffrant, avait demandé à Raoul Solar de le remplacer. Lana Marconi ne se dérangea même pas pour assister à l'enterrement de sa mère, mais il semble bien que ce fut Sacha Guitry, dont le cœur était inépuisable, qui paya en secret les frais de la cérémonie.

Physiquement, Mirel Marcovici ressemble moins à Carol II que Mircea. De son père, il a les yeux vifs et mobiles, la haute taille, la démarche alerte. Son visage se rapprocherait plus de son demi-frère Michel, quand celui-ci n'était encore qu'un enfant. Mais, comme Michel, il n'a pas le menton dangereusement fuyant de Carol II. Il a beaucoup pris de sa mère qui fut douce, sensible, sentimentale, très bonne aussi : de toutes les femmes que connut et que fréquenta Carol, elle fut la seule dont le tempérament était essentiellement « artiste », c'est-à-dire l'opposé de celui d'une « femme d'affaires » comme une Zizi Lambrino, une Hélène de Grèce et surtout une Lupescu.

Peut-être fut-ce pourquoi la reine Marie – « la grande Dame de la Roumanie » – se lia d'amitié avec elle, en 1918, lorsqu'elle l'aperçut au chevet d'un blessé de guerre dans un hôpital de Bucarest ? Le dialogue qui fut échangé ce jour-là entre la reine et la toute jeune femme au teint basané, qui avait l'apparence d'une princesse hindoue, mérite d'être rapporté :

– *Majesté,* supplia Mireille, *il faudrait faire isoler cet homme, il a le choléra.*

Étonnée, la reine répondit :

– *Mais qui êtes-vous donc, mon enfant?*

– *Je m'appelle Mireille Marcovici... Je suis née à Piatra où mon père s'occupait de scieries. Ma plus grande ambition a toujours été de faire du théâtre. Je suis donc venue à Bucarest pour préparer mon entrée au Conservatoire. La guerre m'a surprise ici et j'ai cherché à me rendre utile en attendant des jours meilleurs.*

– *Je suis heureuse de trouver chez vous les mêmes goûts que moi. J'aime aussi beaucoup le théâtre. Nous nous reverrons...*

La reine Marie avait déjà son idée. Entre-temps, la jolie Mireille obtint un triomphe en passant son examen au Conservatoire de Bucarest. Mais elle rêvait – comme toutes les comédiennes roumaines qui ont prouvé, d'Alice Cocéa à Elvire Popesco, qu'elles pouvaient y faire une magnifique carrière – à Paris... Ce fut la reine Marie qui l'obligea à rester encore à Bucarest. Un jour où elle l'avait fait venir pour parler théâtre, elle lui dit brusquement :

– *Ma petite Mireille, j'aimerais bien avoir votre*

opinion sur Carol, et le roi, mon mari, également. Depuis que le prince a renoncé au trône, nous vivons dans l'angoisse. A-t-il vraiment oublié Lambrino? Vous seule pourriez nous renseigner...

C'était l'époque où Carol n'avait pas encore épousé Hélène de Grèce. Bien que son mariage avec Zizi Lambrino ait été officiellement annulé, il continuait à la revoir en cachette et le fait que celle-ci fût enceinte du futur Mircea le poussait à écrire à tout le monde, au président du Sénat, au prince Cantacuzène, à sa mère même pour leur dire qu'il *ne pourrait jamais admettre que cet enfant ne fût pas légitime.*

Toute cette exaltation, faite d'un mélange de dépit et de passion contrariée, tomba le jour où, sur les conseils de son épouse, le roi Ferdinand présenta la belle Mireille Marcovici à son fils aîné au cours d'une réception donnée au palais royal :

– *Carol, je te présente une maharani!* dit le roi en souriant.

Ce fut le coup de foudre réciproque. Puisque la jeune femme avait décidé d'aller tenter sa chance théâtrale en France, Carol irait la rejoindre dans ce pays accueillant où sa liaison ne pourrait faire l'objet d'aucune critique puisque ses parents eux-mêmes avaient une grande estime pour la jolie fille qu'ils lui avaient présentée. La reine Marie était sûre maintenant que son fils oublierait Zizi Lambrino. En femme d'expérience elle savait qu'il faut toujours annuler l'effet d'un poison par le contrepoison : dans le cas de Carol, à une belle maîtresse il fallait substituer une autre maîtresse, encore plus belle.

Les véritables débuts de Mireille Marcovici – ceux qui la révélèrent aux Parisiens – datent du 13 décembre 1920, jour où elle créa, sur la scène de

Marigny, le rôle d'Antinea dans une adaptation de l'*Atlantide*, le célèbre roman de Pierre Benoit. Entourée d'André Luguet, de Jean Dax et de Galipaux, la jeune beauté qui avait peu de texte à dire mais beaucoup à danser remporta une sorte de triomphe. Le lendemain le « Tout-Paris » ne parlait plus que de cette Marco-Vici... C'était le grand tragédien De Max, Roumain comme elle, qui lui avait conseillé de couper son nom en deux pour faire carrière en France... On se demande encore aujourd'hui pourquoi. La presse fut dithyrambique et l'un des critiques se permit même de faire ce calembour très moyen, dans un journal cependant réputé pour sa tenue : « *Veni, vidi, vici*... Marco ! »

Enthousiasmé par l'accueil que Paris venait de réserver à la nouvelle « dame de ses pensées », Carol ne put résister au désir de la voir. Quelques jours plus tard il l'applaudissait, à son tour, à Marigny... De l'admiration à la déclaration, il n'y a qu'un pas : un homme ayant le tempérament de Carol ne fut guère gêné pour le franchir. Sa déclaration à Antinea ne pouvait qu'être enflammée :

– *J'aime vos yeux de braise, vos dents éblouissantes. J'aime votre teint chaud et basané... Laissez-moi vous appeler « ma petite tzigane »*.

Et il continuera à toujours l'appeler ainsi, quand ils se retrouveront et quand il lui écrira. Si elle fut ardente, la liaison ne put être longue : Mireille devait remplir un contrat important à Londres et « la raison d'État » une fois de plus s'interposa entre elle et Carol pour tout briser. Le 10 mai 1921, Carol épousait en grande pompe à Bucarest la princesse Hélène... Des amies charitables, jalouses de l'idylle princière qu'avait connue Mireille, lui envoyèrent de

Bucarest des photographies du mariage sur lesquelles était inscrits à la plume, en travers, ces deux mots : *« Adieu, Antinea ! »*

En réalité, l'adieu ne fut que très relatif. Carol, dont l'union avec Hélène de Grèce était désastreuse, continua à revoir « sa petite tzigane ». Et il semble bien que la reine mère Marie, qui connaissait son fils comme seule une mère peut le connaître, et qui ne pouvait pas supporter sa belle-fille Hélène, fut la première à encourager la continuation de cette liaison. Le résultat fut qu'un enfant en naquit le 12 février 1923. En trois années, Carol avait eu trois fils, dont les prénoms commencèrent tous par un *M* : Mircea, de Zizi Lambrino ; Michel, d'Hélène de Grèce ; Mirel, de Mireille Marcovici. Il se conduisit véritablement, à cette époque, en prince du Moyen-Orient qui aurait réussi à se constituer un harem de qualité rare.

Ce fut la Lupescu qui le débarrassa du harem. Elle opéra quand Carol, encore prince héritier, fut envoyé à Londres aux obsèques de la reine Alexandra pour y représenter la Roumanie. Il avait d'abord proposé à « sa chère petite tzigane » de le suivre. Celle-ci, qui jouissait de l'entière confiance de la reine Marie, refusa, lui faisant valoir que sa présence dans la capitale de l'Angleterre en de pareilles circonstances serait très déplacée. Mais la rousse Lupescu ne fit pas montre de tels scrupules et accepta de remplacer « au pied levé », et d'enthousiasme, sa rivale. Depuis, elle a gagné, et de magistrale façon. Magda Lupescu n'eut ensuite de cesse jusqu'à ce qu'elle eût brisé la carrière théâtrale de Mireille. Les contrats de films ou de théâtre s'évanouirent pour elle, à peine ébauchés, grâce à l'action occulte, mais très agissante, d'une volonté supérieure. Magda n'avait qu'une crainte : si Mireille retrouvait la gloire, grâce à ses succès artistiques, Carol pourrait bien redevenir amoureux d'elle ! Carol n'adorait-il pas tout ce qui brillait, tout ce qui scintillait, tout ce qui flattait son orgueil ?

Quand on demande aujourd'hui au fils de Mireille s'il a, lui aussi, l'intention de réclamer une part dans l'héritage de son défunt père, il répond avec beaucoup d'élégance :

– *Non, car je ne suis pas dans la même situation que mes demi-frères. Michel est un enfant légitime, Mircea a été reconnu comme tel. Moi, je ne suis qu'un enfant naturel... Je n'ai donc droit, légalement, à rien. Mais mon père, n'ayant pas rempli, malgré toutes ses promesses verbales ou écrites, ses engagements vis-à-vis de ma mère, Mme Lupescu, devenue sa veuve légale et n'ayant pas d'enfant, s'honorerait en les tenant... L'essentiel est surtout pour moi, maintenant que ma mère n'est plus, de faire connaître ce que presque tout le monde a ignoré : le rôle exact qu'a joué ma mère auprès de mon père, l'ex-roi Carol, et surtout l'immense amour secret qu'elle lui a toujours voué en dépit d'une Zizi Lambrino, d'une princesse Hélène et d'une Lupescu...*

Ce n'est pas désagréable d'entendre parler enfin quelqu'un, dans toute cette aventure, qui n'a pas réclamé d'argent... Mais on peut craindre que Mirel Marcovici ne se fasse quelques illusions s'il pense sincèrement que la princesse de Hohenzollern, née Wolf-Lupescu, ait pu le coucher sur son testament !

Maintenant que nous connaissons un peu moins mal les personnages essentiels de la curieuse histoire de la couronne de Roumanie et que nous nous sommes familiarisés avec ces princes et ces Reines de Cœur qui viennent de défiler sous nos yeux, ne nous est-il pas permis de tenter de dresser un bilan? Et de nous demander si celui-ci a été bénéfique ou maléfique pour le pays?

En stricte honnêteté, malgré les regrettables erreurs dont l'un surtout des quatre monarques fut le responsable, il semble que la balance pencherait plutôt vers le côté du Bien... Si ces Hohenzollern-Sigmaringen ne s'étaient pas lancés à l'assaut du pouvoir dans un pays dont la configuration même et la divergence des races laissaient la porte ouverte à tous les conflits intérieurs et à toutes les invasions venues de l'extérieur, il est à peu près certain que l'unité roumaine ne se serait jamais réalisée aussi rapidement. Elle aurait sûrement fini par exister, mais sans doute aurait-il fallu l'attendre encore pendant des siècles alors que, grâce à ses deux premiers rois, Carol Ier et Ferdinand Ier, « La Grande Roumanie » est née en un demi-siècle.

Les Roumains eux-mêmes seraient-ils parvenus, s'ils n'avaient pas eu la ferme direction de leurs princes, à prendre conscience de la force considérable que pouvaient acquérir, une fois soudées les unes aux autres, leurs différentes provinces? Il s'est passé, chez notre sœur latine du Danube, le même phénomène que chez nous : comme les rois de France qui ont façonné notre pays, les rois de Roumanie ont fait le leur. Malheureusement, ils n'ont pas eu devant eux assez de temps pour parachever l'œuvre commencée : la révolution sociale, qui les a chassés, est venue trop tôt. Mais le travail qu'ils ont accompli, dans tous les domaines de l'activité humaine, a été immense.

C'est pourquoi on ne peut qu'être surpris, et même trouver injuste, de constater que dans tous les prospectus, le plus souvent illustrés – qui sont répandus aujourd'hui à travers le monde par « l'Office national de tourisme de Roumanie » pour inviter les étrangers à visiter cet admirable pays – on ne trouve pas une seule ligne rappelant que les plus beaux monuments, les plus célèbres fondations culturelles, les plus grandes écoles techniques ou agricoles, les plus grandes usines n'existent aujourd'hui que parce qu'elles ont été créées pendant les règnes de Carol Ier, de Ferdinand Ier ou de Carol II... Ceci pour laisser croire que ces rois n'ont rien fait de durable pour leur pays. On n'a pas le droit, même si c'est par souci d'idéologie politique, de balayer ainsi plus de quatre-vingts années d'Histoire, sinon un jour, inéluctablement, l'Histoire se venge.

La République populaire roumaine paraît vouloir oublier délibérément tout un passé. Mais le peut-elle vraiment ? Et une telle attitude n'est-elle pas uniquement le résultat d'une propagande officielle, due aux dirigeants actuels, plutôt que le véritable reflet d'aspirations populaires qui ne peuvent encore s'exprimer en toute liberté ?

Le but de cet ouvrage n'a jamais été, à aucun moment, de porter un jugement sur tel ou tel avantage d'un régime politique, mais seulement de faire revivre les visages de ces Reines de Cœur, toutes si belles et tellement différentes, dont la présence et l'influence jouèrent un rôle prédominant dans l'histoire du royaume de Roumanie. Il doit donc s'arrêter le jour où ces femmes ont cessé d'appartenir à la vie du pays.

Mais il fallait aussi faire le point sur la situation

exacte où se trouve actuellement celui qui peut encore prétendre au trône : Michel Ier. Évidemment, s'il lui arrivait de remonter un jour sur ce trône, il n'aurait pas la possibilité, comme son grand-oncle Carol Ier, de faire appel à l'un de ses neveux directs, portant son nom, pour assurer sa succession. Michel n'a pas eu de frère mais des demi-frères. Et ceux qui émettent l'idée que le fils de Mircea et de la cantatrice Lena Pastor – enfant qui porte maintenant le nom de prince de Hohenzollern depuis que son père a été reconnu comme étant un fils légitime de Carol II – pourrait très bien être le successeur mâle éventuel de Michel Ier, sont dans le domaine de l'hypothèse gratuite. D'abord les origines mêmes de la mère roumaine de Mircea, Zizi Lambrino, sont en contradiction formelle avec les lois constitutionnelles de la monarchie roumaine. Ensuite Mircea a divorcé de Lena Pastor pour se remarier avec une Américaine. On n'imagine pas plus le jeune prince Paul successeur éventuel de son oncle Michel Ier, ayant comme belle-mère une Jeanne Williams, que l'on n'aurait admis Michel remplaçant son père Carol II en 1940 si ce dernier avait déjà épousé une Magda Lupescu ! Le dernier mariage de Carol n'a eu lieu au Brésil que sept années après que Michel était remonté sur le trône et quelques semaines seulement avant son abdication.

Une autre solution pour assurer la difficile succession de Michel serait de supprimer « la loi salique » et d'admettre que l'une de ses quatre filles, princesses de sang royal, pût lui succéder et prolonger à son tour la lignée en épousant un prince consort. Ne serait-ce pas normal à une époque où, de par le monde, la femme tend à devenir de plus en plus l'égale de l'homme dans la plupart des branches de l'activité humaine ?

Les esprits positifs diront que toute solution de succession envisagée, quelle qu'elle soit, appartient encore au domaine de l'utopie car il n'est pas encore question, pour le moment, de remplacer la « république populaire » par une monarchie. Mais sait-on jamais ? N'a-t-on pas vu, assez récemment, l'Espagne redevenir un royaume après avoir été une république ? Malgré l'évolution constante des idées, tous les peuples ne sont pas obligatoirement voués à être régis par des régimes socialistes auxquels certains d'entre eux, après en avoir fait l'expérience, ne tiennent plus tellement ? Et celui qui pense « monarchie » aujourd'hui n'associe pas automatiquement ce concept aux idées de tyrannie et d'oppression. Les souverains britanniques, belges, hollandais et scandinaves règnent avec sagesse sur des peuples où la liberté, l'égalité et la fraternité – dont les républiques ont voulu se réserver l'apanage – ne sont pas de vains mots.

Le véritable problème est de savoir si, dans l'avenir, le destin de la Roumanie se révélera à la longue comme devant être indissolublement lié à celui d'une monarchie, ou, au contraire, si ce pays vivra mieux et continuera à progresser sous la férule du régime politique qu'il a adopté depuis trente années déjà. Ce qui compte avant tout, et c'est le fondateur de la dynastie roumaine, Carol Ier, qui l'a lui-même affirmé : c'est *le bonheur d'un peuple*.

Et s'il arrivait, d'aventure, à l'un des lecteurs de ces pages – qui se trouverait en panne de moyen de transport sur une route de Suisse, entre Genève et Versoix – de voir passer une voiture conduite par une femme charmante auprès de laquelle serait assis un homme calme au regard franc, il aurait le plus grand tort de ne pas faire le signe de l'auto-stoppeur. Il y aurait beaucoup de chances pour que la voiture s'arrêtât et qu'il fût invité à y monter. Si cela était, ce voyageur serait impardonnable de ne pas dire, au moment de prendre congé de ses aimables hôtes, non pas, comme le bagagiste de l'aérodrome de Cointrin : « *Merci, madame; merci, monsieur* », mais « *Bonne chance, Majesté* »...

[illegible] allemande contre [illegible] serait [illegible]
[illegible] calme au regard français [illegible] le plus
[illegible] tort de ne pas faire le signe de l'Europe [illegible]
il y aurait beaucoup de [illegible] avec le [illegible]
[illegible] qu'il fût [illegible]
voyageur serait [illegible] de ne pas dire [illegible]
moment de prendre compte de ses [illegible]
pas, comme le [illegible] de Cou[illegible]
[illegible]
[illegible] 1946 [illegible]

POSTFACE

L'auteur ne saurait trop conseiller, à ceux qui désireraient avoir de plus amples renseignements sur l'intense activité de la dynastie roumaine, de consulter quelques ouvrages, dont certains, parus il y a déjà longtemps, sont pratiquement introuvables en librairie mais peuvent encore exister sur les rayons de quelques bibliothèques privées. Bien entendu ce choix ne pourra être fait que selon le goût de chacun...

Pour celui qui aime le rêve, il y a les « Œuvres choisies » de Carmen Sylva (*alias* reine Elisabeth) où alternent une prose très romantique et des vers d'une certaine qualité. Il existe également les innombrables contes, légendes ou récits dus à l'imagination féconde de la reine Marie, ainsi que certaines pages de son journal intime.

Celui qui préfère la réalité la trouvera successivement dans l'ouvrage que la journaliste allemande Marie Kremnitz a consacré au roi Carol Ier, à travers les admirables pages que la princesse Bibesco a réservées au roi Ferdinand sous un titre qui en dit long : *Une victime royale*, dans les confidences qu'a faites le détective de Scotland Yard, Harold Brust, sur certains aspects du comportement de Carol II, et dans l'ouvrage de l'avocat roumain Pamfil Seïcaru, publié dans sa langue natale, à Madrid, sous un titre quelque peu sévère : *Histoire des Partis National et National-Paysan.*

Pour celui qui s'intéresse plus spécialement au côté « politique » de l'aventure de la monarchie roumaine, aucun ouvrage ne paraît supérieur au *Destin de la Roumanie* d'Henri Prost.

Pour celui qui se passionnerait plutôt pour les figures d'une Zizi Lambrino, d'une Mireille Marcovici ou d'une Magda Lupescu, il aura la possibilité d'aller prendre connaissance à la Bibliothèque nationale, ou ailleurs, des innombrables articles, plus féroces qu'indulgents, qui ont été publiés dans tous les journaux aux différentes époques où ces dames appartinrent à l'actualité.

Pour ceux, enfin, qui voudront bien se contenter de ce qu'ils viennent d'apprendre en suivant cette chevauchée des Reines de Cœur, il est bon qu'ils sachent que ce récit, fait en toute objectivité, n'est que l'expression de la stricte vérité.

TABLE DES MATIÈRES

Cet ouvrage a été réalisé par la
SOCIÉTÉ NOUVELLE FIRMIN-DIDOT
Mesnil-sur-l'Estrée
pour le compte d'Édition° 1
et des Éditions Michel Lafon
en avril 1991

Direction artistique : Pascal VANDEPUTTE

Imprimé en France
Dépôt légal: avril 1991
N° d'édition : 3353 – N° d'impression : 17869
49-77-0696-02
ISBN 2-863-9144-13

49-0696-2